關於 **唐詩宋詞** 的100個故事

100 Stories of **Tang and Song Ci Poems**

謝安雄◎著

Elite 35

編輯序

這是一個人背著現代的行囊進入古代詩人詞客世界的一個旅程，他從輝煌的唐代到豐富多彩的宋代，看到各種悲歡離合、喜樂怨憎：

他看到女子的深情和悲傷、男子的堅決和無奈，還有兩情相悅的圓滿、痛失所愛的遺憾，再有前程與愛情抉擇，命運和情感的轉折。她跟著他們笑，跟著他們哭，然後用一雙現實的冷眼看透他們藏在詩詞裡的心。

他遇見過懷才不遇的才子，看到過堅定忠貞的友誼，感受過樂觀曠大的胸懷，他瞭解到天有多高、地有多廣，這些文人的才情和思考就有多遙遠，他深深折服，開始反思。

他知道文人的才華也許不能保證他們會是厲害的官員，但是潔淨的心令他們勇往直前、百折不撓，雖死無悔。

他走過了一百個故事，收穫了一百多首詩詞，以及，內心的澄澈與安寧。

序 言

　　王國維先生在他的《宋元戲曲考》自序中，提出了一個著名的論斷：「凡一代有一代之文學：楚之騷，漢之賦，六代之駢語，唐之詩，宋之詞，元之曲，皆所謂一代之文學，而後世莫能繼焉者也。」但是，在這些所謂「一代之文學」裡，流傳最廣泛、最深入人心的，必定就是「唐之詩」、「宋之詞」了。

　　先來說說唐詩。有人對「唐之詩」提出疑問，說應該反過來才對，那分明是「詩的盛唐」。在唐朝，詩寫得好，不僅可以揚名還可以做官，不會寫詩簡直不能稱之為讀書人。一部《全唐詩》保存詩歌四萬八千九百多首，風土人情、社會面貌、階級狀況、社會生活、山水風物、感慨情思等，皆可入詩。唐詩的形式分古體詩和近體詩，古體詩可分為五言和七言，近體詩分為絕句與律詩兩種。按照內容分，則有山水田園詩、邊塞戰爭詩、懷古詩、敘事詩、抒情詩、詠物詩、悼亡詩、諷喻詩等等。若按照派別分，有山水田園派、邊塞詩派、浪漫詩派、現實詩派。唐詩的內容形式都是那樣豐富多彩，而且不斷推陳出新，在繼承漢、魏民歌、樂府的基礎上，還大大發展了歌行體樣式，在繼承前代五言七言的基礎上，還發展了敘事長篇。總之，那是一個詩的盛世。

再來看看宋詞。詞是詩歌的一種，也可以說是詩歌的發展，兼有文學和音樂的特點，每首詞都有一個調名，叫「詞牌」，人要依調填詞。簡單來說，詞其實就是合著音樂的歌詞，因此也叫曲子詞、樂府、樂章、長短句等等。詞始於唐，定型於五代，盛於宋。詞按照長短規模分，可以分為小令、中調和長調。按照創作風格來分，可分為婉約派與豪放派。詞最初由唐入宋，晏殊、晏幾道等繼承溫庭筠等的花間詞派，接著柳永、蘇軾等人進行了新的開拓，促進其多種風格的繁榮，然後周邦彥集大成的創作，繼續深化了詞的內涵，促進了詞的成熟。另外，特別值得提到的是，如果說詩是屬於文人的，那麼詞就是屬於民間的，宋詞的民間繁榮更是推動它發展的一大動力。

　　在古代文學的闊苑裡，唐詩、宋詞並稱雙絕。在詩人詞客的創作過程中以及他們的人生旅程裡，都發生了許多有趣、悲傷、無奈、詼諧、積極、樂觀或是深情圓滿的小故事。本書以故事的角度出發，帶領現代人的思考，讓你從另一個層面去體驗詩人詞客的性情，以及唐詩、宋詞的美。

目 錄

下篇　關於宋詞的故事

卷一 北宋篇

上篇　關於唐詩的故事

卷一

初唐篇

成就權力的情詩

不信比來長下淚，開箱驗取石榴裙

——《如意娘》·武則天

　　武則天出生在廣元，因為出生之後容貌極美，她的母親為她取名「媚娘」。

　　武媚娘的父親應該是個相當開明的人，在武則天的童年時期，他便帶著女兒在各地遊歷生活。媚娘天資聰穎，少而好學，尤其喜愛讀史集詩文，很有才氣。在她十二歲的時候，父親過世，她跟母親在家族中生活艱苦。貞觀十一年，十四歲的武媚娘被選入宮，成為了唐太宗的才人。

　　西元六四九年，五十三歲的太宗皇帝病入膏肓，太子李治在太宗病榻前端湯送藥。也就是在這個時候，他看見了風姿綽約的武媚娘，涉世未深的太子被深深打動、深深吸引了。武媚娘當時已經二十六歲了，這個時候沒有人知道，這女人將主宰大唐帝國半個世紀的命運。

　　西元六五〇年夏天，唐太宗駕崩。根據大唐律法，皇帝死後，沒有生育過的嬪妃必須出家，要嘛進入道觀，要嘛皈依佛門。做為太宗的妃子，武媚娘被送到長安城的一座寺院，被迫做了尼姑。從此，青燈作伴，武媚娘似乎只有一條路可以走，在孤獨與寂寞中度過餘生。

　　武媚娘怎麼能忍受她如花的生活就這樣枯萎？這個時候，她想起當年的太子，也就是如今的高宗皇帝，那是整個大唐最有地位的男人，她曾經跟那個男人有過一段繾綣的往事，現在只有他才能幫助她脫離這清苦的寺院。在

寂寞的思念和脫離苦海的嚮往之中，武媚娘寫了一首《如意娘》：

看朱成碧思紛紛，憔悴支離為憶君。

不信比來長下淚，開箱驗取石榴裙。

武媚娘希望這首情詩能夠拯救她的命運，而這首詩最後送到了太極宮。高宗皇帝從這首詩裡看出了無限的綿綿情思。那個曾經屬於父親的女人，他其實從未忘記。因為這一首詩，他下定決心排除萬難接回武媚娘。

武媚娘回到她日思夜想的皇宮。據考證，李氏皇族擁有北方遊牧民族的血統，在遊牧民族的習俗裡，兒子接收父親的女人並不是什麼過分的事情。武媚娘進宮之後，經過精心策劃，囚禁了高宗寵愛的蕭淑妃和原配王皇后，甚至還將她們折磨至死。

西元六五五年，先皇太宗的妃子成為高宗皇帝的新皇后。這是在中國歷史上空前絕後的女人，集美貌智慧於一身，但是真正獨一無二的是她對權力的熱望，最終成就她中國歷史上唯一一個女皇的地位。

小知識

武則天（西元624年～705年），中國歷史上唯一一個正統的女皇帝（唐高宗時代，民間起義，曾出現一個女皇帝陳碩真），也是即位年齡最大的皇帝（六十七歲即位），又是壽命最長的皇帝之一（終年八十二歲）。唐高宗時為皇后（西元655年～683年）、唐中宗和唐睿宗時為皇太后（西元683年～690年），後自立為武周皇帝（西元690年～705年），改國號「唐」為「周」，定都洛陽，並號其為「神都」。史稱「武周」或「南周」，西元705年退位。武則天也是一位女詩人和政治家。

嘲諷對了也能做官

虛心未能待國士，皮上何須生節目

——《竹》‧裴略

　　唐初，宮中有個侍衛叫裴略，他任期屆滿參加兵部主持的武官考核。裴略對這個考核信心滿滿，自以為必定可以通過。到了開榜之日，誰知他竟然名落孫山。裴略十分憤怒，覺得憑自己的本事，絕不可能不通過，這裡面一定出了什麼問題。他氣惱之下，決定去找宰相溫彥博申訴。

　　裴略怒氣沖沖進了溫彥博家。正巧，兵部尚書杜如晦也在溫彥博家，裴

略這才感覺到自己來的似乎不是時候。他平息了一下自己的怒氣，上前對兩位大人施禮，臨時改了話題說，「我在宮裡工作了這麼些年，長了不少的見識。我自認能夠明辨事理，而且我記憶力特別好，對語言尤其敏感，人家說一段話，我能夠一字不錯地復述下來。我想如果讓我在朝廷做個通事舍人，一定可以勝任。」

　　溫彥博聽了，笑道：「皇上雖愛才惜才，但這官職任命也不是隨隨便便的，要通過考試。前不久兵部主持的考試，你可曾參加？」裴略連忙

14

回答：「我參加了。不但參加了，而且成績還不錯。只是可能主考官喝多了酒，醉眼昏花難辨，錄取的時候把我的名字給弄丟了。」

溫彥博聽完哈哈大笑，他拍拍杜如晦的肩膀調侃道：「你看，有人到我這兒來告你兵部的狀了。」杜如晦倒是十分從容，他說：「我卻是真心希望有人能對我們兵部的工作提提意見。只不過，評卷、複查等手續都由不同的人負責，也從沒聽說出過什麼偏差。年輕人，可能你考得是不錯，但別人考得更好。你這次沒被錄取不要放在心上，繼續努力，爭取下次考得更好。」

裴略聽了沮喪起來。杜如晦見他如此，想了一想，接著問道：「你還有些什麼才能？」裴略立即轉悲為喜，興奮地回答，「我會寫詩！大人若不信，儘管出題考我。」這時溫彥博抬頭見院子小徑兩邊竹子蒼翠可愛，便說，「你就以竹為題賦詩一首吧！」

裴略稍加思考，一首詩就成了：

庭前數竿竹，風吹青蕭蕭。

凌寒葉不凋，經夏子不熟。

虛心未能待國士，皮上何須生節目。

這詩抓住了竹子外表有節內裡空虛，冬不凋夏無子的特徵，諷刺竹子虛有其表不務實。用竹子來比喻人，一語雙關。溫彥博和杜如晦聽了點點頭，帶著讚許的目光看著裴略。溫彥博來了興致，想再考考他，就道：「那你再以屏風為題作一首。」

這次裴略幾乎是脫口而出：

高下八九尺，東西六七步。

突兀當庭坐，幾許遮賢路。

詩畢，他突然高喊，「當今聖明在上，大敞四門以待天下士人，君是何人，竟在此妨賢？」說完便動手推倒屏風，發出巨響。裴略不僅語出驚人，這舉動也出人意料，明裡暗裡譏諷當權者阻了飽學之士的報國路。

溫彥博驚詫地看著裴略一番舉動，而後笑對杜如晦說：「看出來了嗎？這年輕人在諷刺我呢！」裴略膽子也大，不慌不忙，語調鏗鏘道，「不但刺膊（博），還刺肚（杜）呢！」溫彥博和杜如晦不但沒生氣，還相視一眼哈哈大笑起來。

幾天後，裴略被授予陪戎校尉，正式走向了他的仕途。可見，嘲諷對了也能做官。

小知識

溫彥博，字大臨，生於北周建德二年（西元573年），卒於唐貞觀十一年（西元637年），隋朝至唐初并州祁縣（今山西祁縣東南）會善村人，溫大雅之弟。唐初宰相。

好夫妻就是要有情趣

從來誇有龍泉劍，試割相思得斷無？

——《寄夫》·張氏

　　彭伉這個人，史書上對他的記載不盡詳細，只說他是「彭徵君孫」。既然是有名號人士的孫子，看來身世當是恆赫的。遍查史料，終於知道這個「彭徵君」是何人。

　　彭徵君，名彭構雲，父親彭景直是唐中宗景龍年間的進士，後官至禮部侍郎。按說彭構雲生長於書香仕宦之家，又正逢開元盛世，理應一心仕途，但他自小與眾不同，不喜仕進，獨愛研究黃老道家之學，著有《通元經解》一書，成為一代哲學家。據說唐玄宗因景仰他的才華，特別派人徵聘他進京，到京後又隆重招待，可是他在京城住了幾日，始終不適應，便藉口身體違和，堅決辭官不拜。

　　彭構雲是讀書人中少見的真正安貧樂道的那種隱士，那時人們對真正學有所長的隱士十分敬重，敬稱其為徵君。然而他的孫子彭伉卻未

繼承祖父的淡泊，不知怎的，養出的性子頗為灑然，既有儒家學子的入世平天下之心，又有魏晉名士的風流。

　　彭伉未及第之前，少年時出門遊歷，走過大好河山無數，流連忘返，年久不歸。他偶爾也會思念家中妻子可還安好？她這個時辰在做什麼？是否在小憩還是歪在書房的榻上看一本詩集？然而，家中鎖在庭院深處的嬌美妻眷到底比不上這廣闊天地無限風光，未免家中妻子牽掛，更怕她敦促他回家，他就寄了一首詩給她：

　　莫訝相如獻賦遲，錦書誰道淚沾衣。

　　不須化作山頭石，待我東堂折桂枝。

　　四句詩用了三個典故，他其實是告訴妻子，妳別嫌棄我還沒任什麼官職，不要哭紅鼻子，也別等成望夫石喔！那樣我會心疼的，請妳耐心等我東堂折桂回去見妳。想來，任何妻子看到這樣的「家書」，都會不再急躁，安心等待的。成婚多年，他已不是彼時輕狂少年，她也不復當年情懷如詩，婚姻的真相是切切的溫暖，而不是游離的浪漫。

　　後來彭伉及第，在浙西廉吏於公幕府做官，工作忙又沒時間回家，妻子張氏左等右盼見他仍無消息，心中自然慍慍，但是相隔那麼遠，如何對他發脾氣？於是按下心思，寄了兩首詩給彭伉。

　　第一首：

　　久無音信到羅幃，路遠迢迢遣問誰？

　　問君折得東堂桂，折罷那能不暫歸？

　　這一首詩，三分怨，三分嗔，剩下幾分撒嬌的意味。彭伉看到一定是愧疚了。

第二首：

驛使今朝過五湖，殷勤為我報狂夫。

從來誇有龍泉劍，試割相思得斷無？

龍泉劍在名劍輩出的歷史上是最具代表性的，據說當年楚王找歐冶子製造寶劍，歐冶子走遍名山大川，尋找能出鐵英、寒泉和亮石之地，只有這三個條件都具備，才能鑄製出削鐵如泥的利劍，而龍泉恰好符合這三個條件。在龍泉鑄造的寶劍「堅韌鋒利、剛柔並寓、寒光逼人、紋飾巧緻」，後世有名的魚腸劍就是屬於龍泉劍系列了。張氏跟丈夫說，你試試用龍泉劍來斬割我這相思情意，看看你割不割得斷。明裡說情，暗裡又透著委屈、不滿和譴責，讀起來委婉含蓄，令人玩味。

彭伉看到這兩首詩，妻子含嗔帶怨又飽含深情企盼的模樣躍然浮現眼前，哪裡還待得住，立即跟上司請假回家探望陪伴她。他們做了多年夫妻還在鴻雁傳書寄送詩詞，但是他們剝去了高溫戀愛那種濃稠黏膩的外衣，用最最質樸的句子直訴心聲，然後互相理解，即便有怨有責也絕不口出惡言，這便是最美好的夫妻情趣了。

小知識

本故事出處是《唐詩紀事》。《唐詩紀事》為唐代詩歌集，凡八十一卷，南宋計有功編，是書採摘繁複，自唐初至唐末三百年間，共收錄一千一百五十位詩人的部分詩作，先後編次，且詳略適當，又輯集本事與品評，既是唐代詩歌總集，又是唐宋有關詩評的彙編。

為愛去死的另一種解釋

百年離別在高樓，一旦紅顏為君盡

——《綠珠篇》・喬知之

她是他的婢女，他為她取名碧玉。她與他一起長大，他有倚馬可待之才，她有閉月羞花之姿，然而她卻從不敢說這是青梅竹馬。他是吏部的左司郎中，有名的青年才俊，而她是什麼呢？只不過是他喬知之的一個婢女，縱然善詩文能歌舞，也脫不去這黯淡的出身。

喬知之對她鍾情不移，誓以曒日。在某個溫馨得令人落淚的簡短時段，她願意相信他能夠娶她為妻，遵守那個從生到死的諾言——一輩子對她好。

然後當他不在她身邊了，當管事嬤嬤嚴厲地責罰她，當其他婢女取笑她不自量力，當長工男僕不懷好意地看著她，她總能清晰地把握住現實的脈絡，他的情意以及諾言

於她，不過一枕黃粱夢而已。

　　貌美的女子總是無辜地被辜負，這大概就是人們常說的天妒紅顏。武承嗣看上她了，武承嗣要她。武承嗣是什麼人？他是女皇的侄子，是周國公。他看上她是她的福分。

　　她可以不服不願，又怎麼敢不從？她甚至連包袱都沒能收拾就被接走了。武承嗣大笑摟著這個新歡離去，他喜歡她漂亮的臉蛋，柔軟的腰身，他不在乎她有什麼樣的回憶、什麼樣的情思。

　　喬知之聽說武承嗣很寵愛她，給她穿綾羅綢緞，給她戴金銀珠玉……他怒氣填胸，不能自持。那個女子曾與他星前月下海誓山盟，那個女子曾為他結同心方勝，他們有過那麼多不能忘卻的情節，她怎麼能在別人的懷中婉轉承歡。喬知之越想越恨，不是怨她，只是怨命，而後提筆寫下《綠珠篇》：

　　石家金谷重新聲，明珠十斛買娉婷。

　　昔日可憐君自許，此時歌舞得人情。

　　君家閨閣不曾難，好將歌舞借人看。

　　富貴雄豪非分理，驕矜勢力橫相干。

　　別君去君終不忍，徒勞掩面傷紅粉。

　　百年離別在高樓，一旦紅顏為君盡。

　　這詩，寫便寫了，他寫了還要給她看。喬知之私下讓武承嗣家的閽奴把詩傳給她。她捏著這詩，簌簌落淚。

　　這每一個字都是一顆釘，字字扎在她心口上。忽而她又扯出一個笑，笑得又冷又軟，似乎因為做好了決定而鬆了口氣，又帶著把什麼都看透了的蒼

涼。

　　碧玉緩慢將這詩結在衣帶裡，輕飄飄投了井。在窒息的那一刻，她看到了喬知之，她好想對他說一句：「武承嗣喜歡我，只不過逼我跟你別離。而你的愛，卻是逼我去死。」她終究什麼也說不出來，再也說不出來了。武承嗣撈起碧玉的屍體，看到她衣帶內的詩，對喬知之懷恨在心，羅織罪名抄了喬家，一干族人統統下獄。

　　喬知之只道碧玉對他情深意重而以死相酬，因此惹怒了武承嗣。他到死都不明白，他的愛，輕冷孤獨，那是只滿足他一個人的深情。他從不理解一個低微婢女的苦，他渴望她像綠珠那樣貞烈。是的，在她被搶奪之後，他怕是希望她死多過希望她活。

小知識

喬知之，唐代同州馮翊人，以文詞知名，著有文集二十卷，以《舊唐書經籍志》傳於世。

關於這位婢女的名字，《舊唐書·喬知之傳》作「窈娘」，《朝野僉載》及《唐詩紀事》都作「碧玉」。

最經典的兩句不是我寫的

樓觀滄海日，門對浙江潮

——《靈隱寺》・宋之問

　　杭州實在是個令人喜歡的好地方，風景好、人文氣息濃厚。吳越崇尚佛教，曾在杭州大興寺廟，因此杭州素有「東南佛國」之稱。在這眾多寺廟道院裡，以西湖葛嶺的「抱樸道院」和韜光寺的「丹崖寶洞」最為著名。丹涯寶洞有個觀海亭，這亭建於清康熙四十五年（西元一七〇六年），是古時靈隱山中最適合觀海之處，所以在西湖十八景、杭州二十四景之中，「韜光觀海」位列其一。那亭柱上有楹聯「樓觀滄海日，門對浙江潮」，便是唐代詩人宋之問的名句。然而又有故事說，這最經典的兩句詩並不是宋之問本人寫的。

　　宋之問曾在武后朝中得寵，武后駕崩，他即遭到貶謫，後來又被放還。途中他經過江南，起意遊靈隱

寺散心。這一夜月色清明皎潔，微風怡人，宋之問獨自一人在長廊漫步。他望著夜色籠罩的西湖和靈隱寺對面的飛來峰，興起吟來兩句詩：「鷲嶺鬱岧嶢，龍宮鎖寂寥。」

這兩句出口之後，他怎麼也想不出來接下來的句子。他十分苦惱，在原地徘徊良久，搜腸刮肚地想著。

這時一個老和尚走來點佛前長明燈，見宋之問那模樣問道：「年輕人那麼晚還不睡，有什麼煩惱，可否說與老衲聽聽？」宋之問答道：「我本想以貴寺為題做首詩，可惜只做出一句便不知道接下來該寫什麼了。」

接著，他把自己做出的那一句唸了出來。只見老和尚笑得慈祥和藹，隨口接續道：「樓觀滄海日，門對浙江潮。」這樣道麗貼切的佳句，令宋之問驚豔得說不出話來，他反覆吟誦，愈發沉醉其中不能自拔。待到他反應過來想說點什麼，卻發現那老和尚已飄然遠去，無一點蹤跡可循。宋之問接著很快就把整篇詩做成了：

鷲嶺鬱岧嶢，龍宮鎖寂寥。

樓觀滄海日，門對浙江潮。

桂子月中落，天香雲外飄。

捫蘿登塔遠，刳木取泉遙。

霜薄花更發，冰輕葉未凋。

夙齡尚遐異，搜對滌煩囂。

待入天臺路，看君度石橋。

第二天天亮之後，宋之問迫不及待想再向老和尚請教，但是他走遍了整

個寺院，卻再也看不見老和尚的身影。

他攔住寺僧詢問，大家都說不知道，最後有一個人悄悄告訴他：「那位師父雲遊四方，行蹤不定，你找不到他的。聽說他的俗名好像是駱賓王。」

整首詩好不容易有這麼一個妙句，居然都被後人傳說成別人寫的，現在想來宋之問實在冤枉啊！

小知識

宋之問（約西元656年～712年），一名少連，字延清，虢州弘農人。弱冠知名。初徵，令與楊炯分直內教。俄授雒州參軍，累轉尚方監丞，預修《三教珠英》。後坐附張易之，左遷瀧州參軍。武三思用事，起為鴻臚丞。景龍中，再轉考功員外郎。時中宗增置修文館學士，之問與薛稷、杜審言首膺其選，轉越州長史。睿宗即位，徙欽州，尋賜死。集十卷，今編詩三卷。

想做官，先做人

從來赴甲第，兩起一雙飛

——《詠燕》·張鷟

　　初唐有個文人叫張鷟，字文成，自號浮休子。張鷟在國內並沒什麼名氣，但是「國際」上的名氣卻很大。唐時，日、韓兩國只要有人到中國來，必定到處打聽哪裡有賣張鷟的詩集，然後無論花多少錢都要買到手。至今一千多年來，仍然熱情不減。相較於他在外面的名聲待遇，他在國內可算是被打入冷宮的。

　　相傳張鷟少年時期，曾經夢見一隻紫色的大鳥，那鳥身上呈五彩紋理，從高空中飛下直入庭院，然後落到庭院以後便再也不肯離去。張鷟醒來覺得這夢很奇特，便把夢境說與祖父聽，他祖父道：「這可是個吉祥的好夢啊！

從前蔡衡說過，鳳鳥有五種：顏色紅的是『文章鳳』，青的是『鸞』，黃的是『鵷鶵』，白的是『鴻鵠』，紫的是『鸑鷟』。你夢見的那隻是陪襯鳳凰的鸑鷟，看來你以後一定能夠成為帝王輔臣。」遂給孫子取名張鷟。

　　後來張鷟七次應舉、四次參選，竟然就如同他的名字一樣吉祥如意，連考連中。有一年對策答辯，考功員外郎騫味道還給他評了個天下第一。張鷟可謂少年得意，作了一

首《詠燕》詩：

變石身猶重，銜泥力尚微。

從來赴甲第，兩起一雙飛。

齊州全節人員半千，高宗上元時應八科舉都中選，這樣的成績足以傲視群倫了，然而他仍然覺得自己比不上張鷟，他對別人說：「張文成的文章好像是青銅錢，萬揀萬中，沒聽說有敗退的時候。」這話一傳播出去，張鷟得了個「青銅學士」的雅號。

不過張鷟為人放蕩，不知檢點，性情浮躁，屢屢冒犯官場忌諱。他擔任司門員外郎的時候，一次趕上大將軍黑齒常之帶兵出征，有人勸他說：「你的官那麼小，不如隨給大將軍做個幕僚隨軍出征，以你的才華想要建功立業簡直易如反掌。」黑齒常之是個朝鮮人，投降了唐朝做了一方大將，幾次大敗吐蕃，功勳卓著。張鷟不以為然，完全沒把黑齒常之放在眼裡。他不願意做人家幕僚就算了，還口出惡語：「寧可且將朱脣飲酒，誰能逐你黑齒常之。」就這樣的性子，如何做得帝王輔臣。

果然，唐玄宗即位，任用姚崇為相。姚崇分外憎惡張鷟那放浪不羈的性子，找了機會便把他流放到了嶺南。

小知識

張鷟（約西元660年～740年），字文成，自號浮休子，深州陸澤（今河北深縣）人，唐代小說家。他於高宗李治調露年登進士第，被任為岐王府參軍。此後又應「下筆成章」、「才高位下」、「詞標文苑」等八科考試，每次都列入甲等。武后證聖（西元695年）時，擢任御史。著有《遊仙窟》傳奇、《朝野僉載》和珍貴的唐朝判例集《龍筋鳳髓判》。

登高懷古的曠世絕作

前不見古人，後不見來者

——《登幽州臺歌》·陳子昂

前不見古人，後不見來者。

念天地之悠悠，獨愴然而涕下！

這四句悲歌好似不經意之間吟誦出口，卻令古今無數聞者心折意動，引起無限幽思。你看這短短幾句，彷彿是沒有因由無端刮來的風，卻直衝蒼穹；彷彿從古至今一直被壓抑的情懷，卻騰衝而起，清代黃星周在《唐詩快》裡評論這首詩說：「胸中自有萬古，古今詩人多矣，從未有道及此者。此二十字，真可泣鬼。」這首詩萬古流傳的魔力，和陳子昂的經歷不無關係。

陳子昂生於富貴人家，在他十七歲之前的歲月裡，從不知道讀書上學是怎麼回事。他每天要做的事就是鬥雞遛狗，吃喝賭博，罵人打架，他的生活跟平常人們眼裡的紈褲子弟沒什麼區別。直到他十八歲擊劍傷人之後，才開始學習詩文。而他確實是一個天才，沒幾年他就學涉百家，成就非凡。

一個空有才華卻沒有出身的才子在那時很難出頭，陳子昂來到長安，過了一段苦悶的生活。有一天，他在街邊散步之際看見有人在出售胡琴，要價昂貴。長安的富豪紛紛趕來觀賞查看，卻遲遲不敢收入囊中。陳子昂眼見那胡琴人氣如此之高，心念電轉之間，想到一個主意。他籌錢買下了這把昂貴的胡琴，然後令人們奔相走告，他陳子昂最善胡琴，請大家不日前來聆聽他

的演奏。

到了約定的日子，長安有名的富豪文史音樂愛好者紛紛趕來，陳子昂在他們面前發表一個講演。他說我陳子昂才華出眾，創作了大量詩文，久居長安卻無人問津。而這下等樂工所製一胡琴竟然引來你們的青睞。接著他憤然將胡琴摔在地上，胡琴被摔了個粉碎。眾人驚詫萬分之際，陳子昂向前來的人們送上自己的詩文。毫無意外的，陳子昂出名了。

人有了名氣，又有實才，陳子昂很快就中了進士。步入仕途的陳子昂卻沒有他想像中的平步青雲飛黃騰達，多少年來他一直原地踏步。直到則天女皇要登基為帝，陳子昂意識到這是他的機會。在一片反對

和沉默之中，陳子昂成為非常突出的女帝的讚頌者和進諫者。

武則天萬歲通天元年，建安王出征契丹，陳子昂做了他的隨軍參謀。次年，軍隊行進到漁陽，聽聞前軍兵敗，建安王不敢繼續前行，陳子昂提出的挽救敗局的方案全被他否決，他還因此被建安王降為軍曹。憤懑之下，陳子昂登薊北樓，寫出《薊丘覽古》七首，這七首詩可以算得上是《登幽州臺歌》的前奏。

可以說，《登幽州臺歌》是陳子昂政治生涯最悲憤、最憂鬱的情緒出口，是他一生痛苦最直接、最動人的宣洩，才使得這首詩具有如此強烈的情感力量。

在連續的政治打擊之後，陳子昂以老父多病奏請歸侍。沒想到回到家沒多久，他父親病逝。而之後陳子昂無辜被縣令加害，過世時四十二歲。

小知識

陳子昂（約西元661年～西元702年），唐代文學家，初唐詩文革新人物之一。字伯玉，梓州射洪（今屬四川）人。因曾任右拾遺，後世稱為陳拾遺。光宅進士，歷仕武則天朝麟臺正字、右拾遺。受武三思所害，冤死獄中。其存詩共一百多首，其中最有代表性的是《感遇》詩三十八首，《薊丘覽古贈盧居士藏用》七首和《登幽州臺歌》。

卷二

盛唐篇

那個最漂亮的女子唱我的詩

羌笛何須怨楊柳，春風不度玉門關

——《涼州詞》·王之渙

王昌齡、高適、王之渙都是唐開元年間很有名的詩人，他們之間交情頗深，常常一起出去遊賞。這一日，天寒風冷，空中還飄著細碎的雪花，這三人又相約去酒樓飲酒。私以為，那時候三、五文人相約去酒樓，就好像現在幾個好友相約去咖啡館一樣，是很有情調的娛樂。正巧這一天，碰上酒樓裡的歌唱表演。他們喝得正高興，只見幾個衣著華麗的妙齡歌妓陸續來到，擺好姿勢，不一會兒樂聲響起，演奏歌唱的都是當紅的曲子。

王昌齡性子最是跳脫，興奮地跟高適和王之渙說：「我們三個也算是當今詩壇聞名的人物了，平日都聽得旁人讚不絕口，卻一直未分高下。今天我們暗中觀察一下比一比，看看這些歌妓唱誰的詩最多。」高適和王之渙點點頭，心中萬分期待。他們這邊

剛剛商定，就聽那邊有歌妓唱道：

寒雨連江夜入吳，平明送客楚山孤。

洛陽親友如相問，一片冰心在玉壺。

王昌齡樂了，得意洋洋笑道：「聽到沒？已經有我一首絕句了。」高適自斟自飲了一杯，姿態灑然，彷彿毫不在意。王之渙不以為然道，「這才剛剛開始呢！」緊接著，另一個歌妓唱道：

開篋淚沾衣，見君前日書。

夜臺何寂寞，猶似子雲居。

高適聽了露出一副滿意的表情說：「也有我一個絕句了。」王昌齡笑著點頭，王之渙沒說話，一副認真聽曲的樣子。再有一個歌妓又唱：

奉帚平明金殿開，且將團扇共徘徊。

玉顏不及寒鴉色，猶帶昭陽日影來。

王昌齡格外高興，哈哈大笑，「兩個了！有我兩個絕句了！」現在只有王之渙的詩沒人唱過。可是王之渙那神情完全沒現出慌張，他成名已久，絕不相信自己的詩沒人唱。不過此刻看王昌齡那分外欠揍的得意之態，他到底有幾分不痛快，便咬牙道，「你看方才那些歌妓都是落魄潦倒的樣子，她們唱的只不過是一般俗曲，哪裡唱得出高雅的歌？你們看那邊！」

說著王之渙便朝一個方向指去，「那女子是這些歌妓之中長得最漂亮的，如果她不唱我的詩，我甘拜下風，從此以後再不與你們爭高下。但要是她唱了我的詩，你們可要自覺認輸。」王之渙話音剛落，正巧輪到那個最漂亮的歌妓唱歌了，她的聲音竟也是這群歌妓裡最為悅耳動聽的。她唱：

黃河遠上白雲間，一片孤城萬仞山。

羌笛何須怨楊柳，春風不度玉門關。

王之渙激動了，高聲對兩位朋友說，「你們聽！我沒瞎說吧？她果然唱我的詩！」三人相視大笑，無比暢快。這一陣哄笑聲驚動了那邊唱歌的歌妓，她們不明所以，紛紛過來打探，彬彬有禮地問這三位詩人：「諸位先生因何大笑？可是我們唱錯了什麼？」王昌齡擺擺手，把事情經過說給歌妓們聽。歌妓們知道眼前三人便是那鼎鼎大名的三位大詩人，爭相敬拜，場面極為熱鬧。直到天色漸晚，三人紛紛盡興而歸。

小知識

王之渙（西元688年～742年），是盛唐時期的詩人，字季凌，漢族，并州（山西太原）人。祖籍晉陽（今山西太原），其高祖遷今山西絳郡。豪放不羈，常擊劍悲歌，其詩多被當時樂工製曲歌唱。名動一時，常與高適、王昌齡等相唱和，以善於描寫邊塞風光著稱。代表作有《登鸛雀樓》、《涼州詞》等。

以衣結緣

今生已過也，重結後生緣

——《袍中詩》・開元宮人

唐開元年間，那是備受國人推崇的盛世。那個時候的大唐國力強大、文藝鼎盛、人才濟濟。而那個盛世的宮女，跟每個朝代的宮女沒有什麼不同，同樣被鎖在重重宮牆裡不見天日，一樣眼睜睜看著本就沒有顏色的青春隨著沒有意趣的日子消逝而去，毫無辦法。

有一天，她們繁瑣的工作又要增加一項了——玄宗皇帝下了詔令，讓她們為守邊防的將士們縫製衣裳。有人迭聲抱怨，有人逆來順受，有人平靜領命，有人張揚自顯，原本如死水一般的後宮悄悄湧起一股暗流，而它會激起什麼樣的波瀾，還沒有人知道。

待到那一年的冬裝做好，朝廷立即派人將軍衣運到邊城，分發給

眾位將士。一個士兵興勾勾抱著新衣回去，左右上下來回比劃，再看著那細膩平整的針腳，開心得不得了。而當他試穿這身衣裳時，短袍裡飄下一張字條。他拾起字條一看，幾行娟秀的字跡映入眼簾：

沙場征戍客，寒苦若為眠！

戰袍經手作，知落阿誰邊？

蓄意多添線，含情更著綿。

今生已過也，重結後身緣。

這不知是哪位宮女，還沒被深宮寂寞窒塞，還嚮往愛情期待愛情的心情藏不住，便藏進衣袍裡。看她字裡行間，似乎對今生已絕望，只待來世，也就是說，她並不期待這字條讓誰得了去，會發生什麼故事，她只是希望這張字條帶著她的夢去呼吸宮牆外自由的空氣。

士兵盯了字條半晌，左右為難，最後還是決定如實向長官彙報。長官聽了覺得這事聞所未聞，再加上牽扯到後宮宮女——即便是最低等的婢僕，那

也是皇上的女人——於是，差人將字條送進宮中，呈皇上御覽決斷。

玄宗皇帝見了這首詩，什麼也沒說，只令貼身太監遍示宮人，查問作者何人。後宮譁然，一時好似激起千層浪，人人戰

戰兢兢只盼避過這一禍。有些宮女怨恨無端受人牽累，小聲議論：「入了宮，就該把那些旁的心思掐滅了，還想著惹事生非，簡直罪該萬死。」

作詩的宮女於是更加沉默，她不敢承認是自己所寫。她早前根本沒有意識到，一個少女天真美好的夢，做錯了時節就是斷魂的罪，這回可謂是一語成讖，只怕真要去「重結後身緣」了。

皇帝久久查不出人來，竟沒有大發雷霆，而是打發人將縫製軍衣的宮女全部召集來，發話說：「作者不要害怕隱瞞，朕不怪罪妳。」那作詩的宮女口稱「萬死」，然後惶惶不安地跪下，等待皇帝發落。皇帝笑道：「詩很感人，讓我給妳結個今生緣吧！」遂把她嫁給了那得詩的士兵。

後世一直流傳著玄宗皇帝這段佳話，而沒有人管這宮女嫁得幸福不幸福，那士兵有沒有好好愛護她憐惜她等。也無所謂吧！再不濟也比老死深宮強。女人如衣服，鮮亮的時候有人肯穿，不必等到褪色破舊了以後任人丟棄，也算好命，那便到誰手裡就是誰的吧！

小知識

本篇故事出自唐代筆記小說集《本事詩》，作者孟棨。《本事詩》所記皆詩歌本事，分情感、事感、高逸、怨憤、徵異、徵咎、嘲戲七類。其中唯宋武帝、樂昌公主二條為六朝事，其餘皆唐人事。

獨特的送別

桃花潭水深千尺，不及汪倫送我情

——《贈汪倫》·李白

　　李白曾遊歷到安徽涇縣，遇到了汪倫。這個汪倫是什麼人，史料上沒有明確的記載。根據李白的一些詩文，我們可以做一個這樣的推測：這個汪倫其實不是什麼達官貴人，但是家境富裕，而且極為好客，遇到遊歷的李白便把他請到家中小住。李白和汪倫兩人一見如故，十分投契。

　　據說汪倫還特別擅長釀酒，他家自釀的美酒深得李白的喜愛。李白住在汪倫家那幾日，對汪倫家的佳醪甚為迷戀陶醉，有他的兩句詩為證：「酒酣欲起舞，四座歌相催」、「酒酣益爽氣，為樂不知秋」。可見詩人在汪倫家喝得有多麼盡興愉悅。

　　等到李白要離開涇縣的時候，汪倫前來送行，於是李白寫下這首著名的《贈汪倫》：

　　李白乘舟將欲行，忽聞岸上踏歌聲。

　　桃花潭水深千尺，不及汪倫送我情。

　　從這首詩我們就可以推想出當時那個透著灑脫的惜別場景。李白已經踏上了離開的船隻，剛剛離岸，汪倫卻不期而至。他人未到歌先至，那熱情爽朗的歌聲讓李白一下子就料定是汪倫來送行了。這種送行，完全沒有傳統禮數的生硬之感，一切都是自然而然發生的，「忽聞」裡帶點兒溫暖的驚喜，又透出兩人隨性灑脫，不拘俗禮的性格。接著，李白表達出自己對這段情意

的珍視：縱然桃花潭水有千尺深，也比不上你送我的情誼。

清人袁枚在《隨園詩話》之中，還有一段這樣的記載：

唐朝有個叫汪倫的人，是涇縣的富豪。他聽說李白遊歷山水，馬上就要到他那兒了，便寫了一封信遠遠送去表示對李白的歡迎。信上說：李先生喜歡遊賞嗎？我這裡有十里桃花。李先生喜歡喝酒嗎？我這裡有萬家酒店。李白看了信當然是興致勃勃前往，誰知見到汪倫，汪倫告訴他：「我說的桃花，是潭水的名字，我這裡可沒有桃花。我說的萬家可不是一萬家，而是酒店東家姓萬。」李白聽了哈哈大笑。

我很喜歡李白這個哈哈大笑的反應，透著一個大詩人的坦蕩和豁達，那是一種精神上的真正自由。不知道現代所謂大師有多少能經得起這樣的玩笑。從這個小故事來看，汪倫也實在是個有意思的人，粗豪裡透著一點狡黠，放曠裡帶著一點兒幽默，難怪能跟李白在短短幾日成為摯友。

小知識

李白（西元701年～762年），字太白，號青蓮居士。中國唐朝詩人，有「詩仙」之稱，是偉大的浪漫主義詩人。祖籍隴西郡成紀縣（今甘肅省平涼市靜寧縣南），出生於蜀郡綿州昌隆縣（今四川省江油市青蓮鄉），一說生於西域碎葉（今吉爾吉斯斯坦托克馬克）。逝世於安徽當塗縣。其父李客，夫人有許氏、劉氏等四位，育二子（伯禽、天然）一女（平陽）。存世詩文千餘篇，代表作有《蜀道難》、《行路難》、《夢遊天姥吟留別》、《將進酒》等詩篇，有《李太白集》傳世。西元762年病卒，享年六十一歲。

不甩天子的大牌詩人

天子呼來不上船，自稱臣是酒中仙

——《飲中八仙歌》·杜甫

　　興慶宮是唐玄宗處理政務和居住的地方，興慶宮內有一個湖泊叫做龍池，也叫興慶池。據說這個龍池之所在本來也是陸地，但是因為這一塊地方地勢低窪，長期積存了許多雨水，漸漸就成了一個小池子。而後唐玄宗入住興慶宮，這小池子上便常有雲蒸霞蔚之氣，甚至池中還有黃龍若隱若現。後來玄宗皇帝命人從長安城外引滻水入池，池水面積大增，深度也達數丈，景色愈發優美。這樣的地方，便自然而然成為玄宗遊樂宴席的好去處。

　　龍池的東面有個沉香亭，沉香亭下種滿了不同顏色不同品種的牡丹花。春天一到，這裡的牡丹花競相開放，嬌豔無比。天寶初年春，唐玄宗帶著他最喜愛的楊貴妃遊宮賞花，還讓以李龜年為首的宮廷樂師十六人，來此奏樂唱歌以助遊興。樂師唱了一會兒，唐玄宗不耐煩讓他們停下，說：「朕今日攜貴妃賞花，怎麼能再聽舊

曲？」便讓李龜年速速去叫翰林學士李白來填寫新詞再唱。

這個時候，李白正與賀知章等人在酒樓喝酒呢！李龜年從翰林院向城內
滻水旁的一個小酒館尋去。一進酒館，就聽見有人高歌：

三杯通大道，一斗合自然。

但得酒中趣，莫為醒者傳。

李龜年喜出望外：這是李白的聲音，終
於找到他了。李龜年趕緊上樓，結果看到李
白酩酊大醉趴在桌上，李龜年對著醉酒的李
白說道：「李學士，我奉旨來召您到沉香亭
見駕。」李白醉眼迷濛，全不理會李龜年，
醺醺然道：「臣是酒中仙，我醉欲眠君且
去！」他竟然拒不奉召，趴桌上自顧自睡過
去了。關於這件事，杜甫寫了一首《飲中八
仙歌》：

知章騎馬似乘船，眼花落井水底眠。

汝陽三斗始朝天，道逢麴車口流涎，恨不移封向酒泉。

左相日興費萬錢，飲如長鯨吸百川，銜杯樂聖稱避賢。

宋之瀟灑美少年，舉觴白眼望青天，皎如玉樹臨風前。

蘇晉長齋繡佛前，醉中往往愛逃禪。

李白一斗詩百篇，長安市上酒家眠。

天子呼來不上船，自稱臣是酒中仙。

張旭三杯草聖傳，脫帽露頂王公前，揮毫落紙如雲煙。

焦遂五斗方卓然，高談雄辯驚四筵。

其中「天子呼來不上船，自稱臣是酒中仙」二句廣為人知，幾乎成為代表李白之個性的經典名句。這樣放曠瀟灑的詩人，古今中外，怕也只出了一個李白。

小知識

李龜年，唐時樂工，善歌，還擅吹篳篥；擅奏羯鼓，也長於作曲等。他與李彭年、李鶴年兄弟創作的《渭川曲》，特別受到唐玄宗的賞識。安史之亂後，李龜年流落到江南，每遇良辰美景便演唱幾曲，常令聽者泫然而泣。李龜年做為梨園弟子，多年受到唐玄宗的恩寵，與玄宗的感情非常人能及，唱了王維的一首《伊川歌》：「清風明月苦相思，蕩子從戎十載餘。征人去日殷勤囑，歸燕來時數附書。」表達了希望唐玄宗南行的心願。唱完後他突然昏倒，四天後李龜年又甦醒過來，最終鬱鬱而死。

代價最貴的詩

雲想衣裳花想容，春風拂檻露華濃

——《清平調》‧李白

唐玄宗帶著楊貴妃賞牡丹，要聽樂工唱新詞，於是派人去請李白來寫。李白當時喝得酩酊大醉，被人抬到了沉香亭。唐玄宗眼看李白那醉得不醒人事的樣子，特別優待他，免去了他的跪拜之禮，還讓人在沉香亭旁邊鋪上一塊毛毯子，等李白睡醒。其間李白睡得香甜，口角流涎，唐玄宗還親自用龍袍的袖口為他擦拭。

不一會兒，李白從睡夢中醒來，可是他的酒還沒醒。他迷迷糊糊聽玄宗皇帝說：「今日與貴妃賞花，不欲聽舊曲，特召卿來作新詞。」

說罷，命人擺好筆墨紙硯，李白席地而坐，開始構思。李白方一拿起筆，覺得穿著靴子不是很舒服，便朝皇帝身邊那個老宦官伸長了腿，毫不在意地說道：「幫我把靴子脫下來。」

這個老宦官是深得玄宗寵信的高力

43

士。高力士是宦官之首，平日仗著玄宗的寵信作威作福，就連大唐的官員都
不敢得罪他。

而今，一個小小的翰林學士居然讓他這個專門侍候皇帝的寵侍為他脫靴
子，幾乎令他氣昏過去。雖然胸中怒火滔天，可是高力士面上不顯，他偷偷
看了眼皇帝的臉色，發現玄宗皇帝並無異樣，對這件事一點也不在意。高力
士知道這個羞辱是逃不過去了，於是裝作滿不在乎的樣子，笑嘻嘻道：「李
學士果然醉得不輕。」然後跪下來為李白脫掉了靴子。接著，李白提筆寫了
三首《清平調》：

（一）

雲想衣裳花想容，春風拂檻露華濃。

若非群玉山頭見，會向瑤臺月下逢。

（二）

一枝紅豔露凝香，雲雨巫山枉斷腸。

借問漢宮誰得似，可憐飛燕倚新妝。

（三）

名花傾國兩相歡，長得君王帶笑看。

解釋春風無限恨，沉香亭北倚欄杆。

唐玄宗和楊貴妃拿到詩反覆吟誦，愛不釋手，立即命樂工演唱起來。

但高力士對李白當眾羞辱他這件事懷恨在心。有一次，他陪著楊貴妃賞
花，楊貴妃一時高興，唱起了李白寫給她的《清平調》。高力士聽完，故作
驚訝地說：「難道娘娘聽不出來李白對您的侮辱嗎？」楊貴妃奇怪地問他怎

麼回事。

高力士說：「妳看詩裡那一句『借問漢宮誰得似，可憐飛燕倚新妝』，趙飛燕是漢朝最為放蕩的皇后，李白將她跟您相比，不是侮辱您嗎？」接著高力士又添油加醋地製造了許多謠言。

楊貴妃聽信了高力士的話，對李白的印象急轉直下。她還經常在玄宗面前對李白多加責怨，唐玄宗對李白也便漸漸疏遠了。

李白終於意識到，他的政治抱負不可能實現了。第二年春，他奏請辭官，玄宗順水推舟地批准了。那三首清平調實在堪稱歷史上代價最貴的詩了，寫出來的代價是天子派人去請，天子寵信的宦官為李白脫靴；寫完以後的代價是仕途黯淡，有志難伸。

小知識

高力士（西元684年～762年），本名馮元一，是中國唐代的著名宦官之一。祖籍高州良德霞洞堡（今廣東電白縣霞洞鎮）人，曾祖馮盎、祖父馮智玳、父為馮君衡，曾任潘州刺史。他幼年時入宮，由高延福收為養子，遂改名高力士，受到當時女皇帝武則天的賞識。在唐玄宗期間，其地位達到頂點，由於曾助唐玄宗平定韋皇后和太平公主之亂，故深得玄宗寵信，終於累官至驃騎大將軍、進開府儀同三司。

被諷刺的荔枝

一騎紅塵妃子笑，無人知是荔枝來

——《過華清宮》·杜牧

　　西元八世紀中葉，大唐處於其輝煌的頂峰，而帝國統治者唐玄宗也找到了自己一生至愛的女人——楊玉環。

　　楊玉環出生在四川成都一個官宦家庭，她的曾祖父楊汪是隋朝的上柱國、吏部尚書，為太宗李世民所殺。她的父親楊玄琰是蜀州司戶。她從小學習音律、舞蹈等，接受了良好的教育，再加上她姿色超凡絕倫，在十六歲的時候，被唐玄宗的寵妃武惠妃選為壽王妃。

　　西元七四〇年，五十六歲的唐玄宗第一次看見二十二歲的楊玉環。就這麼一眼，唐玄宗便墜入了情網。楊玉環的絕色和柔媚，以及她的藝術才華，都使唐玄宗無法抗拒。

　　楊玉環是唐玄宗的兒媳婦，可是這個身分並不能阻撓唐玄宗想要得到她的心。他的祖母武則天就曾經是太宗的嬪妃，後來又成為太

宗兒子高宗的皇后，對於婚姻方面，唐朝的社會環境似乎出奇地寬容。唐玄宗以「做女道士」為名召楊玉環入宮。西元七四五年，唐玄宗正式冊封楊玉環為貴妃。由於帝國沒有皇后，楊貴妃成為大唐最尊貴的女人。

在年老的唐玄宗眼裡，楊貴妃是一個天賜的完美女人。楊貴妃精通音律，尤其擅長琵琶彈奏，她的詩歌才華也非常出眾，《全唐詩》裡就收有她的詩歌，楊貴妃的舞蹈更是人人稱道。

唐玄宗漸漸開始疏忽朝政，癡迷於藝術，對這個時候的唐玄宗而言，所有的繁華都是過眼雲煙，只有藝術和他跟楊玉環的愛情，才是永恆的。

楊貴妃生於四川，喜歡吃荔枝。但是據說南海的荔枝比四川的還要好吃。為了博得美人一笑，帝國原本用來轉運緊急公文的驛馬卻晝夜不停地從南方向皇宮運送荔枝。

而且為了保持楊貴妃能夠吃到新鮮的荔枝，騎手必須快馬加鞭一刻不停地奔跑。從遙遠的南方到長安，無數的驛站參與到這件事情當中。杜牧《過華清宮》寫到了這一場景：

長安回望繡成堆，山頂千門次第開。

一騎紅塵妃子笑，無人知是荔枝來。

根據史料記載，開元後期官僚集團日漸龐大，品質卻大大降低。開元盛世持續了三十年，在帝國到達頂峰的時候，走入了浮華之中。杜牧這首詩中對唐玄宗為討妃子歡心，而勞師動眾的荒唐舉止充滿了諷刺，但荔枝在這裡卻遭到了無妄之災，跟著這首詩接受了千年的嘲諷。

小知識

楊貴妃（西元719年～756年），即楊玉環，原籍蒲州永樂（今山西永濟）。開元七年（西元719年）六月一日生於蜀州（今四川崇州）。開元二十三年，十七歲的楊玉環被冊封為壽王妃（壽王李瑁，李隆基第十八子）。天寶四載，二十冠歲的楊玉環被李隆基冊封為貴妃，距楊玉環被冊封為壽王妃整整十年。天寶十五載（西元756年）六月十四日，隨李隆基流亡蜀中，途經馬嵬驛，禁軍譁變，三十八歲的楊貴妃被縊死，香消玉殞。

以退為進本來是個妙招

無心與物競，鷹隼莫相猜

——《詠燕》·張九齡

張九齡在歷史上是個人人稱道的賢相，《新唐書》評價他：「議論必極言得失，所推引皆正人。」《舊唐書》讚他：「文學、政事，咸有所稱，一時之選也。」可見其人格魅力，民間聲望。

玄宗在位日久，之前做出了很多成績，慢慢變得對政事懈怠，並且安於逸樂。張九齡盡一個臣子的責任，對玄宗多加勸告。而由於玄宗寵妃武惠妃的關係，李林甫得以上位，執掌大權。李林甫這個人和張九齡完全不一樣，他不學無術，嫉賢妒能，口蜜腹劍，然而他很會討玄宗的歡心。向來是忠言逆耳，玄宗會寵信誰自然不言而明。

張九齡和李林甫之間的不和是多方面的，在人事任命上達到了一個

49

不可調和的程度。事情是這樣的，涼州都督牛仙客很會開源節流，累積下一些資材，倉庫非常充實，玄宗因此對他甚為欣賞，想提拔他做尚書。張九齡有意見：「根據我朝慣例，尚書一般任用舊相，或者是德才兼備威信也很高的人。牛仙客一個小官突然升任到尚書，滿朝官員都不會服氣的。」

既然提拔不成，玄宗又想實封他，張九齡又有意見：「實封是用來獎賞有功之臣，牛仙客不過做好了分內之事，當不起那麼大的恩賞。」玄宗怒了：「張九齡，你不就是看不起他出身寒微嗎？你也不看看自己是什麼門廳！」

張九齡看出玄宗的怒意了，連忙叩頭賠罪，然而嘴上的道理卻絲毫不讓：「陛下，我雖出身寒微，但我畢竟是考中進士入朝為官。而牛仙客連字都認不得幾個，若提拔了他，豈不寒了飽學之士的心？」玄宗啞口無言。

張九齡確實句句是道理，字字發自真心，但是玄宗肯平心靜氣地去反思自己嗎？顯然，這時候的玄宗已不是當初那個雄才大略、殺伐決斷的人了，他對張九齡這一番反駁惱恨到了極點。

李林甫腦子靈嘴巴甜，他背著張九齡對玄宗說，「牛仙客分明是當宰相的材料，更何況是個尚書？那張九齡讀書讀傻了，只會照本宣科地辦事。牛仙客的才學是不行，可是他能力出眾，只有陛下才有這般慧眼識得如此人才，提拔他有什麼不對？」

這話玄宗愛聽，命高力士在秋風蕭颯之時賜張九齡白羽扇，暗示他將被棄置不用的意思。張九齡心內惶恐，作《白羽扇賦並序》獻給玄宗，同時作《詠燕》詩送給李林甫：

時人記住傷痛，後人記住傳奇

縱使長條似舊垂，也應攀折他人手

——《章臺柳》‧韓翃

天寶年間，意氣風發、風流倜儻的韓翃，結識了家有千金之富的李生。李生這人本身沒什麼詩才，然而十分喜好與有才華、有氣節的人交往，因此與韓翃可以說是一見如故，常常把韓翃請到家裡來宴飲玩樂。後來為了兩人相交往來便利，李生便把韓翃留在自己別墅的旁邊，跟他做起了鄰居。

李生有個頗受寵愛的姬妾柳氏，可以說是慧眼如炬的女子，她從韓翃與李生開始交往的時候就特別留心觀察韓翃，路過韓翃家門口時還會從門縫往裡觀望。她曾對她的侍女說，「妳看與他來往的都是雅士名人，這位韓先生可不是長久貧賤之人啊！」

李生對韓翃愈發敬重，只要是韓翃的要求，李生無所不應。當他得知韓翃對柳氏有意，便藉著一次宴席的機會，對他

說：「韓先生是有名的才子，我這姬妾柳氏也是有名的佳人，才子佳人最是般配，我將柳氏贈給先生以為陪伴，先生看怎麼樣？」韓翃聽了甚為不安，口稱不能奪人所愛，堅決不受。李生百般勸慰，顯示自己有足夠的誠意。柳氏看出李生確實是真心實意地要把她送給韓翃，便大膽出來拜見韓翃，就席侍宴。兩人回去之後，郎有才妾有貌，非常情投意合，過了一段頗為浪漫溫存的日子。

第二年，禮部侍郎楊度選拔韓翃為進士前列，柳氏對韓翃說，「你中了舉，親朋好友都會跟著受惠的，萬不能因為我一個女人而耽誤你的榮光和前程。我想家裡的物資足夠我用到你回來了，你不必擔心我。」韓翃深為柳氏的善解人意感動，辭別了她尋求仕進而去。

天寶末年，安史之亂爆發，長安、洛陽相繼陷入敵手，仕女們四處奔逃。有門路的，都隨著皇帝往四川去，沒有門路又逃不出去的，只好聽天由命了。韓翃原本在哥舒翰軍中，潼關兵敗他便不知所蹤。柳氏找不到韓翃，又一人獨居長安，無人照顧。她自知長了一張惹禍的臉，便狠心剪掉一頭秀髮，躲到了法靈寺去。

唐肅宗乾元元年，侯希逸任平盧、淄青節度使，因仰慕韓翃詩名，請他來做祕書。肅宗登基回了長安，韓翃便派人去打聽柳氏的下落。她還好嗎？可還是當年的模樣？她對我的情意也一如當年那般嗎？還是她已經改嫁他人了？無數的疑問、忐忑攪得韓翃心緒不寧惶惶不安。於是，他讓打聽柳氏下落的人帶著一袋黃金和他詩去找柳氏：

章臺柳，章臺柳！昔日青青今在否？

縱使長條似舊垂，也應攀折他人手。

柳氏日日夜夜都在思念著韓翃，她不停幻想著韓翃騎著白馬翩翩而來，

沒想到那摧心肝的長相思等來的卻是一紙猜忌！接著她滿懷羞憤一邊流淚一邊寫下答詩：

楊柳枝，芳菲節。所恨年年贈離別。

一葉隨風忽報秋，縱使君來豈堪折！

我確實如那楊柳，總在春光大好的世界面臨別離。現在慘遭秋風侵襲，面容憔悴，年老色衰，恐怕相公已經看不上我了吧？！

韓翃捏著柳氏的詩，滿心的愧疚憐愛，心想等自己回到長安，一定要好好補償她。沒多久，侯希逸升任尚書省的副長官，需進京謁見皇上，韓翃做為他的祕書得以隨行回京。誰知他回到長安才知道情況有變：參與平定安史之亂的番將沙叱利，不知道從哪兒得知柳氏美豔絕倫，將她搶回家做了自己的夫人。

一日，淄青諸將在酒樓小聚，飲酒作樂，好不快活，唯有韓翃悶悶不樂，神情沮喪。席上有個叫許俊的看不下去，撫劍說道：「你到底怎麼了？儘管說出來，但凡有用得著我的地方，我絕不推辭。」韓翃心中鬱結難忍，便將事情和盤托出。許俊想了想說：「這事不難，你給我寫個字條，我好拿去與柳氏做個信物。」接著許俊換上了胡兵的衣服，帶著隨從衝出了酒樓。

許俊埋伏在沙叱利府門邊，直到看見沙叱利出門，再稍等片刻，便帶人衝進去，一邊跑一邊大呼小叫，「不好了，將軍從馬上摔下來，眼看快不行了，命我帶夫人去見！」眾人一聽這話，不敢攔他。許俊找到柳氏，出示了韓翃的字條，沒等柳氏問明情況，就攔腰抱起她跳上馬絕塵而去，片刻就將柳氏馱回了酒樓。

柳氏和韓翃一見面就相擁而泣，眾人見他兩人夫妻重逢，也深受感動，紛紛上前道賀，又讚揚許俊的義舉。但是接著，眾人開始為這個事情的後遺

症發愁。沙叱利軍功赫赫，正得皇帝的寵幸，這下惹惱了他，可怎麼辦才好？韓翃和許俊最後決定到侯希逸那裡尋求庇護。

侯希逸聽說此事，大吃了一驚，不過他可不怕得罪沙叱利，還特別喜歡這些年輕人的熱血行為。說著，便就此事寫了奏狀呈給皇上。皇帝雖然寵幸沙叱利，也還算個明白人，不久下詔柳氏應該歸還給韓翃，另賜沙叱利兩百萬錢做為補償。這樣的故事結尾很完滿，沙叱利丟了個搶來的老婆，卻得到了皇帝的財政補償，柳氏和韓翃過上了幸福的生活。皇帝最冤枉，只因為人家的家務事，他就平白丟了兩百萬。

後人把這段傳奇代代傳頌，然而當事人，大抵對那顛沛流離、聚散由命的傷痛才最為深憶。

小知識

韓翃，字君平，南陽（今河南南陽）人。唐代詩人，是「大曆十才子」之一。天寶十三載（西元754年）考中進士，寶應年間在淄青節度使侯希逸幕府中任從事，後隨侯希逸回朝，閒居長安十年。建中年間，因作《寒食》詩被唐德宗所賞識，因而被提拔為中書舍人。韓翃詩筆法輕巧，寫景別緻，在當時傳頌很廣。詩多寫送別唱和題材，如《韓君平詩集》，《全唐詩》錄存其詩三卷。

韓翃和柳氏的愛情故事，後來被許堯佐寫成唐傳奇《柳氏傳》（也叫《章臺柳傳》），這個故事在後世頗受歡迎，元人喬吉的《金錢記》、明人梅鼎祚的《玉合記》和吳長儒的《練囊記》，都是依據這個動人的故事所改編的。

卷三

中唐篇

賦詩一首也能解人困難

看花滿眼淚，不共楚王言

——《息夫人》·王維

　　寧王李憲貴為唐玄宗的大哥，自是顯貴無比。他這個人十分好女色，不斷抬姬妾入府，達到數十人之多，可是仍然不滿足，每每遇到了長得漂亮的女子，必定用盡手段收為己有。

　　長安城內有個賣餅人的妻子，生得纖白明麗，姿色動人，哪怕穿著布衣不加裝扮都十分吸引人。李憲在城內閒逛，無意中對那賣餅人妻子驚鴻一瞥，便再也忘不掉了。

　　回到府中，他覺得自己的姬妾們怎麼看都不若那賣餅人的妻子好看，他無心跟她們玩樂，也無法欣賞她們的歌舞。李憲想，我貴為寧王，一個賣餅人的老婆而已，我看上她是她的福氣，為什麼不能得到？於是他決定要把那女子據為己有。

　　李憲先是送了賣餅人許多豐厚的

禮品，再派人軟硬兼施地利誘威脅他一番。賣餅人想，自己只是一個平頭百姓，民不與官鬥，況且那位還不是個一般的官，那是皇帝的親哥哥。他只好又無奈又害怕地把寧王的心意告訴了妻子，勸說妻子跟隨寧王而去。李憲順利得到了自己心心念念的美人，寵愛非常，幾乎日日夜夜都陪伴著她。

這樣過了一年，李憲正在與他的美人調笑，他看著美人明豔的笑容，心中忽然一動，突然止住笑嚴肅地問她：「妳還記得那個賣餅的人嗎？」

只見美人臉色一變，低垂著頭，半晌輕輕答道：「我記得。」李憲有點不高興了，但他又想，這兩人畢竟夫妻一場，也不是能夠說忘記就忘記的。他想了想，命人把那賣餅人召來，讓這兩個人見上一面，看看他的美人有什麼反應。

賣餅人來到的時候，寧王正在設宴招待客人，他的美人就坐在他的旁邊，他也不避諱，讓賣餅人到廳堂上來。

夫妻兩人相隔一年終於見上一面，他們不約而同想起一年前被硬生生拆散的情景，禁不住淚流滿面。當時寧王宴請的多為文人雅士，也知道些寧王那位寵姬的來歷，無不心有戚戚焉。寧王看看那夫妻倆，又看看在座客人，不高興地摸了摸鼻子，感覺丟了面子。他想了個方法給自己一個臺階下，就是命在座文人就此事賦詩一首。

王維當時也在賓客之中，他才思敏捷，直率敢言，別人還沒構思好，他已完成了一首無言絕句：

莫以今時寵，難忘異日恩。

看花滿眼淚，不共楚王言。

詩的意思是說，不要以為今天寧王殿下寵著妳，就忘記了舊日的恩情，

妳知道當年息夫人的例子嗎？聽到這幾句，其他賓客擔心地看著寧王，再也不敢繼續吟詠自己的詩作了。誰料寧王反覆吟著這幾句詩，神色間竟然是頗為觸動，毫無發怒的跡象。他嘆口氣，大笑著命賣餅人把自己的妻子領回去，成全了他們。

在有些事情上，一首詩有時候比枯燥的說教和囉嗦的嘮叨更有用。

小知識

王維（西元701年～761年），字摩詰，漢族，祖籍山西祁縣，唐朝詩人，外號「詩佛」。今存詩四百餘首。王維精通佛學，佛教有一部《維摩詰經》，是維摩詰向弟子們講學的書，王維很欽佩維摩詰，所以自己名為維，字摩詰。王維詩書畫都很有名，音樂也很精通，非常多才多藝。

男子愛簪花

欣逢睿藻光韶律，更促霞觴畏景催

——《奉和立春內出彩花樹應制》·武平一

穿裙子不是女性的專利，蘇格蘭人視短裙為正裝，尤其是男子穿來更是別有一番味道。而簪花也非女性專有，中國古代的男子愛花、愛戴花的程度，可是鬚眉不讓巾幗的。

這種戴花的愛好甚至在民俗裡都有體現，九九重陽登高，要飲菊花酒，還要折茱萸花插在頭上，有王維詩為證：「獨在異鄉為異客，每逢佳節倍思親。遙知兄弟登高處，遍插茱萸少一人。」杜牧還說：「塵世難逢開口笑，菊花須插滿頭歸。」

　　百姓愛戴花自不待言，為官者更是有過之而無不及，尤其是能得到一朵皇帝賜予的花來戴，那更是無上的榮耀。

　　很多史料都有記載類似的事情。據說玄宗的兒子汝陽王李璡隨玄宗遊幸，常戴砑綃帽打曲，皇帝一高興，便摘了一朵槿花給他戴上，他高興得舞了一曲《山香》，頭上的花完全沒有落下來。

　　《開元天寶遺事》記載了那麼一件事，唐玄宗李隆基某個春天設宴款待群臣，席上學士蘇頲有應制詩，詩中一句「飛埃結紅霧，遊蓋飄青雲」很得皇帝讚賞，玄宗「遂以御花親插頲之巾上」，這件事深為時人所羨慕。

　　皇帝欽賜花朵佩戴是一種榮耀，唐朝甚至還發生過為了得到皇帝欽賜的花，不惜在朝堂上搶奪的事件。那是在中宗在位之時，正月八日立春，宮廷拿出彩花賜給近臣。當時武平一作了一首應制詩《奉和立春內出彩花樹應制》：

　　鑾輅青旂下帝臺，東郊上苑望春來。

　　黃鶯未解林間囀，紅蕊先從殿裡開。

　　畫閣條風初變柳，銀塘曲水半含苔。

　　欣逢睿藻光韶律，更促霞觴畏景催。

　　中宗見此詩，批示說：「平一雖然年少，但是詩寫得驚策清斷，喜紅花之先開，訝黃鶯之未囀，往復吟詠，令人嘆賞。今更賜花一枝，以表彰其美。」武平一以兩花左右交插，戴於頭上，拜謝皇帝。

　　當時在場的還有一個叫崔日用的人，他對武平一得了兩朵學士花非常忿怒，於是趁著酒醉，想要搶奪武平一的花。

　　做人真不能有什麼非分之想，正當崔日用將要搶下花朵時，正好被簾下

的中宗正巧看見。崔日用、武平一兩人忙跪下請安，皇帝就問武平一：「日用為何要搶奪你的花？」武平一答：「讀書萬卷，從日用滿口虛張；賜花一枝，學平一終身不獲。」皇帝聽了哈哈大笑，因而又賜了武平一一杯酒。人們知道這件事就更羨慕了。

古代男子愛簪花，尤其是皇帝賜的花，本無可厚非。但是，還是要注意一下戴花的姿態。

小知識

武平一，名甄，以字行，潁川郡王載德子。博學，通《春秋》。武后時，畏禍不與事，隱嵩山，修浮屠法，屢詔不應。中宗復位，平一居母喪，迫召為起居舍人，丐終制，不見聽。景龍二年，兼修文館直學士，遷考功員外郎。雖預宴遊，嘗因詩規戒。明皇初，貶蘇州參軍。徙金壇令。既謫，名亦不衰。開元末卒。詩一卷。

才華是羨慕嫉妒恨不來的

日暮吹簫楊柳陌，路人遙指鳳凰樓

——《贈郭駙馬》·李端

李端，唐詩人李嘉佑的侄子，大曆十才子之一。李端小時候居於廬山，跟從詩僧皎然讀書，因此為人淡泊名利，特別羨慕僧侶的生活。大曆五年，李端中進士，被任命為祕書省校書郎。不過李端體弱多病，不久就辭官養病，居住在南山草堂寺了。

朝廷沒有忘記他，沒過多久，詔令下來任他為杭州司馬。李端從內心深處厭惡官場，上次因身體原因辭官，一半是真一半是假，這次看來無論如何也躲不過去了，他便在虎丘山下購置田園居住。後來他移居衡山過起了隱居生活，自號「衡岳幽人」。那才是他要的生活，沒有繁雜的政事和人際往來，單親讀書，登高望遠，時間緩緩流淌，凝鈍得彷彿不存在，歲月如此靜好。

其實，李端早年在長安活動的時候，因其才華風流而備受推崇，若不是他天性不熱衷那種社交生活，一定會成為長安上流社會的社交高手。

他那時與處士京兆柳中庸、大理評事江東張芬一起唱和，初來長安得到這些人的大力推崇舉薦，又因卻有真才實學，詩名大震。

尚升平公主的駙馬郭曖，賢明有才，招賢納俊，常常邀請這些才子俊傑入府宴飲，李端等正在其中。後來郭曖升官，更是大排宴席，席間請李端賦詩一首來應景。李端幾乎不假思索，頃刻而成，吟詠道：

青春都尉最風流，二十功成便拜侯。

金距斗雞過上苑，玉鞭騎馬出長楸。

熏香荀令偏憐少，傅粉何郎不解愁。

日暮吹簫楊柳陌，路人遙指鳳凰樓。

郭曖聽了十分欣喜，四座皆讚嘆不已。唯獨錢起不服氣，他不否認這詩的好，但是他說：「詩雖然是好詩，但我不相信是你這一時半刻想到的，定是你事先構思準備好了，才在這時唸出來的。你若是以我的姓做韻，立刻再作一首詩，我就服你。」李端聽後，也不辯解，又立時獻詩一首：

方塘似鏡草芊芊，初月如鉤未上弦。

新開金埒看調馬，舊賜銅山許鑄錢。

楊柳入樓吹玉笛，芙蓉出水妒花鈿。

今朝都尉如相顧，願脫長裾學少年。

這首詩便符合錢起的韻腳要求了。雖然用了鄧通（漢文帝男寵，失寵後被餓死）的典故真是不太吉利，而且「願脫長裾學少年」實在有點兒罔顧身

分逢迎拍馬的意思，但總體來說，意境尚可，脫口而出的詩作能達到這個水準，其才華是不容質疑的。錢起終於心悅誠服。

不管錢起出口刁難是由於羨慕、嫉妒還是恨，反正真正的才華是不會被掩埋的，也是羨慕嫉妒恨不來的。

小知識

李端（約西元743年～782年），字正已，趙州（今河北趙縣）人。少居廬山，師詩僧皎然。大曆五年進士，曾任祕書省校書郎、杭州司馬。晚年辭官隱居湖南衡山，自號衡岳幽人。今存《李端詩集》三卷。其詩多為應酬之作，多表現消極避世思想，個別作品對社會現實亦有所反映，一些寫閨情的詩也清婉可誦，其風格與司空曙相似。李端是「大曆十才子」之一，在十才子中年輩較輕，但詩才卓越，是「才子中的才子」。他的名篇《聽箏》入選《唐詩三百首》。

天衣無縫的借用

曲終不見人，江上數峰青

——《湘靈鼓瑟》·錢起

　　許多人喜歡把相似或相關的人和事物放在一起比較，錢起做為一個有名的詩人自然也逃不過被比較的命運。當他聽到人們廣為流傳的口訣「前有沈、宋，後有錢、郎」的時候，他分外不高興，他認為郎士元憑什麼跟他比。又有人把錢起和劉長卿放在一起比較，但是在後人的評論中，錢起的詩作是遠遠遜色於劉長卿的。但是不管怎麼說，錢起都是一個很出色的詩人。

　　錢起小時候就很聰明，得到鄉里無數人讚賞。有一次他隨人到京口，住進當地的旅店。晚上他一個人在房間裡感到十分無聊，正想出去散散步，忽然聽到有人吟誦詩歌。錢起豎起耳朵仔細聽那人吟誦的句子，只聽到反覆的兩句：「曲終不見人，江上數峰青。」錢起立刻打開門向外奔去，企圖尋找到吟詩的人，可惜一無所獲。錢起記下了這兩句詩，也沒太在意便回了房間。

　　天寶十年，錢起參加「粉闈」考試，當時的試題是《湘靈鼓瑟》，要求應試者寫一首五言律詩。錢起對於《楚辭》格外熟悉，這就是出自《楚辭·遠遊》裡的句子：「使湘靈鼓瑟兮，令海若舞馮夷。」錢起想這是他的強項，立刻就可信手拈來。但是在真正進行構思創作的時候，他卻遇到了難題，最後兩句始終想不到合適的句子，使得他久久無法完成自己的詩作。而後他忽然想起小時候那晚聽到的句子，那句詞的韻腳跟自己所做詩歌的韻腳都屬於「九青」部，正好合適。於是，錢起把那兩句詩做為了自己詩稿的結

尾句，全篇看來天衣無縫。就這樣，錢起信心滿滿地提前交了卷。

那次考試的主考官叫李暐，他拿到錢起的卷子端詳了一番：

善鼓雲和瑟，常聞帝子靈。

馮夷空自舞，楚客不堪聽。

苦調淒金石，清音入杳冥。

蒼梧來怨慕，白芷動芳馨。

流水傳湘浦，悲風過洞庭。

曲終人不見，江上數峰青！

李暐搖頭晃腦反覆誦讀，拍案叫絕道：「這種高妙空靈的結句，只有神明相助才寫得出來啊！」於是他把錢起置於高第。考試結果出來之後，錢起任職校書郎。錢起的詩還得到王維的讚賞，王維稱他的詩頗有「高格」。後來蘇東坡、秦少游等人凡用到「湘靈鼓瑟」這個意象的時候，幾乎都以錢起這首詩為藍本，竟然忘記了最早來自於《楚辭》！

小知識

錢起（約西元710年～780年），字仲文，吳興（今浙江湖州市）人，天寶十年賜進士第一人，曾任考功郎中，故世稱錢考功，翰林學士，與韓翃、李端、盧綸等號稱「大曆十才子」。錢起當時詩名很盛，音律和諧，時有佳句，其詩多為贈別應酬、流連光景、粉飾太平之作，與社會現實相距較遠。然其詩具有較高的藝術水準，風格清空閒雅、流麗纖秀，尤長於寫景，為大曆詩風的傑出代表。

人貴有自知之明

為報高唐神女道，速排雲雨候清詞

——《書巫山神女祠》‧白居易

敬宗時候，白居易調任蘇州刺史，自三峽沿江赴郡。當時在秭歸縣有個叫繁知一的人，他聽說白居易馬上就要經過巫山了，便立刻先到白居易必經必遊的神女祠去了一趟，在神女祠粉壁上題了一首詩：

蘇州刺史今才子，行到巫山必有詩。

為報高唐神女道，速排雲雨候清詞。

這實在是一首拍馬屁的好詞。白居易看了之後，內心的高興自不待言。他問出這是繁知一的傑作，便特地把繁知一邀請過來同遊神女祠。繁知一恭謹地跟在白居易身邊答話，突然他對白居易說起一樁典故：「劉禹錫治理白帝三年，一直想作一首詩留在這裡，但是卻一直沒作成。他離開時從這裡經過，把這裡原有的一千多首題詩全命人抹去了，只留下了四首詩而已。這四首詩，真是堪稱古今絕唱。許多人來這裡想作詩留念，只是一看到那四首詩，都感覺無顏留下自己的文字。後來更沒有人敢隨便亂寫了。」

白居易聽到這裡明白了，這個繁知一也不光是拍他馬屁，看來是真心希望有人能夠在此再題上一首詩。而白居易是大名鼎鼎的詩人，繁知一對他抱有莫大希望，認為憑白居易的詩才，定能作出一首與那四首相提並論，甚至超出一籌的好詩來。白居易一下推敲出繁知一的心事，又看到繁知一一臉期待的樣子，心想「就實現你的願望好了」。此時的他對自己信心十足，慢慢

69

踱到粉壁上仔細誦讀那前人留下的四首詩：

沈佺期：

巫山高不極，合遝狀奇新。

暗谷疑風雨，幽崖若鬼神。

月明三峽曙，潮滿九江春。

為問陽臺客，應知入夢人。

王元競：

神女向高唐，巫山下夕陽。

徘徊作行雨，婉孌夢荊王。

電影江前落，雷聲峽外長。

朝雲無處所，臺館曉蒼蒼。

皇甫冉：

巫峽見巴東，迢迢出半空。

雲藏神女館，雨到楚王宮。

朝暮泉聲落，寒暄樹色同。

清猿不可聽，偏在九秋中。

李端：

巫山十二峰，皆在碧虛中。

回合雲藏日，霏微雨帶風。

猿聲寒度水，樹色暮連空。

悲向高唐去，千秋見楚宮。

白居易吟誦這四首詩近百遍，越品越有味道，然後心裡打了無數腹稿，
又一一推翻。半天過去了，他也作不出一首，不說超越，哪怕能與這四首相
媲美的也沒有。白居易看著繁知一微笑嘆口氣，轉身離開了神女祠，帶著繁
知一同渡江去了，那詩終究是沒有作成，繁知一的願望也沒實現。

其實就算白居易胡亂作一首詩，繁知一也會拍手稱好的。只不過人貴有
自知之明，白居易自知不如人家，也便不強撐著獻醜。怪不得他一生能夠得
以善終呢！

小知識

白居易（西元772年～846年），漢族，字樂天，晚年又號香山居士，河南
新鄭（今鄭州新鄭）人，我國唐代偉大的現實主義詩
人，中國文學史上負有盛名且影響深遠的詩人和文學
家，他的詩歌題材廣泛，形式多樣，語言平易通俗，
有「詩魔」和「詩王」之稱。官至翰林學士、左贊善
大夫。有《白氏長慶集》傳世，代表詩作有《長恨
歌》、《賣炭翁》、《琵琶行》等。白居易故居紀念
館座落於洛陽市郊，白園（白居易墓）座落在洛陽城
南琵琶峰。

好詩都是「推」「敲」出來的

鳥宿池邊樹，僧敲月下門

——《題李凝幽居》·賈島

賈島是唐朝著名的苦吟派詩人。所謂苦吟派詩人，就是會為了一首詩中某個句子或者某個詞某個字，嘔心瀝血、苦思冥想。據說，賈島曾經用幾年的時間作一首詩，有詩《題詩後》為證：

兩句三年得，一吟雙淚流。

知音如不賞，歸臥故山丘。

苦吟派的賈島作詩特別講究煉字，而談及煉字，還有那麼一個典故。一次，賈島赴京趕考，他騎著毛驢，全然不顧及自己正在趕路，既不管毛驢奔跑的方向，也不看路況，一副恍神的樣子。原來此時，他正在思索一首詩：

閒居少鄰並，草徑入荒園。

鳥宿池邊樹，僧敲月下門。

過橋分野色，移石動雲根。

暫去還來此，幽期不負言。

這首詩其他詞句他都很滿意，唯獨「鳥宿池邊樹，僧敲月下門」令他拿不定主意，到底是「僧敲月下門」好，還是「僧推月下門」好？「推」字恰當，還是「敲」字恰當呢？推……敲……推……敲……賈島糾結在這兩個字上入了神，嘴裡唸唸有詞地叨唸著，手裡還一邊比劃著「推」、「敲」的動

作。不知不覺，竟任由毛驢馱著他闖進了一個官員的儀仗隊裡去。這官員便是韓愈。

韓愈走過來問賈島：「你為什麼到處亂闖？」賈島知曉此人便是詩文大家韓愈，恭恭敬敬行了禮，說自己絕無冒犯的意思，只是想問題想得太入迷才衝撞了他。

接著，賈島把自己所作的那首詩唸誦給韓愈聽，再把自己對「推」、「敲」兩個字的糾結告訴韓愈。韓愈聽後略加思索，對賈島說，「我覺得還是用『敲』好。去到別人家拜訪，若人家家門緊閉，『推』如何推得開。

而且，夜深人靜之時，用『敲』字使得一片靜謐中出現一點聲響，

更襯托那和諧幽靜的意境，動中有靜，靜中有動，使得整個句子跌宕起伏、躍然活潑。你認為呢？」

賈島聽了豁然開朗，連連點頭。他不僅沒有受到韓愈的處罰，還跟韓愈交上了朋友。韓愈也頗為欣賞這個喜歡咬文嚼字的年輕人，自此來往頻密，相互切磋學問。

這就是「推敲」一詞的典故由來。而我認為這個典故最大的意義是，它暗含了一種別有的思維方式。賈島在思考「推」、「敲」二字哪個更合適的

時候，不自覺地把自己代入了那種情景之中，還做著手勢一遍一遍地推演，這其實就是作家把自己寓於作品形象中進行思考的一種思維方式，這種方式更具體，帶有明顯的心理機制和環境設定，能夠把具有潛隱性的思維具象化，進而得到想要的結果。如果賈島沒有撞上韓愈，我想，他仍然能夠得到那個「敲」字。可見，好詩好文好作品，都是「推敲」出來的。

小知識

賈島（西元779年～843年），唐代詩人，漢族，字浪（閬）仙。唐朝河北道幽州范陽縣（今河北省涿州市）人。早年出家為僧，號無本，自號「碣石山人」。據說在洛陽的時候因當時有命令禁止和尚午後外出，賈島作詩發牢騷，被韓愈發現其才華。後受教於韓愈，並還俗參加科舉，但累舉不中第。唐文宗的時候被排擠，貶做長江主簿。唐武宗會昌年初由普州司倉參軍改任司戶，未任病逝。

有些地方不能隨便去

玄都觀裡桃千樹，盡是劉郎去後栽

——《戲贈看花諸君子》·劉禹錫

　　貞元二十一年（西元八○五年），德宗去世，順宗即位。順宗即位前就已經因為中風而不能言語，所以即位後也不上朝理事，一直住在宮裡，大臣們都是透過簾帷向順宗奏請國家大事。順宗還是太子的時候，翰林待詔王伾、王叔文為太子侍讀，深得他的信任。他即位以後，當時的一些中青年士大夫集團，以他們為領袖，形成一個革新集團。王叔文集團便開始實行政治革新，劉禹錫被任命為屯田員外郎，很快也成為這個集團的核心人物之一。

　　任何革新都會遭遇反對派勢力阻攔，這次也不例外。他們本來就是主張打擊宦官勢力、革新朝政方針，自然會被宦官以及保守勢力反對。永貞元年（西元八○五年）五月，宦官俱文珍痛恨王叔文想奪他的兵權，便想辦法讓順宗下詔削去他翰林學士的職務。六月，韋皋上

表誣告王叔文，一些人紛紛上表附和。八月，順宗被迫讓位給太子純，即憲宗，改元永貞。憲宗貶王伾為開州（今重慶開縣）司馬，王伾不久病死；貶王叔文為渝州（今重慶）司戶，次年又將他賜死。同時被連累的還有劉禹錫、柳宗元等革新集團的八個重要人物，他們統統被貶到遠州去做司馬，這就是歷史上著名的「八司馬」事件。

　　劉禹錫先是被貶為連州刺史，後來再被貶為朗州司馬。一轉眼十多年過去了，朝廷又下了詔令，赦免了劉禹錫，召他回京。那正是春暖花開萬物欣榮的時候，長安名勝玄都觀百花綻放，盛如紅霞，分外壯觀美麗。劉禹錫這十多年來都待在偏遠的地方，好不容易回到京城，逢此勝景，豈能不去遊賞一番？他隨眾人來到玄都觀，看著這滿園春景，揮筆寫了一首絕句《戲贈看花諸君子》：

　　紫陌紅塵拂面來，無人不道看花回。

　　玄都觀裡桃千樹，盡是劉郎去後栽。

　　在這長安的繁華街道上，紅色塵土到處飛揚，這都是人們看花歸來時踏起的，而那廟宇中的上千株桃樹，都是我劉某人被貶以後栽種的。尤其是這最後兩句，一語雙關，表面上看說的是桃樹，實際上說的卻是當年迫害他的保守勢力，充滿了諷喻。這詩一出便傳遍京城，傳到當朝執政的人耳朵裡，令人非常不快。沒過幾天，朝廷下詔說劉禹錫心懷憤恨，作詩諷刺朝政，又把他貶為連州刺史。

　　十四年過去了。大和二年（西元八二八年）三月，劉禹錫在此被召回，同時被任命為主客郎中。劉禹錫上次因為去了玄都觀遊賞題詩被貶官，這年春日他不信邪，又起意去玄都觀。這一回的景象與上一次可大不相同，玄都觀的桃樹都沒了，只有兔葵燕麥之類的存在。來便來了，上次留詩惹了禍，沒想這次劉禹錫依然詩興不減，又寫了一首《再遊玄都觀絕句》：

百畝庭中半是苔，桃花淨盡菜花開。

種桃道士歸何處？前度劉郎今又來。

由此詩便可看出劉禹錫的性子有多乖戾，自然不為當政者所喜。後來他果然因不容於執政者再度被貶。可見，詩不能亂寫，當然了，有些地方也不能隨便去，去了真的可能遭災，一如玄都觀之於劉禹錫。

小知識

劉禹錫（西元772年～842年），字夢得，唐朝彭城人，祖籍洛陽，唐朝文學家、哲學家，自稱是漢中山靖王後裔，曾任監察御史，是王叔文政治改革集團的一員。唐代中晚期著名詩人，有「詩豪」之稱。他的家庭是一個世代以儒學相傳的書香門第。據湖南常德歷史學家、收藏家周新國先生考證，劉禹錫被貶為朗州司馬其間寫了著名的「漢壽城春望」。

出名太早大抵懷才不遇

我今垂翅附冥鴻，他日不羞蛇作龍

——《高軒過》‧李賀

　　早唐時才華出眾的才子裡面，出名歲數最小的大概就是李賀了。據說李賀七歲的時候，已經能夠創作出極富個人特色的詩歌，進而名震長安。

　　連文學巨匠韓愈以及當時大名鼎鼎的散文家皇甫湜，看了小小年紀的李賀的作品，都感到十分驚奇。他們暗想：假如這作詩之人是古人，我們可以不知道他；但倘若是當世之人，豈有不知之理？李賀的父親李晉肅做邊上從事，近日剛巧在家，於是韓愈和皇甫湜決定去拜訪一下。

　　兩人騎馬到了李府後，便急急把馬匹交給小廝照料，見了李晉肅沒寒暄幾句，就提出要見其公子李賀。李晉肅應命著人將李賀叫到前廳來。不一會兒，只見一俊俏漂亮的少年慢慢走過來，他梳著兩個小髮髻，穿著並不富貴，只是乾淨整潔。

　　少年還未長成，個子小腿短，走起來卻頗有風流韻致；而他故作嚴肅的表情映在稚氣的臉龐上，竟分外可愛。

　　韓愈跟皇甫湜帶著明顯懷疑的神色打量著李賀：就這麼一個小孩子，能寫出那樣的佳作？兩人對看一眼，越想越不相信，難道是李晉肅故弄玄虛，代筆撰詩來捧兒子吧？

　　韓愈溫和地向李賀招招手，問了些問題，李賀對答如流，言詞清晰，韓愈很滿意，笑得更加慈愛了，問小李賀：「你能現作一篇詩給我看嗎？」李賀想了想，點點頭，家人速取來筆墨紙硯，李賀行雲流水地寫下《高軒過》：

華裾織翠青如蔥，金環壓轡搖玲瓏。

馬蹄隱耳聲隆隆，入門下馬氣如虹。

云是東京才子、文章巨公。

二十八宿羅心胸，元精耿耿貫當中。

殿前作賦聲摩空，筆補造化天無功。

龐眉書客感秋蓬，誰知死草生華風。

我今垂翅附冥鴻，他日不羞蛇作龍。

　　韓愈、皇甫湜看罷大吃一驚！全詩先從他們這兩位「東京才子」、「文章巨公」來訪的衣著氣勢說起，充分渲染了他們的出場，也表達出自己的驚喜、欽佩的心情。想像大膽而誇張，卻又如此豐富多彩。

　　接下來轉而感慨自己的命運，希望二公多多提攜，然而又表現出強大的自信和遠大的抱負，終信自己有一天會化蛟為龍。整首詩一氣呵成，構思巧妙，跌宕多姿，感情豐富，若非親眼所見，他們說什麼也不敢相信這詩出自一個少年之手。兩人欣賞李賀才華，後來還把他請到家裡，親自為他束髮。

　　後來李賀去考進士，憑他的才華，應該一舉中的才對，但是有人說他應該避家諱，不能來考。因為進士的「進」和李賀父親李晉肅的「晉」同音。韓愈惜才，特地做了一篇《諱辯》為他申辯，仍終不能考。李賀一生有志難伸，鬱悶不樂。

　　年少成名的好處是自小受重視，然而這世界如此公平，他總不會把最好的都給你一個人，給了你少年成名，便讓你懷才不遇，可悲可嘆！

小知識

李賀（西元790年～816年），唐代著名詩人，河南福昌人。字長吉，世稱李長吉、鬼才、詩鬼等，與李白、李商隱三人並稱唐代「三李」。祖籍隴西，生於福昌縣昌谷（今河南洛陽宜陽縣）。一生愁苦多病，僅做過三年從九品微官奉禮郎，因病二十七歲卒。李賀是中唐浪漫主義詩人的代表，又是中唐到晚唐詩風轉變期的重要人物。

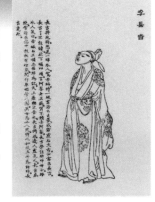

生死相隨的宿命

休零離別淚，攜手入西秦

———《同夫遊秦》‧王韞秀

路掃饑寒跡，天哀志氣人。

休零離別淚，攜手入西秦。

單看這詩，透著大氣、堅強，實在不像是出自女兒之手。然而這首詩的作者確確實實是個女兒身，她叫王韞秀。這可是個將門虎女，她的父親就是唐朝頗負盛名的大將王忠嗣。

王忠嗣一生征戰，立奇功無數。他打得契丹無還手之力，擊潰吐蕃及其盟軍。他曾一人節度河西、隴右、朔方、河東四鎮，萬里邊疆，半個大唐，幾乎所有的精銳都在他的掌握之中。而這樣一個驍雄人物，不知怎的，卻把女兒許配給了落魄書生元載。元載當時窮愁潦倒，連個安身立命的處所都沒有，只好寄食在老丈人家裡。

不管在後世的傳說裡，大唐是個多麼開放疏豪的朝代，妻以夫貴的

傳統絕不會有所改變。元載那種境況，在家裡難免受冷眼遭慢待。王韞秀的娘家親戚姐妹覷著機會，便酸言冷語地挖苦這夫妻倆，活似這不是他們的親人，而是上門討飯的。元載不堪忍受，在無數個難眠之夜過後，他決定離開前去求取功名，他對妻子說：

年來誰不厭龍鍾？雖在侯門不見容。

看去海山寒翠樹，苦遭霜霰到秦峰。

王韞秀可不是一般的閨中女子，她外柔內剛，要強好勝，自然不願在家中苦等丈夫衣錦榮歸。她既然嫁了他，富貴是他，窮困是他，生也是他，死也是他，她的命數早就跟他綁在一起了，那麼，她要跟他一起走。於是，她寫了《同夫遊秦》給他。

元載這個人，學問必然是有的，王忠嗣即便挑了個窮女婿，也不至於閉著眼睛找。夫妻到京，元載便開始不斷給朝廷上書陳說政事，不多久便得到皇帝賞識，唐肅宗任命他做了中書令。唐朝的中書令便相當於宰相了。王韞秀比元載更激動，她立即寫了首詩寄給家中諸位姐妹：

相國已隨麟閣貴，家風第一右丞詩。

笄年解笑明機婦，恥見蘇秦富貴時。

她要廣而告之，她沒有嫁錯人，是她們愚拙，看錯了她王韞秀，看錯了她的丈夫。

收到王韞秀的嘲諷，家中親族居然還厚著臉皮來給元載王韞秀道賀。王韞秀吩咐侍女用十四條長三十丈的青色條帶扯做繩子，上面搭著華服美裳，下面排開金銀爐二十枚焚燒異香。然後她領著親戚去院中散步，看到他們各異的尷尬臉色，冷嘲道，「你們沒料到吧？昔日討飯的人還有些避體的衣服

呢！」親戚們不知是被羞的還是被氣的，臉孔通紅，那何止是避體的衣服，他們所有的衣服加起來也沒這裡一件貴重呢！一時間，人們紛紛找藉口匆匆離去。

元載這個宰相從肅宗一朝做到了代宗一朝，可謂貴盛無比。他廣修亭臺，交遊貴族，生活極盡奢侈。據說他在家裡造了個「芸輝堂」，用一種極為名貴的叫芸輝的香草搗碎刷牆，又用沉香木做樑棟，金銀造門窗；堂中擺設的屏風原為楊國忠所有，屏風上雕刻著許多前代美女，以玳瑁水晶鑲嵌其上。

元載的奢華生活不僅表現在穿、用上，他還沉溺於女色，娶妾納寵不說，甚至找來娼優在家中表演色情遊戲。這般窮奢極欲，觸動了王韞秀的底線。她性子硬，不是嬌滴滴的千金小姐，她凡事愛站高枝上，但這不代表她能認同所謂上流社會高貴人物的生活習氣，在她看來，這簡直是無下限的墮落。她的丈夫，沒錢、沒地位的時候她盼他出息；待到他出息了，她才發現苦日子還沒完，以前是身苦，現在是心苦。她寫詩諷諭丈夫：

楚竹燕歌動畫梁，春蘭重換舞衣裳。

公孫開閣招嘉客，知道浮榮不久長。

一個女子，在繁華極盛之時還能清醒如斯，沒有被這激灩的富貴沖昏了頭腦，可見其心性。

權勢財富這東西，一旦沾染，就是戒不掉的癮，幾句詩是勸不住的。元載不加收斂，恃權枉法，恣行貪污，終於招致罪過，被人彈劾。他本人被賜死，兒子被殺，家門被抄沒。至於元載的妻女，則被罰入宮中做粗活。王韞秀因讀書習字有些才華，被皇帝准許入宮後管理文書。

苟且偷生，那不是王韞秀的風格。元家散了，王韞秀的心也死了，說不

海燕何微眇，乘春亦暫來。

豈知泥滓賤，只見玉堂開。

繡戶時雙入，華軒日幾回。

無心與物競，鷹隼莫相猜。

李林甫看了這首詩很高興，張九齡表明了不與他相爭的意思。後來裴耀卿被罷免，自此張九齡和裴耀卿在上朝時十分謙卑，而李林甫則表現出一副趾高氣昂的樣子。這樣，人們私下議論，李林甫這是「一雕挾兩兔」。很快地，玄宗的詔書下來了，令張九齡、裴耀卿為左右僕射，罷知政事。李林甫見此詔令大怒，他本以為兩人會被變出朝堂呢！

其實，張九齡若做以退為進處理，未嘗不是個妙招，可惜，他是真的想退了。

張九齡（西元678年～740年），字子壽，一名博物，韶州曲江（今廣東韶關市）人。唐開元尚書丞相，著名政治家、文學家、詩人。長安年間進士。官至中書侍郎同中書門下平章事，後罷相，為荊州長史。詩風清淡，有《曲江集》。他的五言古詩，以素練質樸的語言，寄託深遠的人生慨望，對掃除唐初所沿習的六朝綺靡詩風，貢獻尤大，被譽為「嶺南第一人」。

清她對元載是愛、是恨、是恩或是義，她生為將軍貴女，及笄嫁了個窮書生，陪他走過窮愁，走過富貴，也曾盛極一時，今日衰落，也算應了「盛極必衰」的天命。現在，就算不是為了愛，黃泉路上，她也要陪著他。

王韞秀違抗皇命，京兆尹笞杖刑罰加身，沒多久便去了。死前她長嘆：「王家十三娘，二十年太原節度使女，十六年宰相妻，誰能書得長信、昭陽之事？死亦幸矣。」

小知識

王韞秀（西元？～777年），唐女詩人。《舊唐書‧元載傳》中記載，元載妻王氏為河西節度使王忠嗣女，與元載同被賜死。唐范攄《雲溪友議》則云，元載妻子王韞秀乃王縉之女-王維侄，且錄其與載贈答詩三首。《唐詩紀事》則謂韞秀乃王忠嗣女，然其詩中又有「家風第一右丞詩」句，故詩是否為元載妻作，其名是否為韞秀均可疑。生平事蹟見《舊唐書》卷一一八、《雲溪友議》卷下、《唐詩紀事》卷二九。

勸君莫欺少年窮

當時甚訝張延賞，不識韋皋是貴人

——《詠韋皋》．郭圓

張廷賞出身世宦之家，祖輩出了
不少高官。他的女兒如今年歲漸長，
眼看就要到出嫁的年紀，他卻還沒選
定女婿。於是這一段時間，他常常請
客宴飲，希望能從客人之中挑一個稱
心如意的女婿。這樣的日子持續了很
久，他始終沒有找到滿意的。

張廷賞的妻子苗氏是太宰苗晉卿
的女兒，素有識人之能。那些過府赴
宴的客人她都一一看過，對一個名
叫韋皋的秀才印象深刻。她對張廷賞
說，「這個韋皋將來一定是尊貴之
人，無人可比。」張廷賞相信妻子的
眼光，於是把女兒嫁給了韋皋。

過了兩、三年，張廷賞看韋皋個
性清高，不拘小節，實在後悔找了他
做女婿，於是對待韋皋愈發無禮。家
中僕婢見到主人的態度，對韋皋也漸

漸怠慢起來，明裡暗裡透著瞧不起。只有苗氏，一如既往地對待韋皋，甚至越來越好。韋皋面對除了苗氏以外的其他人，心中都充滿了不能控制的愁悶和憤怒。他的妻子也就是張廷賞的女兒哭道：「韋皋堂堂七尺男兒，文武雙全，這樣長期在我們家中居住，連傭人奴僕都看不起他。難道這大好年華就要白白虛度過去嗎？」於是張氏把自己的嫁妝首飾全部送給韋皋。

韋皋向張廷賞苗氏告辭，準備東遊。張廷賞對於韋皋的出走非常高興，終於不用再日日看到這個窮酸的女婿了，他還大方地送了馱滿了物品的七匹馬給韋皋。韋皋還沒走到一個驛站，就叫一匹馬馱著物品返回張家。經過七個驛站，這些物品又全部回到了張家，韋皋身上所帶的東西，只有妻子的首飾，一個口袋，還有一些書。當然，他的這些行為張廷賞並不知曉。

韋皋奮鬥多年，後來代理隴右軍事，同德宗皇帝守奉天。在西線上的功勞，就數韋皋最大。皇帝還都以後，認命韋皋為左金吾將軍，並派他去鎮守西川，接替張廷賞。這一次，韋皋終於可以回去揚眉吐氣了。韋皋不希望張廷賞過早地知道他的身分，便改換了姓名，以韓翱的身分出發前去。

當他到了天回驛站，距離西川府城還有三十里地的時候，有人知道了韋皋的真實身分，特意報告了張廷賞：「替換你的不是韓翱，而是左金吾將軍韋皋。」苗氏很激動：「若是韋皋，必然是咱們的女婿了。」張廷賞不以為然，笑道：「天下同名同姓之人如此多，那個韋皋早不知道死在何處了，怎麼會來繼承我的位置？」苗氏辯道，「韋皋當時雖然貧賤，但是我觀他有英雄氣概，當初我與你所言沒有半分誇大奉承。此成事立功之韋皋，必然是我們的女婿。」

第二天早上新官入城，張廷賞攜下屬官員去迎接，一見來人，果然是當初遭他厭棄的女婿韋皋。他感到非常難看，都不敢抬頭與韋皋對視，低低說了聲：「是我不會識人。」然後從西城門走了。韋皋來到張廷賞府邸接妻

子，當初在張府輕視他的那些婢女傭僕都被他派人用棒子打死扔到蜀江裡去了。張廷賞妻苗氏自視無愧於心，對待韋皋分外熱情，韋皋對她也是禮遇有加。

自此，全國當官有錢的人家，再也不敢輕視貧賤的女婿。郭圓因此作了一首詩：

孔子從周又適秦，古來聖賢出風塵。

可笑當日張廷賞，不識韋皋是貴人。

小知識

韋皋（西元746年～806年），字城武，唐朝京兆萬年（陝西西安）人。因祖先在北周朝和隋朝有過功勳，被任命為建陵挽郎。並很快就被派往華州當參軍，輔佐州刺史處理州務，又被升為使府的監察御史。後因助德宗皇帝還都有功，韋皋被升為左金吾衛將軍，遷大將軍，又在貞元初任劍南西川節度使，成為封疆大吏。韋皋在蜀地二十一年，共擊破吐蕃軍隊四十八萬，不但將蜀地治理得很好，而且輔佐太子登上皇位，最後得封南康郡王。

巧妙的試探

妝罷低聲問夫婿，畫眉深淺入時無？

——《閨意獻張水部》‧朱慶餘

朱慶餘跟水部郎中張籍素來交好，是為知音。朱慶餘應試前夕，張籍做了很多事情為他鋪路。張籍搜集了朱慶餘新舊詩作數十首，經過他反覆地吟詠修改，留下了二十六首。然後張籍向很多熟識的人推薦朱慶餘的詩，推薦之時極力讚美。

張籍在當時成名已久，詩名卓著，聲望也高，他推薦的詩自然備受眾人重視，朱慶餘的詩竟然一時一字千金，人人爭相傳抄吟誦，朱慶餘本人也跟著身價倍漲。

張籍這樣幫忙，在朱慶餘心目中，自是情意深重。但他並沒有自信，他認為自己的才華

並無過人之處，甚至可說是平平而已，全賴張籍大力宣傳推薦才得了如此名聲。在鄰近科考的時候，他緊張得不得了，越想越覺得自己的詩寫得不怎麼樣，他惴惴不安地寫了一首詩《閨意獻張水部》交給張籍，徵求張籍的意見和評價，說白了，其實就是打探消息，問自己是否能夠考中。詩曰：

洞房昨夜停紅燭，待曉堂前拜舅姑。

妝罷低聲問夫婿，畫眉深淺入時無？

張籍拿到詩一看，笑了。他想：朱慶餘這傢伙又沒自信了，他的詩明明寫得很好嘛！要不然也不會被我引為知交。張籍又好氣又好笑，玩味這首詩半晌，寫了一首《酬朱慶餘》回答他：

越女新妝出鏡心，自知明豔更沉吟。

齊紈未足人間貴，一曲菱歌敵萬金。

那出於鏡心的新妝越女，自己本身已經是非常明豔耀眼了，卻還在兀自沉吟；那些身著齊地出產的貴重白細絹布衣裳的姑娘，並不被人看重；相反，採菱姑娘的一串珠喉才真抵得上萬金。

顯然，「越女」、「菱歌」都是喻指朱慶餘。這兩首詩，一問一答，問答都用了比喻的手法，一語雙關，言此意彼，前者透過閨意來問，後者用越女出鏡心來答，妙到極點！

而事實上，閨怨詩也確是張籍所擅長，他常常以此隱喻他想表達的東西。他有一首非常著名的《節婦吟》亦是如此：

君知妾有夫，贈妾雙明珠。

感君纏綿意，繫在紅羅襦。

妾家高樓連苑起，良人執戟明光裡。

知君用心如日月，事夫誓擬同生死。

還君明珠雙淚垂，恨不相逢未嫁時。

看字面盡是閨情，而其實他是為拒絕大軍閥李師道的拉攏而寫的。

後來，朱慶餘果然如願得中，金榜題名。不久之後，又由於張籍的力薦而被推薦為祕書省校書郎。也因為張籍的肯定和讚揚，他的詩名亦隨之大震。可以說，張籍不僅是朱慶餘的益友，還可算得上是他的恩師。

小知識

張籍（約西元767年～約830年），字文昌，唐代詩人，祖籍蘇州，先世移居和州，遂為和州烏江（今安徽和縣烏江鎮）人，世稱「張水部」、「張司業」。張籍的樂府詩與王建齊名，並稱「張王樂府」。著名詩篇有《塞下曲》、《征婦怨》、《採蓮曲》、《江南曲》。

才子也是有脾氣的！

自謂能生千里翼，黃昏依舊入蓬蒿

——詩名不詳·吳武陵

　　中唐詩人吳武陵，跟韓愈、柳宗元交情頗深，也很受中興名相裴度的器重，人說他能明察軍國大事，善於舉薦人才，是個知人善任的人。但是這個人的性子則頗為怪誕偏激，歷史上關於他的逸聞不少。

　　唐穆宗長慶年間，白鹿先生李渤被任命為桂管觀察使。李渤欣賞吳武陵的才華，便請他來擔任自己的副使。按照慣例，副使上任必須佩戴好兵器向上司致謝。然後過幾日，要在球場上舉辦宴會，招待賓客。酒宴上大家喝得十分盡興，吳武陵此時忽然聽聞，看棚裡有婦女聚集在那裡觀看他們這次宴飲。吳武陵頓時無法接受，他深深感覺自己被侮辱了，他堂堂一個大才子，一個副觀察使，卻被別人當小丑似的圍觀，這不是奇恥大辱嗎？是可忍孰不可忍！他要發洩，要報復。不過他報復的手段非常有趣。他既沒有怒氣沖沖摔杯子，也沒有辱罵

任何人。他登上高臺，盤腿而坐，然後掀起衣襟，裸露著小便起來。

李渤看見吳武陵這般動作，登時大怒，命令衛兵把吳武陵押走斬首。當時部門裡有個衙吏叫水蘭，他覺得吳武陵不該殺，便把衛兵攔下，不讓他們執行命令，還把吳武陵安置在衙門裡，並派了不少人保護他。其實李渤要問斬吳武陵時已經醉得不輕，後來倒頭睡去，什麼也不知道。

夜深人靜之時，李渤忽然聽見陣陣哭聲，他清醒過來，見家人痛苦，忙問他們發生了什麼事？家人說：「昨天聽見宴席上喧鬧，後來打聽出來您斬了副使吳武陵，我們實在害怕您因為錯殺名士惹下禍端，這才痛苦悲傷啊！」

李渤聽了大驚失色，立即差人去問清楚具體情況。水蘭得到消息前來彙報說：「昨天接到您斬殺副使的命令，我卻不敢接受。現在吳先生正在後堂安睡，您不用擔心，我們並沒有為難他。」李渤這才放下心來，命家人都去歇息。

第二天一早，李渤趕到觀察使衙門，態度誠懇地跟吳武陵道歉。李渤已經放下身段，又給了臺階，吳武陵自然不會不識好歹，也立即表示自己亦有不當之處。事後，李渤見水蘭腦子伶俐，辦事俐落，就向朝廷舉薦他做宜州刺史。

從這麼一件事便可窺見，吳武陵雖有才華，卻不像一般的文人儒士那樣溫文有禮文質彬彬，他為人是強悍激越的。後來吳武陵任韶州刺史時，不檢點約束自己，名聲不太好，被人檢舉，皇帝敕令廣州幕府的官吏對吳武陵進行調查。

那個調查吳武陵的官吏年輕氣盛，自負進士出身，有些看不起吳武陵，審問之時盛氣凌人，絲毫不留情面。吳武陵那樣的脾氣，平時都是讓別人受

氣的，這一回自己受了氣還得忍著，實在憋屈。他處於洩憤，在路左佛堂題
詩曰：

雀兒來逐颶風高，下視鷹鸇意氣豪。

自謂能生千里翼，黃昏依舊入蓬蒿。

人人都有脾氣，尤其是才子發起脾氣來，隨著其詩文足以讓後世永遠記
住！

小知識

吳武陵（西元？～835年），初名侃，江西上饒人，祖籍河南濮陽。唐元
和二年（西元807年）進士，拜翰林學士。元和三年，因得罪權貴李吉甫
流放永州，與貶為永州司馬的柳宗元相遇，「兩人意氣相投，同遊永州山
水」（《新唐書·吳武陵傳》）。元和七年，吳武陵遇赦北還，柳宗元不
在赦歸之列。他們在永州相聚時間長達四年之久，來往甚密。吳武陵北歸
長安後，曾主持北邊鹽務，太和初（西元828年）入為太學博士。太和中
出任韶州刺史，後遭權貴構陷，貶為潘州司戶參軍。

沒有一份愛情可以借鑑臨摹

借問東鄰效西子，何如郭素擬王軒？

——《嘲郭凝素》‧朱澤

科學研究出對視的妙處，說男女兩人對視不足一秒，說明雙方互相沒有好感；對視二秒者，表示雙方互有好感；對視三秒，就是暗生情愫了；倘若對視四秒，足以證明兩人感情深厚；而能夠對視五秒，他們就可以幸福地長相廝守了。

所以我猜，王軒遇見苧蘿山那位少女的時候，兩人對視的時間一定有八秒。

王軒據說也是在唐代風騷一時的才子，少有詩名。一日他泛舟遊西小江，把船靠在苧蘿山邊，獨自上了岸。然後，他看見了一塊特別的石頭，那是春秋時期著名的美人西施浣紗的石頭。一時間思緒翻湧，王軒竟久久無法平復心情。接著，他在這塊讓他心潮起伏的石頭上題了一首詩：

嶺上千峰秀，江邊細草春。

今逢浣紗石，不見浣紗人。

千峰秀美，細草如春，可是當年的美人今在何處？感慨間，忽見一耳戴明璫光彩奪人的女子扶著石筍緩緩走來。兩人四目交投，那個對視有八秒，一定是。所以美人說：「妾自吳宮還越國，素衣千載無人識。當時心比金石堅，今日為君堅不得。」才有了之後的鴛鴦之會。跟有情人做快樂事，實在是水到渠成。然後少女恨別而去。

　　如果這段故事真實存在，那麼這個少女一定不是書上記載的仙女西施。她應該是千百年後《牡丹亭》裡杜麗娘一般的女子，一生愛好是天然，動了情就不會遮掩，身體發了芽就讓它成長成熟。

　　這樣的一夜情必然因為有情，絕不是濫交。王軒推說是西施，只怕是因為愛護，哪怕他不知道這少女是誰也本能地希望護住她。

　　後來這段豔遇傳到一個叫郭凝素的人耳裡，引起郭凝素的各種羨慕嫉妒。郭凝素每每路過苧蘿山浣紗溪邊，吟詠不停，甚至多次題詩在那塊西施石上。

　　他堅持了很久，這種堅持雖然可笑，但或許他對愛情嚮往的那一點真心確實存在。他期待的仙女西施一直沒有來，幾番無望的等待之後，他終於鬱鬱不樂地返回家中。

　　但凡聽聞此事者沒有不嗤笑郭凝素的，進士朱澤還特意作詩嘲諷他：

三春桃李本無言，苦被殘陽鳥雀喧。

借問東鄰效西子，何如郭素擬王軒？

郭凝素自此也再沒去過苧蘿山浣紗溪，而他於苧蘿山浣紗溪邊埋在心裡的惆悵，怕是也無人可訴。

愛情是怎麼一回事？只有經歷的人才會懂得。某個人某段情，總是碰巧遇上的，而不是能夠找到的，沒有一段愛情可以借鑑臨摹。

小知識

苧蘿山：位於臨浦鎮東北，海拔一百二十七公尺，歷史上曾屬苧蘿鄉，相傳為西施出生地。山上有紅粉石，相傳西施妝畢將胭脂水潑於石上，天長日久，石頭變成紅色。

浣紗溪：傍依苧蘿山，屬西小江古道。相傳，西施父親以賣柴為業，家境貧寒。西施自幼勤勞善織，常常幫助母親在溪邊浣紗。

只要能遇上就不晚

自恨妾身生較晚，不及盧郎年少時

—— 《述懷》·崔氏

盧校書，姓名不詳，生卒年不詳，但是史料裡有那麼一則可愛的軼事關於他。

盧校書至暮年的時候，娶了一位崔姓的女子為妻，至於他之前有沒有妻妾，發生過什麼就不得而知了。這位崔氏不僅年輕貌美，而且還善於文辭。

對盧校書而言，這位妻子簡直是上天送來的最美好的禮物。她能聽懂他的每一句話，她能夠陪他吟詠唱和，她乖巧賢慧體貼溫暖，不得不說崔氏實在是至善至美。而盧校書與這美好的女子相處中，卻遺憾地發現一個美中不足：她太小了。

長長嘆了一口氣，盧校書很煩躁。這位讓他無比掛心的妻子如此小，他的雙腿已沒入土裡，她才正

荳蔻年華。等到他真正入了土，她可能還沒長大，或者已經綻放卻無人庇佑。她怎麼這樣小呀？他糾結怨怪於她的年少，卻從沒想到是自己這麼老了。

崔氏是個相當聰敏的女子，日日相處中她已對丈夫的心結了然於胸。其實，她不是沒有幻想過嫁給一個年輕力壯、仕途顯達的貴公子，這樣的人在每一個少女的夢裡都出現過。

然而在這段日子裡，她看到的不是一個討人厭的糟老頭子，她的丈夫有點小才華，有點小情趣，還有他平和、包容、通達，說起道理來充滿智慧，笑鬧起來像個孩子──更重要的是，他真心疼她。那麼，她還求什麼呢？

一日，她跟盧校書在書房談論詩詞，盧校書頑童心性冒起，耍賴讓她作首詩表達情懷。崔氏抿嘴而笑，正不知有什麼機會可以跟他說說心裡話，這下機會來了。她深思片刻，援筆寫道：

不怨盧郎年紀大，不怨盧郎官職卑。

自恨妾身生較晚，不及盧郎年少時。

她字字是「不怨」，字裡句句透著「怨」。她其實在提醒他，讓他別擔未來的心，別管未來的事。盧校書對著妻子的詩沉吟半晌，悠然笑了。這個

結，大約是解開了。人生有多長，誰也無法預料，一起走的時候，認認真真
走完，以後的事情，那歸以後管。

崔氏是反話正說，當然也有直來直去的句子，以「互恨」的形式表達，
同樣刻骨銘心：

君生我未生，我生君已老。

君恨我生遲，我恨君生早。

這不是童話，這就是人生。其實只要能遇見，什麼時候都不算晚。

小知識

故事見《南部新書》。《南部新書》是北宋錢易所著作的一部筆記書，作
於真宗大中祥符（西元1008年～1016年）時。此書在古代書目中一般著
錄在小說家（類）中，其價值如《四庫全書總目》所說：「皆記唐時故
事，間及五代，多錄軼聞瑣語，而朝章國典，因格損益，亦雜載其中。故
雖小說家言，而不似他書之侈談迂怪，於考證尚屬有裨。」

一筆雙詩，寫全了兩地相思

瘦盡寬衣帶，啼多漬枕檀

——《寄內詩》‧河北士人

朱滔這個人的一生極為精彩，在政治舞臺上他的演出實在好看——他原本是安祿山旗下佐將，隨安祿山謀反，安祿山失敗後他便降唐，擁兵藩鎮，不服中央朝廷的指揮，在稅收、軍政方面「高度自治」。唐內亂時他自立為王，又因與同謀王武俊有隙，兵敗走還幽州，上書待罪被赦免，最後病死在幽州。

當然這個故事主角不是他，是個無名氏，而他是這個無名氏故事裡唯一一個有名有姓、有跡可循的人。那時候朱滔在幕府任職，有個河北的讀書人來拜訪他。朱滔這麼個武夫居然跟這讀書人聊得很投機。談話中，朱滔問他：「你是做什麼的？」這人直截了當地回答，「我是詩人。」朱滔一聽來了興致，既然此人以寫詩為職業，想必詩肯定寫得不錯。隨即，朱

滔問讀書人：「你娶妻了嗎？」讀書人回道，「家中已有妻子。」當下朱滔的考題便出來了：「那好，請你給家中的妻子寫一首詩如何？」說著，便讓家僕去拿紙筆過來。那讀書人幾乎不假思索地提筆寫道：

握筆題詩易，荷戈征戍難。

慣從鴛被暖，怯向雁門寒。

瘦盡寬衣帶，啼多漬枕檀。

試留青黛著，回日畫眉看。

朱滔拿過寫好了詩的紙一看，這詩寫得果然不錯，讀書人用戍邊戰士的名義，對家中等待他歸還的妻子訴說戍邊之苦、相思之意，到末尾勸勉妻子待他回去共享夫妻之樂。其實此詩文辭也不見得真有那麼好，只是朱滔這個粗通文墨的傢伙不懂罷了。朱滔一邊稱讚這讀書人一邊暗想：他不會是有備而來的吧？不行，我要再考考他，「你的妻子看到這首詩一定很高興，會有很多感觸，這樣，你用你妻子的口吻再寫一首詩做為回贈如何？」讀書人當然滿口答應，立時又寫了一首：

蓬鬢荊釵世所稀，布裙猶是嫁時衣。

胡麻好種無人種，正是歸時不見歸。

這才是一首好詩！短短四句，不見任何華美詞章，語言質樸，把妻子的形象、衣著、內心對丈夫的盼歸之情，刻畫得唯妙唯肖、真情流露，讀來餘韻深長，令人動容。後世還有不少的詞人化用末兩句，比如晁補之的《鷓鴣天》：「繡幕低低拂地垂。春風何事入羅幃。胡麻好種無人種，正是歸時君未歸。臨晚景，憶當時。愁心一動亂如絲。夕陽芳草本無恨，才子佳人空自悲。」

　　朱滔這一生首鼠兩端，時降時叛，為人凶惡寡德，絕對是個聲名狼籍的人物。然他生平倒還有一善舉，就是對這個他出題考校作詩能力的讀書人以禮相待，甚至據說還送這讀書人去與妻子團聚。看來在唐朝，詩寫得好實在是個了不得的本事。只是在這裡，更重要的是讀書人對妻子的情感，一定要很深很深，才能隨即擬想出那兩句「胡麻好種無人種，正是歸時不見歸」。

小知識

　　故事出自《本事詩‧情感第一》。還有一個版本說，朱滔大舉擴充自己的軍隊，抓人抓到了這麼一個斯文乾淨的書生，朱滔當場考了書生這麼兩首詩，書生立即按照朱滔的要求做了出來，即故事中那兩首詩。於是朱滔便把這書生放還回家，還特意發了些錢財路費。其實根據這兩首詩的內容來看，這個版本似乎更合乎情理，但是和史料中記載的不符，因此未能選用。故事中第二首詩，有一種說法是唐代軍人妻子葛鴉兒所作的《懷良人》。

探驪得珠的溫暖友誼

人世幾回傷往事，山形依舊枕寒流

——《西塞山懷古》·劉禹錫

　　長慶年間，元稹、劉禹錫、韋楚客三人一同到白居易家小聚。四人先是互相問候，說說各自近況，都是些瑣碎的小事。不知道怎麼的，就討論起了南朝興廢之事，四人都提出了自己的觀點，有同有異，氣氛特別熱烈。

　　白居易忽然提議：「我們都知道古人每次說一件事，說不清楚就開始發表感慨；感慨還不夠，就要作詩歌詠。今天我們在這裡聚會，可不能白白浪費掉這大好的機會，就以《金陵懷古》為題，各自賦詩一首。至於用什麼韻，大家任意選擇。如何？」

　　那個時候，劉禹錫正在郎署，也就是皇帝的宿衛侍從官，而元稹已入翰林，就是皇帝的文學侍從官。劉禹錫自視才華馳騁，毫不遜讓地請求先唱詩一首。只見他斟滿自己面前已空的酒杯，沉吟半晌，一飲而盡，起身提筆揮就，詩云：

王睿樓船下益州，金陵王氣黯然收。

千尋鐵鎖沉江底，一片降幡出石頭。

人世幾回傷往事，山形意就枕寒流。

今逢四海為家日，故壘蕭蕭蘆荻秋。

白居易率先接過詩看，片刻後感嘆：「我們四人探驪，沒料想你先得其

珠。那剩下都是鱗甲了，還有什麼用
呢？」白居易的稱讚顯而易見，他的意
思是四人一起去深海尋寶，沒想到劉禹
錫先得到了黑龍頷下那顆寶珠，那我們
三人再去，也只能得到一些片鱗指甲，
那又有什麼意思呢？咱們都不要丟人
了，大家都罷手別作了。

那三人聽白居易這樣說，都趕忙接過劉禹錫的詩傳閱一番，連連點頭，
不再繼續唱和些什麼了，大家知道不會有人超過他的。接著三人繼續飲酒暢
談，最後沉醉而歸。

後來劉禹錫身亡，白居易就哭道「四海齊名白與劉」（《哭劉尚書夢得
二首》），還說「杯酒英雄君與操」，他以曹操賞識劉備的口吻來訴說，可
見他對自己能與劉禹錫齊名感到十分榮幸的。再聯想到當年小聚上劉禹錫詩
畢，白居易那一番「探驪得珠」的讚譽，瞬間對兩人之間的友誼倍覺可貴溫
暖。自古文人相輕，但是能夠毫不掩飾地欣賞另一個人的才華，那是一種快
慰，恰如酒逢知己、棋逢敵手，更是一種胸懷。

小知識

故事選自《鑑誡錄》。《鑑誡錄》為唐五代筆記小說集，撰者五代何光
遠，字輝夫，東海（今屬江蘇）人。生卒年不詳。後蜀時，官普州軍事判
官。此書十卷，六十六則，每則冠以三字標題。內容多記唐和五代間事，
而以蜀事為多。其中「金統事」等四十四則，是記載詩本事的。《鑑誡
錄》原出宋代麻沙坊本，朱尊曾從項元汴家宋本影寫，原書均不可見。清
道光時鮑廷博刊入《知不足齋叢書》，今有古書流通處影印版本。此外，
又有嘉慶時《學海類編》本、光緒時《崇文書局匯刻書》本等。

卷四

晚唐篇

這是禮物還是詛咒？

從此無心愛良夜，任他明月下西樓

——《寫情》‧李益

李益和霍小玉，一段「癡心女子負心漢」的經典傳奇。

如果沒有安史之亂，霍小玉根本不會面臨那麼多苦難，她原來也是貴族出身的，她的父親是唐玄宗時代的武將霍王爺，母親鄭淨持是霍王府中的歌舞姬。安史之亂爆發，霍王爺戰死，霍王府一夕敗落，親族家僕四散，鄭淨持孤身帶著尚在襁褓中的霍小玉流落民間。

到唐代宗大曆初元，霍小玉長成一個明媚美麗的少女，她能歌善舞，又精通詩文。供養一個這樣的少女是需要財富的，鄭淨持沒有，她連母女倆活命的錢都快用完了。霍小玉承母親舊技，開始做歌舞妓待客。這樣才貌俱佳的女子，名動京城只是早晚的事。而李益，做為大曆十才子中的翹楚，早已天下聞名。霍小玉第一次讀到他的詩：「嫁得瞿塘賈，朝朝誤妾期。早知潮有信，嫁給弄潮兒。」立刻被吸

引了。她沒遇到他之前，就已愛上了他。所以當他們相遇的那一天，是個天命所歸的節日。

才子佳人，配對成雙。真感人。郎才女貌是上帝判給完美情侶的恩旨，誰都沒辦法違背。在水到渠成的深情面前，才子李益給佳人霍小玉寫了婚書，「明春三月，迎娶佳人，鄭縣團聚，永不分離」。李益接到朝廷的任命，他都打算好了，先回隴西故鄉祭祖探親，來年走馬上任，安排妥當就回來接霍小玉跟他完婚。

只是，太順利的開場一般都不會順順利利結果。李益歸家才知道，父母已經為他訂好了親事，父母之命、媒妁之言他怎敢違背，所以他娶了官宦之女盧氏，長安那場情事就像夢一樣一點一點遠離他，悄無聲息。而霍小玉仍自閉門謝客癡癡等候，一年後終於憂思成疾，病倒床榻。

這時，李益正好因公進京，跟幾位朋友約在一家酒樓敘舊。幾人正開懷暢飲，突然闖過來一黃衫俠客，身形魁梧……還沒來得及看清這人的面目，李益頓覺眼前一暗，就被架起來帶了出去。其實這黃衫俠客與李益素不相識、無仇無怨，只不過聽說李益負心之事，路見不平拔刀相助，才綁架李益去見霍小玉。只見他攜著李益跑到霍家門口大喊，「李十郎來也！」待霍家門開，便放下李益絕塵而去。

霍小玉踉蹌走出臥室來見，李益一看到她就心疼了。她怎麼變成了這個樣子，蒼白、憔悴、瘦弱，像一朵風吹雨打落入污泥的梨花。李益想說點什麼，可是能說什麼呢？問候一句「妳好嗎？」可是她明明不好。跟她解釋不是他負心，而是親命難違，可是那又怎麼樣呢？他還是食言了，背叛了。霍小玉美麗的眼睛淌出兩行淚，她哭哭又笑笑，然後咳得臉色愈發蒼白。她其實只剩這一口氣了，沒想到臨死還能見到他。她也早想好了遺言，只是沒想到還有機會親口對他說：「我為女子，薄命如斯，是丈夫負心若此！韶顏稚

齒，飲恨而終。慈母在堂，不能供養。綺羅弦管，從此永休。徵痛黃泉，皆君所致。李君李君，今當永訣！我死之後，必為厲鬼，使君妻妾，終日不安！」

好狠的話，好烈的女子！終於，在這一片才子佳人癡心負心的傳奇裡，有一個女子大膽地喊疼、說恨、發詛咒。也只有這樣精彩的女子才能讓才子刻骨銘心地作出《寫情》：

水紋珍簟思悠悠，千里佳期一夕休。

從此無心愛良夜，任他明月下西樓。

你給我愛是一個禮物，我給你愛是一個詛咒──餘生便只能這樣了，從此，無心愛良夜；任他，明月下西樓。

小知識

李益（西元748年～829年），字君虞，涼州姑臧（今甘肅武威）人。廣德二年（西元764年）隨家遷居洛陽。大曆四年（西元769年）進士，授華州鄭縣（今陝西華縣）尉。多次從軍邊塞出任幕僚，脫離軍府後漫遊江淮，入長安歷任中書舍人、集賢殿學士、右散騎常侍等職，終於禮部尚書銜。中晚唐的重要詩人，尤以七言絕句和邊塞詩著稱。著有《李君虞詩集》。《唐才子傳》卷四有傳。

清潔的愛恨

更忙將趨日，同心蓮葉間

——《池上雙鳥》‧薛濤

在古代，如果一個女子的天賦才情太過驚世，她還是做妓好，只有做妓才能讓她的才華展露在世人面前，而不至於嫁做人婦相夫教子，一生泯然於閨閣。

薛濤十四歲的時候，父親薛鄖溘然長逝。這個八歲就會作詩的小女孩脫下了管家小姐的外衣，入了樂籍，成了官妓。她少小還在閨閣中不見外人的時候，才名和美名已經流傳了出去，現在的身分讓那些才子官員心癢難耐，紛紛慕名湧來。薛濤在成都附庸風雅的才子貴人中婉轉應酬了年餘，韋皋來到成都府做了節度使，於是薛濤這個最知名的官妓很自然地走進節度使府。

韋皋第一眼看見她的時候，竟然沒有被她的美貌傾倒，他甚至還嫌棄她長得不夠媚。是的，薛濤長得很好看，但是那種好看裡，帶點少

年公子的俊朗，一身的氣質完全不似官妓，她方正端莊深具大家風範。韋皋讓她賦詩一首，她很快寫好了。這首詩也沒有小兒女的幽怨或豔情，她竟然寫得很有氣概：

亂猿啼處訪高唐，一路煙霞草木香。

山色未能忘宋玉，水聲尤是哭襄王。

朝朝夜夜陽臺下，為雨為雲楚國亡。

惆悵廟前多少柳，春來空斗畫眉長。

即便她的美貌不是韋皋所喜歡的類型，但是她的才華卻極合他的心意。於是他捧著她，愛惜她，五個春秋裡，她自由地來往節度使府。雖如此，她卻從沒把心思只放在韋皋一個人身上，她天性是自由的，她有那麼多的奇思妙想，她發明了薛濤箋，她寫字用「自來水筆」，用的墨取自「墨水瓶」，可是只有薛濤箋流傳了下來，多少男人捧著那一張薛濤箋，就好像從此跟薛濤有了曖昧的情緣。

一個男人的縱容總有限度，薛濤收受賄賂，又被傳跟別人牽扯不清，韋皋一怒之下，用慰問邊地守軍的名義，把她發配到了松州。到了松州，薛濤就「幡然悔悟」了，那個男人捧著她、愛著她、一心對她好，是多麼的虛幻，到底他還是她主子，她不能恃寵而驕，不該惹他生氣。所以她服軟了，她寫了「十離詩」差人送給他。韋皋看了果然心軟，派人把她接了回來。

後來，韋皋因鎮邊之功封南康郡王，他走時去浣花溪畔跟薛濤辭行，薛濤以「兄」稱呼他——這一場情事，外面說得繪聲繪色傳得沸沸揚揚，當事人卻雲淡風輕，好似各自赴了一場早就做好「散場」準備的約會。

薛濤四十二歲的時候，遇上了三十一歲的元稹。她積澱了四十多年的感

情一下子噴薄出來，她跟他相愛了，百轉千迴纏綿悱惻地愛了一年。然而即便在最為濃烈地愛著的時候，她都知道她跟元稹不可能，她寫了《池上雙鳥》：

雙棲綠池上，朝暮共飛還；

更忙將趨日，同心蓮葉間。

元稹離開時，雙方都那麼瀟灑。

薛濤這樣的女子太難得，一生愛恨，清潔瀟然。所以她也沒有得到紅顏薄命的下場，她是壽終正寢安然故去的，就像個真正端莊的官家小姐。

小知識

薛濤（西元770年～832年），字洪度。父薛鄖是一京都小吏，安史之亂後居成都。薛濤詩集名《錦江集》，共五卷，詩五百餘首，可惜未流傳下來。在《全唐詩》中收錄其詩八十九首。

別隨便看不起人

長當多難日，愁過少年時

——《寫懷》·許棠

晚唐詩人汪遵，少時在一個縣裡做小吏。他是那種奮發上進的少年，儘管混了個一官半職，卻不能滿足他內心的渴望，於是他依然勤勉用功，晝夜讀書。他的用功並沒被人所發掘，在旁人的眼裡，這只不過是一個醜陋、不愛說話，甚至有點孤僻的少年。

那時候汪遵已經很會作詩了，尤其擅長寫絕句，他家裡的書已經無法讓他再學到什麼了。別看他有個小吏的職位，小吏的那點俸祿大概也只夠他糊口，根本滿足不了他對書的需求。

家裡的存書看完了，又實在買不起書，汪遵只好向別人借書來看，而且總是悄悄地借悄悄地還，並不張揚。汪遵同鄉有個好朋友叫

許棠，對於汪遵的努力和汪遵的窘困，他卻一直一無所知。

過了一段時間，汪遵忽然辭去小吏的職位，上京城趕考去了。對於這個一直悶不吭聲的傢伙的離開，人們並沒有太多在意。那時許棠已經身在京城，他偶然送一位客人到灞水、滻水之間，路中正巧跟往京城走的汪遵相遇。他鄉遇故知，本是一件十分欣喜的事情，誰知許棠的態度卻不怎麼友善，他口氣僵硬地問汪遵：「你來幹什麼？」

汪遵答：「我去京城應試。」許棠怒上心頭，他以前跟汪遵雖然交好，但內心其實並不怎麼看得起他，他既不認為汪遵有多少才學，也沒覺得汪遵會有什麼前途。

於是他氣哼哼地說：「你一個小吏，憑什麼跟我同堂考試？」接著又說了幾句難聽話才離開。汪遵心下黯然，也有些生氣，但並沒有與許棠計較。

咸通七年，汪遵考中進士，而許棠榜上無名。許棠自覺失了顏面，只好去投奔鳳翔屬校書，準備次年再試。不料他屢試不第，落魄潦倒，只能依附著舊友新交生活。那段時間許棠的內心極度壓抑苦悶，只好寄情詩酒，寫了很多自憐傷感的詩，如《長安寓居》：

貧寄帝城居，交朋日自疏。

愁迎離磧雁，夢逐出關書。

經雨蟬聲盡，兼風杵韻餘。

誰知江徼塞，所憶在樵漁。

再如《寫懷》：

此生居此世，堪笑復堪悲。

在處有岐路，何人無別離。

長當多難日，愁過少年時。

窮達都判了，休閒鑷白髭。

咸通十二年，許棠已經年近半百了，他再入考場，碰巧主考官是侍御史李頻，李頻聽聞過許棠的詩名，同情許棠屢試不第的遭遇，便給了許棠一個進士及第。可以說，最後許棠能考中，也是因為主考官的同情分。

汪遵和許棠，兩種性子，兩種人生，奉勸大家，別隨便看不起別人，你怎知他不會一飛沖天，將你遠遠拋下。

小知識

許棠（約西元862年前後在世），字文化，宣州涇縣人。約唐懿宗咸通三年前後在世。工詩文，性孤僻難與人合。以作洞庭詩著名，時號許洞庭。著有詩集一卷，《新唐書藝文志》傳於世。

把美人還給蕭郎

侯門一入深如海，從此蕭郎是路人

——《贈婢》‧崔郊

　　秀才崔郊有段時間隨姑母寓居
於漢上，風流恣意，瀟灑快活。他
的姑母有一貼身侍婢，容貌極美，
又善音律。兩人日日相處，公子多
情，美人恩重，好不纏綿。崔郊覺
得，再沒有比如今更好的日子，他
甚至常常擬想，所謂地老天荒的誓
約，就是把這樣的日子過到沒有盡
頭。

　　這世上但凡有誓約這種東西，
都是用來打破的。崔郊這秀才名頭
是好聽，到底不是官，沒有收入，
姑母也不太會打理家庭財產，他們
的生活日漸困窘。姑母走投無路之
下，想出了一個辦法——把她那婢
女賣掉。

　　崔郊自然是痛苦的，可是痛苦
又有什麼用呢？面對生存危機和情

感危機，稍微有點腦子的人也知道怎樣抉擇。他忍淚默許了姑母的行為，那婢女大概此時才明白，一個男人的懦弱和無用是怎樣令人心冷。

這樣姿色妍麗、玲瓏可愛的女孩子，最後賣了四十萬錢，買她的是當時鎮守襄陽的于頔。于頔真心地喜愛她，就像喜愛一只袖珍精巧的鼻煙壺。

這是和崔郊完全不同的喜愛方式，崔郊總愛跟她談論他的詩歌、他的抱負等他所有不切實際的夢幻，而于頔給她買漂亮的衣裳、珍貴的珠寶、上好的樂器。平心而論，于頔的這種喜愛要實惠得多，可是每當想起崔郊，她就心絞痛，而且這種痛會上癮，不痛的時候人就是空的一樣。

崔郊對這婢女也是念念不忘，他時常想起她站在庭院裡微笑的模樣。待到家裡環境好些了，崔郊終於忍不住相思苦，買通了于頔的一個下屬官吏，請他幫忙讓他與那婢女私下見一面。那官吏倒是個拿錢辦事的人，覷著寒食節的機會，安排他們在自家小院兒裡相會。

婢女看到崔郊的時候，他翊翊立在柳蔭下，一襲素衣，猶是當時相知的端方清俊。這人繫著她的初戀，以及她曾經所有的夢。她沒叫他，抿著嘴掉眼淚。崔郊仿若心有所觸，朝她看過來，竟也哭了。這一次相會，兩人無言，相對垂淚。臨別，崔郊送了她一首詩，一首讓後人記住了他崔郊的詩：

公子王孫逐後塵，綠珠垂淚滴羅巾。

侯門一入深似海，從此蕭郎是路人。

有人看崔郊不順眼，這下終於逮著整治他的把柄。這人把崔郊的詩抄下，放在于頔的書案上。于頔看了詩問出是崔郊所作，便命人去召崔郊來見。左右的人都替崔郊著急，崔郊自己更是憂懼懊悔。他怕于頔追究治罪，想逃走，又逃不掉、藏不住，只好硬著頭皮去見于頔。

　　出乎意料的是，于頓看似挺高興，一點兒也沒問罪的意思，笑呵呵地握著他的手說，「這詩是你寫的？『侯門一入深似海，從此蕭郎是路人』，不錯不錯。四十萬錢對我來講不過是小意思，你為何不早些寫信來說明？大丈夫不能立功建業名揚後世，又豈能奪人愛姬？」說完，便把那婢女還給了崔郊，還命人準備些帳幃匣奩之類的東西贈送給崔郊。

　　崔郊不僅得回了美人，還發了筆小財，算得上是因禍得福。把美人還給她的蕭郎，于頓可謂成人之美的君子典範。只是，賴人成全的感情，還回來的美人，是否還一如當初純真美好？

小知識

　　《全唐詩》中只收錄了崔郊這一首詩，而此故事見於《雲溪友議》。《雲溪友議》為唐代筆記小說集，撰者為唐代范攄，生卒年未詳，僖宗時吳（今江蘇吳縣）人，客居越地，自號五雲溪（即若耶溪）人，所以名其書為《雲溪友議》。

聰明的妻子要會罵丈夫

良人得意正年少，今夜醉眠何處樓？

——《聞夫杜羔登第》·趙氏

杜羔，出身名門，父母自然早早為他選定一個門當戶對的妻子劉氏。劉氏很會作詩，在當時閨閣女子中的聲名極高。能娶到這樣的女子，杜羔是很滿意的，那時候還不流行「女子無才便是德」這樣的話，且那是一個詩的盛世，比起容貌，男人有時會更重視妻子的才情。杜羔跟劉氏成婚後，兩人相敬如賓，十分美滿。不久，杜羔動身離家，準備應舉考試。

杜羔這一考，考了很多年，屢次不中，屢敗屢戰。這許多年他惆悵苦悶，越來越消沉，越來越沉默，他無心跟劉氏談心，無心管家中的大小事。這就是那個時代的悲哀，大丈夫建功立業的途徑只有那麼一條，否則只能忍受一輩子平庸。

這一年，杜羔又落第了，他一

路悶悶不樂往家趕，半道上收到家僕送來的家書，是妻子寫給他的。他很高興，這個時刻他多麼希望得到劉氏溫柔的撫慰勸勉，他急急打開信看，滿懷期待地看著妻子娟秀的字跡。這原來是妻子寫給他的一首詩：

良人的的有奇才，何事年年被放回？

如今妾面羞君面，君若來時近夜來。

這哪裡是什麼撫慰？！劉氏的意思是說，夫君你真的很有才華，可是為什麼你年年都考不中？我現在為你感到羞恥，都不敢出去見人了。你要是回家來的話，麻煩你趁夜回，別讓人看見，省得丟人。

任何一個男人看見這樣的話都會憤怒的吧？杜羔當然也不例外。他那個溫柔賢慧的妻子竟然一轉眼變成了這樣尖酸刻薄的女子，用他曾經頗為欣賞的才情寫一首詩奚落他，一點顏面也不留給他。杜羔一氣之下，轉身往回走，暗暗發誓考不中絕不回去見她。

從此，杜羔留在長安，心裡憋著一股勁，發奮讀書，刻苦鑽研，比他過去十幾年學得都要認真。

很多時候，人缺的並不是才華，是氣運，而氣運這種東西實在說不清道不明。劉氏的一首詩彷彿就是杜羔氣運的轉捩點，接下來的那次科考，杜羔果然登第。他得意洋洋地收拾行李，心裡想著回家以後如何質問妻子，如何奚落回來。正在這時，他又收到了妻子的信，也是一首詩：

長安此去無多地，鬱鬱蔥蔥佳氣浮。

良人得意正年少，今夜醉眠何處樓？

讀罷這首詩的時候，杜羔啼笑皆非：我未顯達的時候，妳以我為恥，甚至讓我連回家都要避開旁人，今日我顯命揚名，妳又疑我在外尋歡，妳怎麼

會是這樣的人呢？

杜羔大概需要很長時間，才會明白這個做為他妻子的女人到底是怎樣用心良苦。她太瞭解他，可能比他自己都瞭解，她知道普通的撫慰不起作用，不如罵他、折辱他，那樣這個高傲的男人才會全力以赴，獲取廟堂的入場券。同樣，一個高傲的女人也不會直截了當地訴說「我想你」，她問得充滿質疑，可是做為丈夫杜羔一定要看得懂她到底在說什麼：她其實就是在說，我想你了，你在哪裡，為什麼還不回來？

聰明的妻子要學會罵丈夫，又不能太過。

小知識

杜羔，洹水人。貞元初，及進士第，後為振武節度使，以工部尚書致仕。杜佑之孫。杜佑，唐中葉宰相，史學家。杜佑的孫子之一相信更為人知，那就是杜牧。

人面桃花合該是個傳說

人面不知何處去，桃花依舊笑春風

—— 《題都城南莊》‧崔護

博陵（今河北定縣）崔護，這又是個少有的以詩聞名的才子，長得更是一表人才。不過，史書上的才子總是「一表人才」的。總之，這就是個才貌雙全、品德高尚的男人。然而他時運不濟，屢試不第——不用說，才子似乎總是要懷才不遇。

這年清明，他獨自一人到城南郊遊散心。這天天氣晴朗，春光明媚，一路上花紅柳綠煞是好看。崔護越走心情越好，不知不覺走得遠了，竟來到一個他從未去過的村莊。

他信步走到一戶人家門前，從籬笆外往裡看，這戶人家有一畝左右的庭院，院中花木蔥翠，景色宜人，幽雅清靜，好似無人居

121

住般，崔護立刻就喜歡上了這裡，他上前敲門想去拜訪一下主人家。

過了好一會兒，竟然走出一位豔美的少女，她怯生生地問崔護：「你是誰？你有什麼事嗎？」

崔護彬彬有禮地回答：「我姓崔。今日獨自尋春來到這裡，口渴極了，想向妳討碗水喝。」在很多才子佳人的故事裡，這是個相當俗爛的藉口，就好像現代男孩跟女孩說：「美女，我覺得妳很眼熟，我們以前見過吧？」但也許崔護這樣的正人君子說的話是真的。

少女乖巧地轉身回屋裡端出一碗水，又給崔護開了門，讓他進來坐在院中慢慢喝，她自己卻沒有跟崔護坐在一起，而是依在一棵小桃樹邊。

崔護一邊喝著水一邊偷偷打量那少女，她本就貌美，桃枝掩映之中更顯身段婀娜動人，眉目暗暗含情。崔護愈看愈愛，對她傾心不已。喝完水，崔護起身跟少女告辭，少女送他到門邊，關門時若有所失。崔護邊走邊回頭看，無限眷戀。然而歸家後他再也沒來過。

轉眼到了第二年清明，崔護又想起這段往事，忽而內心起了波瀾，他很想去看看那位少女，這抑制不住的激動終於促使他動身前往城南村莊尋訪。他很容易找到這戶人家，此時門院如舊，戶門緊閉，正是當年模樣。崔護感慨半晌，詩興大發，直接在人家戶門的左邊那扇上題了詩：

去年今日此門中，人面桃花相映紅。

人面不知何處去，桃花依舊笑春風。

詩成灑然離去。

要我說，故事就該到此為止了。任崔護今後再發生什麼、再遇到什麼人，都與此無關，少女的故事到這裡就該完結了，人面桃花合該是個傳說。

然而後人狗尾續貂，把這個故事說得愈發離奇玄幻。據說崔護幾日後情懷難捨，再至南城遇見哭泣的老漢，正是那少女的父親，老漢哭說自從見了崔護，少女茶飯不思、精神恍惚，今年又看見崔護的題字，竟然一病不起魂歸黃泉，這都是崔護造的孽。

崔護心痛不已，進屋看見安然躺在床上但毫無生息的少女，上前抱住她直說「我在這裡」，少女便復活還生，與崔護結為夫妻。

很扯的結局。最美的愛情應該是個傳說，而不是王子公主的結合。

小知識

崔護，唐代詩人，字殷功，博陵（今河北安平縣）人。貞元十二年（西元769年）進士及第，大和三年（西元829年）為京兆尹，同年為御史大夫、嶺南節度使。其詩詩風精練婉麗，語極清新。《全唐詩》中存詩六首。

為你寫詩是最幸福的傻事

鴛鴦交頸期千歲，琴瑟諧和願百年

——《為妻作生日寄意》·李郢

李郢旅居杭州，以山水琴書為樂，從來沒把功名放在心上，連他的老師尚書鄭顥都拿他沒辦法。不考功名就算了，娶妻總是大事吧？長輩親友急了。李郢總一副漫不經心的樣子左推右拖，直到某日遙見鄰家少女素妝淡服，驚鴻豔影。李郢才開始對娶妻上心了。

不得不說所有的男人終究還是視覺動物，你若問他是愛妳的才還是妳的貌，如果他肯說實話，那麼他一定是先看上妳的貌，才在意妳的才。李郢便是這樣，只因為她長得美，他才要娶她。

當他請人到鄰家說親之時，正巧碰上另一人也來說親，有人跟他同樣相中了這女子。兩方爭執不下，鄰家無法，想出個主意，他要看看這兩班

人馬誰能讓女兒衣食無憂，於是說：「你們各自備上百萬錢送來，誰先來，我便把女兒嫁給誰。」這求親的兩人都是富貴人家，不多時便備足了錢同時送來了。這一回合不分勝負，鄰家又開始發愁。

李郢瞪著對面跟他搶親的人，越發火大。他想這未來岳丈也是眼拙，他李郢少有才名，至今未有功名也不過是因為他不願去考取而已。

再看對面那位，肥頭大耳，胸無點墨，怎配得上那他家女兒的絕色豐神。鄰家再出個考題，請兩人各賦詩一首，誰的詩寫得好，他就把女兒嫁給誰。這下可正中李郢下懷，作詩他拿手啊！當然最後他如願娶到了鄰家女兒。

人有時候倍加珍惜什麼，是因為付出太多。李郢這妻子是他費盡辛苦娶來的，婚後自然對她體貼周到，細心溫存。而且，李郢還知道用功了，自從娶妻以來，他發奮讀書，不久進京赴試一舉登第。

他欣喜地收拾包袱趕回江南給妻子報信，路經蘇州的時候，遇到在湖州為官的老朋友邀他同遊。

他鄉遇故知，本是人生一大樂事，李郢何嘗不願與朋友把酒夜話，詩文相酬，只是眼下這時機實在不好，他跟朋友解釋，「我妻子的生日快到了，我必須趕回家為她慶祝。」

李郢愛妻如命，朋友卻不能體會，無論如何都不放他走，應允送給他一些地方特產讓他寄回去給妻子做為生日禮物便是。李郢無奈，寄物之時還附詩一首：

謝家生日好風煙，柳暖花春二月天。

金鳳對翹雙翡翠，蜀琴初上七絲弦。

鴛鴦交頸期千歲，琴瑟諧和願百年。

應恨客程歸未得，綠窗紅淚冷涓涓。

他用一首詩贏得了她；再用一首詩祝她生日快樂，跟她解釋不能相陪，告訴她他要跟她交頸千歲，好合百年。他一定還為她寫過很多詩，也會繼續為她寫下去。他也許不能改掉男人的壞毛病，比如在朋友面前愛面子，比如跟那豔名在外的魚玄機有來往，然而他總是惦記著她的，他是願意為她寫一輩子詩的。

小知識

該故事出自《唐語林》。《唐語林》是筆記體唐代文史資料集，編撰者為宋代王讜。全書共八卷，末有輯佚一卷。仿《世說新語》體例，按內容分門別類，並將《世說新語》原有的三十五門（按今本《世說新語》共三十六門），擴大為五十二門。書中材料採錄自唐人五十家筆記小說，資料集中，內容豐富，廣泛記載唐代的政治史實、宮廷瑣事、士大夫言行、文學家軼事、風俗民情、名物制度和典故考辨等。

真情總是最難得到

易求無價寶，難得有心郎

——《贈鄰女》·魚玄機

　　晚唐詩人魚玄機，原名魚幼薇，她的父親是個落魄秀才，不幸早年病故。年幼的魚幼薇和母親從此無依無靠衣食無著。為了生活母親只好在妓院做些洗衣打掃的粗活，母女倆就這樣在妓院安頓了下來。魚幼薇認識溫庭筠全屬機緣巧合。

　　溫庭筠是個才子毫無疑問，他的詩詞都寫得極美，清艷婉轉明麗空靈到了極致：他寫相思，相思就入了骨，「玲瓏骰子安紅豆，入骨相思知不知？」他寫春夜，春夜就飄渺如煙，「江上柳如煙，雁飛殘月天。」他寫離恨，離恨就沉在心底，「山月不知心裡事，水風空落眼前花。」……《舊唐書》說，溫庭筠貌醜而且不修邊幅，時人叫他「溫鍾馗」。可是如此才華即便安在這樣醜的人身上，他也是有資本風流的，流連於秦樓楚館也會有大把的姑娘等著他。於是，很自然又很巧合，他遇見了十一歲的魚幼

127

薇。

　　傳說魚幼薇五歲能誦詩，七、八歲即出口成章，這樣聰明伶俐又漂亮的女孩相信沒人會不喜歡，尤其是有才又愛才惜才的溫庭筠。他出了題目「江邊柳」考這即將到金釵之年的小女孩，她一句「根老藏魚窟，枝底繫客舟」令他驚豔，於是他收下了魚幼薇這個女弟子，教她詩詞文章，照顧她們母女的生活。那個時候他們都不知道，「繫客舟」幾乎是一個宿命的讖語。

　　在溫庭筠快六十歲的時候，得到一個小得不能再小的官，他要離開長安，離開魚幼薇。我有時候想，讓溫庭筠離開的，也許不是那個做小官的機會，也許就是魚幼薇。他年屆花甲，她才荳蔻芳華，即便她說她愛慕他，他又怎麼敢接受，看著她，他就充滿了無力感，充滿了感慨──他已經老了。於是，他把她介紹給少年才子李億，就這樣，魚幼薇給李億做了妾。

　　李億對魚幼薇很好，她既年輕漂亮又寫詩，怎不讓人憐愛？可惜李億江陵老家的老婆不是能容人的大婦，她來到京城，毫不客氣地把魚幼薇趕出家門。李億沒辦法，只好先將魚幼薇安置在了咸宜觀，臨走的時候說會來接她，叫她安心等待。

　　那一場等待的結果就是「過盡千帆皆不是」，從此世上再沒有魚幼薇，而多了一個魚玄機。她愛的男人不要她，愛她的男人也離她而去，她瘋了，怒了，癡了，怨了，於是她要這世上的男人為她瘋狂！好一個咸宜觀，真正是老少咸宜，一座清修道觀因為一個魚玄機變成了放蕩歡場。

　　再後來，史書說魚玄機跟自己的丫鬟綠翹爭陳韙的寵，活活打死了綠翹，驚動官府，以命抵命被判斬首。她何需爭什麼寵？她根本已經放棄了人生，放棄了生命裡所有美好的光華，用最顛狂的手段回報她厭憎的一切，綠翹只不過是個導引線而已。

據說魚玄機曾在咸宜觀遇見被愛人拋棄的女子，於是寫了一首《贈鄰女》送給她：

羞日遮羅袖，愁春懶起床。

易求無價寶，難得有心郎。

枕上潛垂淚，花間暗斷腸。

自能窺宋玉，何必恨王昌？

「易求無價寶，難得有心郎。」她一輩子的愛恨情仇都在這一句裡了，她再也找不到「有心郎」，陳韙成為壓死駱駝的最後一根稻草。魚玄機死的時候，才剛過花信之年。女人這一生，如果遇到一個男人教會妳愛，就要小心男人再教會妳傷痛和悲哀。

小知識

魚玄機，初名魚幼薇，字蕙蘭，晚唐女詩人，長安（今西安）人。咸通初嫁於李億為妾，被棄。咸通七年進咸宜觀出家，改名魚玄機。後因打死婢女綠翹，為京兆溫璋判殺。其生平不見正史，傳記資料散見於元辛文房的《唐才子傳》、晚唐皇甫枚的《三水小牘》、宋孫光憲的《北夢瑣言》等書。其詩作見於《全唐詩》，現存有五十首之多。

青春經不起等待

為報西遊減離恨，阮郎才去嫁劉郎

——《寄房千里博士》·許渾

　　唐文宗開成年間，書生房千里考中進士，心寬體舒之下，便到處遊歷以增廣見聞。他與好友進士韋滂小聚時，韋滂帶過來一明妝女子，是他從海南領過來的。

　　韋滂介紹說女子姓趙，至於兩人關係卻含糊帶過，也不知是他表妹還是紅顏知己。房千里為人磊落颯爽，也根本沒在意這些小節。初識只覺這女子明媚端莊，交談之後又讚她博雅韻流，傾心之狀溢於言表。韋滂見此也不多說，就當全了君子之美，將趙氏給房千里做了妾。完滿的婚姻從不是用一段真感情開了頭就能一帆風順的，房千里有了功名自要去宦海逐浪。正是他與趙氏新婚燕爾你儂我儂之際，朝廷的一個調令下來，他要去吏部報到了。他拿著調令暗暗忖度權衡，最後還是決定一個人走。他要獨

自奔向廣闊天地，實現那騰雲駕霧的抱負，不要帶著她這個拖累。趙氏哭碎了一張天賜麗顏，她說她一個薄命婦人阻不了他的鴻圖大道，求他不要放下她。只不過，任是妾淚如雨，怎奈君心如磐。他跟她約定中秋相會，還贈詩寄情——除了帶她走，他能給的都可以給她：

鸞鳳分飛海樹秋，忍聽鐘鼓越王樓。

只應霜月明君意，緩撫瑤琴送我愁。

山遠莫教雙淚盡，雁來空寄八行幽。

相如若返臨邛市，畫舸朱軒萬里遊。

趙氏懂他的意思，他許諾衣錦還鄉時與她天寬地闊萬里遨遊。只是，趙氏怨嘆，我這樣的女子，能詩善詞，純馨質潔，算得上如花美眷，你卻狠得下心讓我在等待中零落飄搖、芳心枯寂。等你衣錦還鄉，我可還有如今這姿韻匹配？

房千里哪管女兒愁腸，一路曉行夜宿，到得襄陽，正巧碰上許渾奉弘農公差遣到番陽上任。他便拜託許渾到任後，去看望一下趙氏。許渾答應得爽快，一到府衙就派人去訪趙氏，還囑咐那人備些糧、柴等物送去。結果消息傳來說，趙氏此時已經隨了韋滂。許渾犯愁，他跟房千里要好，跟韋滂也是知交，這事叫他怎麼跟房千里說？一個說不好，就是兩邊得罪，情義難全。思來想去，他寄了一首詩給房千里：

春風白馬紫絲韁，正值蠶娘未採桑。

五夜有心隨暮雨，百年無節待秋霜。

重尋繡帶朱藤合，更忍羅裙碧草長。

為報西遊減離恨，阮郎才去嫁劉郎。

　　房千里得詩，哀痛幾絕。他還沒明白，讓一個如花女子等待，便已經將她推開。詩詞多美、盟誓多堅定，也替代不了殘酷現實。他指望一朵女人花在他身上扎了根、絕了香，只開給他一個人看，多可笑。這是一個弱不禁風的理想，只可能在詩詞中豢養。

小知識

許渾（約西元791年～約858年），字用晦，一作仲晦，祖籍安州安陸，寓居潤州丹陽（今屬江蘇），遂為丹陽人。武后朝宰相許圉師六世孫。文宗大和六年（西元832年）進士及第，先後任當塗、太平令，因病免。許渾是晚唐最具影響力的詩人之一，七五律尤佳，後人擬之與詩聖杜甫齊名，更有「許渾千首濕，杜甫一生愁」之語。

「阮郎才去嫁劉郎」句中典故，指的是漢代劉晨、阮肇入天臺山採藥，遇二仙女，留住半年，思歸甚苦。既歸則鄉邑零落，經已十世。有詞牌名《阮郎歸》，亦源於此。

愛作詩的盜賊

他時不用相迴避，世上如今半是君

——《井欄砂宿遇夜客》·李涉

　　盜賊這個群體讓人聯想的都是暴力、非法等等負面的東西。然而自古以來，這個群體其實各色人等雜陳，其中不乏深受文化薰陶、能詩善文之輩，他們在中國古代文化史上留下了一些另類的足印。

　　唐文宗大和年間，詩人李涉與隨從乘船前往江西九江，行至皖口遭遇一夥盜賊攔截。那盜賊首領問：「你們是什麼人？」李涉的隨從連忙回答：「這位是李博士（涉曾任太學博士）。」盜賊首領聽了半信半疑，沉思片刻說：「聽說李博士善作詩，我十分仰慕他。如果你真的是李博士，我便不搶掠你什麼，只要你即刻作詩一首，我就放你們過去。」於是李涉欣然答應，思索片刻，贈上一絕句：

　　春雨瀟瀟江上村，綠林豪客夜知聞。

　　他時不用相迴避，世上如今半是君。

　　李涉此詩名曰《井欄砂宿遇夜客》，讀來簡單通俗易於上口。先註明時間、地點寫了景，接著寫事說半夜遇到「豪客」來訪，最後議論道，「世上如今半是君」，把中晚唐時政治腐敗、社會混亂、人民不滿、盜賊橫行的狀況紛紛揭露。

　　盜賊得詩大喜，又感慨萬分，竟然接著按照李涉這首詩的原韻和了一首詩：

與君相逢在江村，久慕姓名今知聞。

潛龍何需留名姓，半個堯舜也是君。

他的意思是，他對這個社會已經失望透頂了，這條路是他自己的選擇，他也只能義無反顧地走下去。雙方相對無言片刻，那盜賊率先爽朗一笑，拱手相送。

這則「詩人與盜賊」的趣聞，生動地反映了唐代使人在社會上所能達到的廣泛影響，以及他們所能收到的普遍尊重。而盜賊能詩，更加說明了那確實是一個詩的朝代。李涉所處的時代，正是晚唐農民起義的醞釀時期。那個時候的社會毫無秩序可言，一片混亂不堪，遍地盜賊四起。更甚者還有「無盜賊之名行盜賊之實」弄權者，這些人「相群為黨，上下為蟊賊」，把本就千瘡百孔的社會，攪得更加混亂更加黑暗，「綠林豪客」與之相比，實在是充滿了人情味，可愛多了！

小知識

李涉（約西元806年前後在世），唐代詩人，字不詳，自號清溪子，洛（今河南洛陽）人。早歲客梁園，逢兵亂，避地南方，與弟李渤同隱廬山香爐峰下。後出山做幕僚。憲宗時，曾任太子通事舍人。不久，貶為峽州（今湖北宜昌）司倉參軍，在峽中蹭蹬十年，遇赦放還，復歸洛陽，隱於少室。文宗大和（西元827～835年）中，任國子博士，世稱「李博士」。著有《李涉詩》一卷，存詞六首。

他本來就是個薄倖浪子

自恨尋芳到已遲，往年曾見未開時

——《悵詩》·杜牧

杜牧，自稱「世業儒學，自高、曾（祖）至於某身，家風不墜，少小孜孜，至今不怠」，其實，他根本就是個薄倖浪子。別把古人想像得那麼刻板嚴肅，不管古籍典故怎樣記載，他們都是活生生、多稜面的人。尤其像杜牧這樣的世家子弟，即便他篤信儒學，一心要闖出一番大事業，然他少年成名的優越，以及風流自賞疏朗豪放的性子，是怎麼也磨不掉的。

太和末年，杜牧離京到宣城沈傳師那裡做幕僚。平素他就聽聞湖州乃浙西名郡之冠，眼下有這樣的機會，他自然要慕名遊賞一番。當時湖州的崔刺史跟杜牧情誼深厚，杜牧要來，他當然要好生款待。兩人推杯換盞，興致勃勃。杜牧那不羈的性子顯露無疑，跟崔刺史直言

道，早聽聞湖州「風物妍好，且多麗色」，一定要見識一下。可是怎麼樣才能讓美女們都出來給他「見識」呢？

杜牧瞇了瞇眼，繼而狡黠又頑皮地盯著崔刺史，出主意道：「你舉辦個賽船嬉水大會，全城的少女自然會被吸引過來，等到人多如雲之際，我改裝前去觀賞，你看怎麼樣？」

崔刺史聽了大樂，笑道：「要說遊樂賞美，就你小子餿主意多。」刻下便著人按杜牧說的辦。

那一天，湖中熱鬧別開生面，兩岸人潮川流不息，彷彿是個節日。杜牧眼見時機差不多，便易服而出，仔細尋覓。倒是有幾個姿色不錯的姑娘，然而最終他仍失望地回來了，費勁搞了這麼海沸河翻的一齣戲，他卻沒有找到他心頭慕愛的那一個。

大戲收場，天色漸晚，崔刺史一邊勸解杜牧，一邊命人安排杜牧的歇息之處。正當此時，一老太太領著一個少女走過來。杜牧只覺這昏暗的天地突現了一抹亮色，他牢牢盯著那少女，半晌回神讚嘆，「此真國色也！」立即命人給那老太太遞了話，飽含真誠的求婚之意。老太太也不問杜牧是什麼人，直推說女孩年紀尚小，不宜婚配。杜牧對那少女越看越愛，他相信這就是一見鍾情，他跟少女的母親許了個約定，「我十年以後必來此郡做官，請妳等我十年。若我不來，則可隨意婚嫁。」他又怕老太太爽約，以重金贈送，就當是結親的禮錢。

大中三年，杜牧果然調任湖州判使，但此時離當年的約定已過去十四年。他當年定下的少女，此時也已嫁出去三年了，還生了兩個兒子。杜牧一面透骨酸心，一面憤惱至極，他跑去詰問那女子，「當初已許給我，今為何另嫁？」那已褪去當年青澀的成熟美婦，恨恨看著他說，「當初有約不假，但約定是十年，十年不來可以改嫁呀！」杜牧無奈自傷離去，後做《恨

別》：

自恨尋芳到已遲，往年曾見未開時。

如今風擺花狼籍，綠葉成蔭子滿枝。

我們可以想像，除開父母之命，那少女荳蔻芳華，遇著杜牧這樣的翩翩公子，不可能心湖如鏡不起半絲漣漪的吧？若非她自己堅持，有哪家父母忍心留住女兒十年不送出門去。可嘆男兒薄倖，他怕她爽約，自己卻先違約。

後來杜牧有詩：「十年一覺揚州夢，贏得青樓薄倖名。」你看他過得多麼瀟灑恣意，怎麼有資格來詰問別人。他本就是個薄倖浪子。

小知識

杜牧（西元803～約852年），宰相杜佑之孫，杜從鬱之子，字牧之，號樊川居士，漢族，京兆萬年（今陝西西安）人，詩、賦、古文都堪稱名家。他主張凡為文以意為主，以氣為輔，以辭采章句為之兵衛，對作品內容與形式的關係有比較正確的理解，並能吸收、融化前人的長處，以形成自己特殊的風貌。著有《樊川文集》。

「才」不可露白

貪為兩地行霖雨，不見池蓮照水紅

——詩名不詳・溫庭筠

　　溫庭筠是宰相文彥博的六世孫，他的母親是梁國長公主，因此他算得上是貴族世家後裔。對於溫庭筠的評價，歷史上有兩個極端的現象。溫庭筠才思豔麗，善寫小賦。但是據說這人人品不是很好，對他的負面評價怕是大多以此為一個緣由。史籍載他「薄於行，無檢幅」，不喜歡約束檢點自己的生活，還說他「好逐弦吹之音，為側豔之詞」。

　　溫庭筠的軼事散見於歷史很多文集中，都很有意思。據說每次考試，他都能押官韻作賦，大凡八次叉手，八韻即成，因而溫庭筠得名「溫八叉」。他應試的時候還常常被鄰座的人抄襲，又因此得名「救救人」。後來沈詢侍郎監考的時候，給溫庭筠專門設了一個單獨的位置，不跟其他任何考生接近。第二天他在簾前跟溫庭筠講：「向來中第做官的人，文賦都是向你抄的，我今年考場裡可再也沒有人可

跟你抄襲了。」溫庭筠終生都未能考中進士。

溫庭筠幫過相國令狐綯的忙，後來他就常常出入令狐館中，令狐綯給他的待遇也特別優厚。當時唐宣宗愛唱《菩薩蠻》，令狐綯就叫溫庭筠代他填一首，以便他進獻給皇帝。令狐綯再三囑咐溫庭筠不要洩露出去，但是溫庭筠看不起令狐綯，嫌他沒學問，將此事到處說與人聽，使令狐綯對他大為不滿。

宣宗作詩，有句「金步搖」不知道怎麼對，讓未中第的進士來對，溫庭筠用「玉條脫」對上，宣宗非常高興，給了溫庭筠一些賞賜。令狐綯不懂，他就去詢問溫庭筠，溫庭筠跟他講此出處為《南華經》，不是什麼冷僻的書，相國處理政事的閒暇，也應該多讀點書。溫庭筠還曾對人說「中書省內坐將軍」，譏諷令狐綯沒學問。自此令狐綯越加恨他，阻撓溫庭筠中第。

宣宗皇帝經常改裝出行，一次在路上遇見溫庭筠，溫庭筠沒見過皇帝，自然不認識宣宗，他很傲慢地問宣宗：「你是不是司馬、長史一流的人物？」宣宗說：「不是。」溫庭筠接著問：「那是不是大參、簿、尉之流？」宣宗說：「也不是。」這樣的態度，皇帝怎不惱怒，他知道面前是溫庭筠，那時溫庭筠也做了個小官，回去後宣宗下詔說：「孔門以德行為先，文章為末。你既然德行無取，文章還有什麼用？徒有其才，難能有適用之時。」就把他貶為方城縣尉。

還有那麼一則軼事，杜豳公從西川被任命到淮海做官，溫庭筠走訪韋曲杜氏林亭，在其上留了一首詩：

卓氏爐前金線柳，隋家堤畔錦帆風。

貪為兩地行霖雨，不見池蓮照水紅。

杜豳公聽說以後，贈送了一千匹絹給溫庭筠。

　　由這麼一件小事，已經可以看出溫庭筠具有什麼樣的才名，而縱觀他的一些事跡，或許溫庭筠的性子是不怎麼討喜，比如恃才傲物，性情乖戾等等，但是品性上卻絕不至於後世流傳得那麼惡劣。所以，一個人再有才也要記得藏拙，才不可露白就是這樣一個道理。

小知識

溫庭筠（約西元801年～866年），唐代詩人、詞人。本名岐，字飛卿，太原祁（今山西祁縣）人，唐初宰相溫彥博之後裔。《新唐書》與《舊唐書》均有其傳。年輕時苦心學文，才思敏捷，晚唐考試律賦，八韻一篇。據說他叉手一吟便成一韻，八叉八韻即告完稿，時人亦稱為「溫八叉」、「溫八吟」。詩詞兼工，詩與李商隱齊名，並稱「溫李」；詞與韋莊齊名，並稱「溫韋」。

別說機遇只給人才，愛情也是

殷勤謝紅葉，好去到人間

——《題紅葉》·宣宗宮人

像前篇那宮女傳情的故事在古代有很多，其中最有名、最浪漫的便是「題紅怨」的典故了。

話說唐僖宗年間一個傍晚，士子于佑一個人在街邊散步。這正值「西風吹渭水，落葉滿長安」的深秋，于佑看著殘陽西墜、秋風蕭索、萬物凋零，羈旅異鄉懷念故土的情懷被勾起，頓時無限傷感。

于佑散步的街道旁邊就是長安的御溝，也就是從皇宮流出來的一條水渠。于佑呆立在秋風中片刻，思鄉情懷稍稍回轉，眼看天色越來越暗，準備回家了。回家之前，他照例在御溝裡洗手。忽然，御溝中一片紅葉吸引了他的注意。每年這個時節，御溝裡總有很多紅葉漂流，然而這一片又大又完整，顏色深得

很漂亮，上面隱約還有墨跡。于佑伸手將那片紅葉撿了起來，出乎意料地發現上面寫了一首詩：

流水何太急？深宮盡日閒。

殷勤謝紅葉，好去到人間。

于佑看了一眼高入雲端的宮牆，嘆了口氣，將紅葉帶回家中，珍藏在他的書箱裡，時不時拿出來賞讀玩味。漸漸地，這首幽怨傷感的小詩讓他愈來愈無法釋懷，半夜裡輾轉反側，白天長吁短嘆——他知道，因為這首詩、這片美麗的紅葉，他開始深深思慕那宮牆內作詩的女子。幾天後，于佑也找來一片同樣美麗的紅葉，提筆寫了兩句詩：

曾聞葉上題紅怨，葉上題詩寄阿誰？

他把這片葉子放到他撿來紅葉的御溝裡，希望藉此排遣他單相思的情懷，然後失魂落魄地回家去，下決心暫時擱下這苦戀，專心準備考試。可嘆人世艱難，于佑屢試不第，而他又倦於遊歷，便安下心來到河中貴人韓泳家裡教書，換些錢帛養活自己，再無進取之意。「紅葉題詩」也成了他一場遙遠的夢，被逐漸淡忘。

一天，韓泳找到他說，宮中年紀大的宮女被放出來了，他有一個親戚亦在此列。那女子今年三十歲，姿色豔麗，有不少嫁妝；而于佑尚未成親，獨居此地，兩人剛好相配。于佑聽明白了，原來韓泳是為他做媒而來。于佑感激地再三拜謝，高高興興地將韓氏娶了回來。

婚後某日，韓氏無意中在于佑的書箱裡看到他珍藏的紅葉，大為驚奇：「這是我寫的詩，怎麼會在你手中？」于佑也吃了一驚，細細將自己當年撿到紅葉，又再取一紅葉題了詩放回御溝的事情說給韓氏聽。韓氏越聽越歡喜，取出自己珍藏的紅葉給于佑看，那正是于佑當年題詩的那片。韓氏笑

道，「後來我回了你一首，現在還藏在我的箱子裡呢！」說著便拿給于佑看：

獨步天溝岸，臨流得葉時。

此情誰會得，腸斷一聯詩。

于佑夫婦自此更加甜蜜，婚姻生活幸福美滿。韓氏生了五個兒子、三個女兒，兒子都學有所成，女兒都嫁給了當世名士。宰相張浚還特別作詩紀念他們這段人間佳話。若不是才華對等的兩個人，即便撿到紅葉也不能造就如此佳話傳奇，所以，別說機遇只給人才，愛情也是。

小知識

「紅葉題詞」有許多不同的版本，在朝代、人名、情節上都有些微出入。《本事詩》裡當事人為顧況，《雲溪友議·題紅怨》中則為盧渥，而在宋初孫光憲的《北夢瑣言》中成了進士李茵……，人名雖各不同，但內容大同小異。描寫最詳盡的是北宋張實的《青瑣高議·流紅記》，後來被元人白樸、李文蔚分別改編成雜劇《韓翠蘋御水流紅葉》和《金水題紅怨》。

總要失去一次才懂得珍惜

姮娥一日宮中去，巫峽千秋空白雲

——《別佳人》‧崔涯

　　中唐時期，有位與張祜齊名的詩人，叫崔涯。當然，他倆齊名的說法是古書上寫的，現今這兩人的名聲已不可同日而語，《全唐詩》收了張祜三百四十九首詩，但崔涯的詩卻在各種選集裡不見蹤影。

　　在當時，崔涯的名氣一點也不比張祜弱，甚至在某些地方還強上一籌。從史料裡零星的記載上可以得知，崔涯這個人對長安娼妓的身價有著不可估量的影響力，他要是作詩誇了誰，則誰家門前車馬繼來，興旺無比；他要是一個不爽，作詩詆毀了誰，則誰家必然門庭冷落，乏人問津。因此，娼門對他可謂又愛又恨，一半客氣一半畏懼。可見，崔涯實在是個有才氣又有趣、有性格的詩人，這在後世廣而流傳的詩人中都是不多見的。

　　性格一方面可以成就人，一

方面也可以摧毀人。崔涯號稱「吳楚狂生」，既得了個「狂」字，可見其為人，恃才傲物必定是有的。這態度用在別人身上也便罷了，可是他狂到連老丈人也不放在眼裡。

崔涯的老丈人姓雍，乃當時揚州總校。雍總校生的女兒嫻雅端方、溫柔可人，竟不像雍總校這樣舞刀弄槍的粗人教養出來的，活脫脫一個儒門閨秀。雍總校生女如此，萬分驕傲，一心要給她找個才氣縱橫、顯命揚名的良人。以崔涯當時的名聲、地位、才氣來說，真是樣樣合意，婚姻之事也就水到渠成了。兩人成婚以後，琴瑟和鳴，鶼鰈情深，惹得崔涯一干好友真心實意地羨慕嫉妒。

崔涯名聲在外，卻沒多少積蓄，而雍總校是個富戶，他可見不得愛女受苦，時常資助女兒女婿。按說翁婿關係擺在前頭，跟著又有資助周濟之恩，崔涯對老丈人怎麼說也該客氣點兒吧？然而崔涯對雍總校這武夫半點好感也欠奉，表面上也不大恭敬，隱隱露出嫌棄人家那種粗莽的樣子。每每一家人聚餐之時，崔涯從不跟雍總校行禮，還稱呼他「雍老」。為了女兒的幸福，雍總校也忍了他許久。

終於有一次，雍總校忍無可忍，抽出寶劍指著崔涯，「俺本來是北方河朔人，一輩子只跟弓箭、馬匹打交道，生了個女兒自然也該嫁到軍門。俺只不過欽慕你們讀書人的品德，這才破例把女兒嫁給你，現在看來，啥讀書人的德行，不過徒有虛名而已！你既然看不上俺們家，俺現在要把女兒領走。她離了你也不好再嫁，俺就把她送去出家當尼姑。你要是不答應，俺這把劍可就要見血了！」

面對這種武力威脅，崔涯明顯不是對手。他僵楞地看著岳丈的劍和妻子的淚，全身又冷又痛，然後哭了出來，不停悔過自責。他那柔弱嬌軟的妻子幾乎哭暈過去，連說話的力氣也沒有，只用一雙溼潤悲戚的眼睛看著自己的

父親。雍總校一介武夫，粗莽歸粗莽，卻是心志堅定，決定的事情便不再動搖分毫。崔涯只得眼睜睜看著深愛的妻子被帶走，削髮為尼，從此常伴青燈古佛，經書木魚。

崔涯身無長物，最後留給妻子做紀念的，是一首贈別詩：

隴上流泉隴下分，斷腸嗚咽不堪聞。

姮娥一日宮中去，巫峽千秋空白雲。

早知如此，何必當初。人總要失去一次才懂得珍惜，然而這「懂得」也只不過是記住了一個教訓罷了，失去的總是失去，再得不回。

小知識

崔涯，吳楚間人，字若濟，號筆山，明代甘棠人。嘉靖八年（西元1529年）登進士，擢任監察御史。為官清正廉明，遇事敢言，糾劾不避權貴，世宗誇稱為「真御史」。任上嚴懲貪官。齊辦各類獄案，深得民心。去職後，建書院、講學術，尊崇程、朱理學，著有《筆山文集》十卷行世。其詩風清麗雅秀，語言超逸。詩八首，其中《別妻》、《詠春風》、《雜嘲二首》（其一）等皆是佳作，又尤以《別妻》為最善。

為了「半江水」的執著

前鋒月映一江水，僧在翠微開竹房

—— 《宿中子山禪寺》·任蕃

　　唐代白居易的《暮江吟》寫：「一道殘陽鋪水中，半江瑟瑟半江紅。」光與色交織出日暮江景，自然而真實。一個「半」字透著朦朧、含蓄之美。清代王士禎《真州絕句》寫江景有這麼一句：「好是日斜風定後，半江紅樹賣鱸魚。」與白居易那句詩有異曲同工之妙。以這個「半」字入詩，要數清代李密庵《半半歌》最有名：「……飲酒半酣正好，花開半時偏妍；半帆張扇免翻顛，馬放半韁穩便。半少卻饒滋味，半多反厭糾纏。百年苦樂半相參，會佔便宜只半。」細細讀來，這首詩充滿了大智若愚的境界與品味，值得一品再品。而關於這個「半」的妙出，還有那麼一則有趣的小故事。

　　晚唐有位詩人叫任蕃，年輕的時候科舉落第，從此便到處遊歷山水，增廣見聞。某日，他來到浙江名勝天臺山的中子峰，這兒崇山峻嶺，綿亙蜿蜒，風景綺麗，令人觸景生情詩性大發。只見他佇立在松樹下，一邊觀賞、一邊沉吟，片刻

之後，便於寺廟粉壁上題詩一首：

> 絕頂新秋生夜涼，鶴翻松露滴衣裳。
>
> 前鋒月映一江水，僧在翠微開竹房。

寫完後，他又反覆吟哦幾遍，甚為得意地離開了。只是這一路上，他還不停地想著剛才題的那首詩。當他走出一百里路以後，他恍然驚起，一拍腦袋自語道：「方才詩裡我用『一江水』實在不妥，若是改為『半江水』豈不更妙！」於是他立即掉頭匆匆往回跑。當他風塵僕僕趕回來，卻發現那壁上的詩句已經被人改過了，現在這首詩正是他所想的。任蕃大笑讚道：「改得好！改得好！」讚完又不免遺憾，不知是誰所改，真想與他把酒論詩一番。

這算是古來勵志故事裡的經典了，百里奔波只為一個字，實在值得欽佩。後人又在任蕃的題詩壁上題寫了這麼兩句詩：「任蕃題後無人繼，寂寞空山二百年。」

我覺得，當人真心沉浸在一個事情裡的時候，都是最可愛的，不管是多麼奔波、忙碌、繁瑣，只要它值得，只要你歡喜並且堅定，都是可以盡善盡美的。真希望我們都能懂得並擁有這「半江水」的執著。

小知識

任蕃，蕃或作翻，字不詳，江東人。生卒年均不詳，約唐武宗會昌中前後在世。蕃有詩集一卷，及《新唐書藝文志》傳於世。

剩下來都是有道理的

我未成名君未嫁，可能俱是不如人

——《贈妓雲英》·羅隱

　　晚唐詩人羅隱，詩名甚為卓著，然而仕途卻不是很順利。他考進士考了十幾年都沒能得第。

　　早年，他赴京趕考路過鐘陵，曾在一個朋友的宴席上跟妓女雲英共桌。這原只是一件小到不能再小的插曲，沒什麼好在意的。一晃十二年過去了，他再次赴京趕考，仍然沒中，沮喪懊惱難過失落的情緒下，他有一次路過鐘陵，還恰巧遇到了十二年前席上共桌的雲英。

　　雲英顯然不是個討人喜歡的女人，她愚蠢而狹隘，見到羅隱那失落的樣子，知道他又沒考中，就想出言嘲諷。她上前跟羅隱打招呼，然後故意問他，「常聽人說秀才是有大才的，怎麼今年又沒中第呢？」羅隱心裡本來不痛快，誰想

這女人不安慰兩句就算了，反而來落井下石，簡直可惡！

尤其是一個妓女特地跑來嘲諷他這個讀了半輩子書的秀才，實在是恥辱！羅隱秉持著讀書人的風度，不能對雲英大吼大罵以免有失身分。不過他才思敏捷，立刻想到一首絕句來報復雲英：

鐘陵醉別十餘春，重見雲英掌上身。

我未成名君未嫁，可能俱是不如人。

前兩句聽著似有故人重逢的喜悅，尤其羅隱還誇雲英身材好。「掌上身」那可是趙飛燕的身姿，傳說趙飛燕腰瘦身輕，可以在人的手掌上跳舞。後兩句急轉直下，我沒功成名就，妳也沒嫁人，可能是咱倆都不如別人。這兩句既回答了雲英的問題，又把雲英拖了進來，帶著輕蔑不屑：十幾年了妳都沒嫁出去，也不比我強嘛！妳有什麼資格說我。

雲英聽了羅隱詩，反應過來後，頓時面紅耳赤不知道說什麼是好，隨便支吾兩句，找了個爛理由離開。這之後好長時間，雲英都止不住後悔，暗罵自己沒事找事，戲弄人不成反惹來一身腥。

「雲英未嫁」這個成語典故，便是

出自於此。經過多年的發展，經過「連類用事」和「典故偷換」，這個成語已經不是如故事般帶著貶義，而是一個中性的詞，寫女子未婚。

　　嘲諷別人屢戰屢敗，成為「剩下來的人」之前，先想想自己。誰也不比誰高貴，誰也不比誰能幹，而人的際遇又最難預料，看人不要那麼膚淺，做人不要捧高踩低。大凡剩下來的都有道理，別多嘴閒話，做好自己的事。

小知識

羅隱（西元833年～909年），字昭諫，新城（今浙江富陽市新登鎮）人，唐代詩人。科舉總共考了十多次，自稱「十二、三年就試期」，最終還是鎩羽而歸，史稱「十上不第」。黃巢起義後，避亂隱居九華山，光啟三年（西元887年），五十五歲時歸鄉依吳越王錢鏐，歷任錢塘令、司勳郎中、給事中等職。西元九〇九年（五代後梁開平三年）去世，享年七十七歲。

羅隱工詩能文，與陸龜蒙、皮日休齊名；又與羅虯、羅鄴並稱「三羅」。一生懷才不遇，同情勞苦大眾。著有《江東甲乙集》、《讒書》、《淮海寓言》、《兩同書》、《吳越掌記》等。又善行書，《宣和書譜》中，曾錄御儲所藏羅隱行書數種，稱其有「唐人典型」。

亂世才子最悲哀

也知道德勝堯舜，爭奈楊妃解笑何

——《華清宮》·羅隱

　　唐朝末年，政治環境和生存環境都急遽惡化，社會矛盾日趨突出，文人出現了明顯的分化：有的歸隱山林，有的干祿求仕，有的縱情逸樂……其中，羅隱長年輾轉於科場，以求仕進，卻終身未能如願。

　　唐宣宗大中六年，羅隱二十歲，舉進士不第。這是羅隱第一次參加科考。

　　羅隱在當時名聲已經很大，但其生得醜陋，性格耿直，恃才傲物，於是人稱醜才子。羅隱詩極好，其中《牡丹花》等，為時人傳頌。《牡丹花》詩曰：

　　似共東風別有因，絳羅高卷不勝春。

　　若教解語應傾國，任是無情亦動人。

　　芍藥與君為近侍，芙蓉何處避芳塵。

　　可憐韓令功成後，辜負穠華過此身。

　　這樣的詩名已是難得，然而羅隱並不僅僅想做個才子。唐宣宗大中十三年，羅隱二十七歲，入貢籍。宰相鄭畋看重羅隱之才，又知道女兒喜歡誦讀羅隱的詩，便將羅隱召至府中。相府千金想像中的羅隱是個風度翩翩的俊俏才子，誰想隔簾一看大失所望，從此也將羅隱的詩棄置一邊。

離開了相府之後，羅隱受到刺激，性情變得更為激烈，不把王公將相放在眼裡。咸通八年他自編其文為《讒書》，這本書裡對唐朝的高層人士連諷帶罵，京城的世家公卿達官顯貴都很不喜歡他。這後果便是：唐懿宗咸通五年，羅隱三十二歲，春試不第；歷七年考試不第；唐懿宗咸通九年，羅隱三十六歲，落第歸東江，不隨歲貢；唐懿宗咸通十一年，羅隱三十八歲，秋試落第；唐僖宗光啟三年，羅隱五十五歲，東歸佐吳越王錢鏐。

唐昭宗曾經想以甲科取羅隱，就有一些大臣當場反對，大義凜然道：「羅隱雖然有才，但是為人太過輕率，連明皇那樣的聖德陛下他都譏諷毀謗，一般的將相大臣就更加難免遭到他的攻擊了。」皇帝問羅隱譏諷毀謗明皇什麼了，大臣立即舉出羅隱所作的詩《華清宮》為證：

樓殿層層佳氣多，開元時節好笙歌。

也知道德勝堯舜，爭奈楊妃解笑何？

昭宗聽了，沒有言語，此事壓下再也不提了。

所以說，才子遭逢亂世，最為悲哀，結果也只有懷才不遇。

小知識

《讒書》，唐代羅隱撰，共五卷，是晚唐小品文的代表。因為羅隱屢試不第的遭遇，《讒書》表現出鮮明的抒情特質，包括彰顯個人價值、批判現實社會，還有對權位的期待。《讒書》還富於理性色彩，它對現實有清醒的認識，對經典進行有意的誤讀，並總結歷史規律。《讒書》篇幅簡短，將經驗世界和歷史世界相貫通，強化語言的情感表達，這些都有助於實現情、理的交融。總之，《讒書》具有情理兼具的特點。

憂國憂民的還是閒雲野鶴

稼穡艱難總不知，五帝三皇是何物

——《公子行》·貫休

相傳唐朝末年，婺州蘭溪縣出了個貫休和尚，他書畫精湛，詩名遠播。貫休俗姓姜，因為家境貧困，七歲時便投身寺廟做了個小沙彌。貫休入寺以後非常勤奮，每天一幹完活，就去念書。師父看他日日如此堅持不懈，很喜歡他，常從旁指點，貫休又聰明，一學就會，就這樣貫休在廟中慢慢長大。

那時，鎮海鎮東軍節度使錢鏐擁兵兩浙，統領十二州，封吳王，後來錢鏐自稱吳越國王。錢鏐在杭州發展得很好，修築錢塘江堤，拓展州城，杭州一躍成為江南十分重要的城市，史稱「吳越之治」。錢鏐還廣修寺廟，大興佛教，網羅名士，對皮日休、羅隱、胡嶽等人都予以厚待，因此吸引很多當世名士前去投奔。貫休就是其中之一，他自靈隱寺去投錢

鏐，還帶著一首詩作前去拜謁，詩云：

貴逼身來不自由，幾年辛苦踏山丘。

滿堂花醉三千客，一劍霜寒十四州。

萊子衣裳宮錦窄，謝公篇詠綺霞羞。

他年名上凌雲閣，豈羨當時萬戶侯。

錢鏐看著這首詩，反覆吟哦，十分喜歡，尤其是「滿堂花醉三千客，一劍霜寒十四州」這一句，但美中不足的是，「十四州」顯得狹小逼仄，不夠氣派，若能改成「四十州」，便有氣勢多了。貫休聽了，一派灑然道，「州亦難添，詩亦難改，然閒雲孤鶴，何天而不可飛？」說完便告辭離去。

後來貫休入蜀，又以詩投王建，詩云：

河北江東處處災，唯聞全蜀勿塵埃。

一瓶一缽垂垂老，千水千山得得來。

奈菀幽棲多勝景，巴歈陳貢愧非才。

自慚林藪龍鍾者，亦得親登郭隗臺。

王建正是廣納賢才的時候，見貫休帶詩來投，自然十分高興，給予優待。王建先是讓貫休住在東禪寺，後讓他移住新建的龍華道場，還賜他禪號曰「禪月大師」。

兩年以後的某一天，王建召見貫休，請他誦讀一下近作。當時滿座都是朝廷貴戚，貫休早就不滿他們的作風，正巧藉著這個機會諷刺他們一番，便朗誦了一首《公子行》：

錦衣鮮華手擘鵊，閑行氣貌多輕忽。

稼穡艱難總不知，五帝三皇是何物。

貴戚們聽了心裡很不是滋味，咬牙切齒盯著貫休，目露凶光。王建卻大
為欣賞，連連稱讚。

貫休說自己是閒雲野鶴，然而觀其詩，無時無刻不透露著憂國憂民、憐
憫百姓的情懷。政客們爭權奪利，恐怕也只有閒雲野鶴才有這般心思和關懷
了。

小知識

貫休（西元852年～913年），唐末、五代時僧人、
詩人與畫家。俗姓姜，字德隱，浙江蘭溪人。早年出
家，以詩畫聞名於世。且僧且遊，是個雲遊詩僧，頗
負盛名。他擅長畫佛像，所作線條緊密，筆力遒勁，
造型古拙。筆下之佛像大多龐眉大目，朵頤鼻隆，人
稱「梵相」。他的草書功力深厚，筆勢飛動，瀟灑自
如，時人將他比之為唐朝草書名僧懷素，世稱「姜
體」。繪有《十六羅漢像》、《高僧像》、《維摩像》、《須菩提像》
等，另有詩歌《禪月集》行世。他的詩亦不比書畫遜色，享盛名已久。

做人不要太輕狂

風號古木悲長在，雨濕寒莎淚暗流
　　　　　　——《過平戎谷吊胡嘲》‧王仁裕

唐時有胡嘲輔佐藩鎮，職能相當
於現在的祕書。他很有文學才能，
尤其擅長寫軍事公文，每次上司要
寫什麼文書，他總能抓住要領，極
合上司心意。

當時皇帝帶著人馬去了西部，在
中原駐守的部隊裡，陝西一帶的藩
鎮就理所當然地成為最大的也是最
重要的屏障。各種文書告示飛來走
去，在中原之地不斷地交換。經過
一段時間，胡嘲寫的軍事文書言簡
意賅，語意清晰，且富有文采，凡
是看過的人沒有不敬佩他的。

因為節度使年幼，所以一個藩
鎮的生殺大權都牢牢掌握在了副使
張筠的手裡。他宣稱自己在荊州任
職，其實那裡只不過是張同在代
管，而張同是當時藩鎮幕府中的巡

157

查官。胡龢對那個年幼的大帥非常看輕，也因為他那一手寫公文的工夫而蔑視同僚，常常做出不尊重人的事情。節度使因著他的才華，並不太責備於他，只是常常提醒他注意一下，這使他越來越不受約束。胡龢常常在宴會上，喝得正開心之時直呼張筠「張十六」。十六是張筠在家族兄弟裡面的排行。胡龢還多次詆毀張筠，因為礙著節度使的面子，張筠也不能拿胡龢怎麼樣，只能在心裡怨恨著。

後來有一次，胡龢到了荊州去拜訪張同，可是張同門下僕人都不認識他，悄悄向胡龢隨從打聽了才知道那是胡龢大夫，連忙請到大廳奉茶相迎。張同聽說胡龢來了，急忙趕過來想好好招待胡龢，也打發家僕去準備一桌精緻的酒菜。可是等張同出來的時候，忽然聽到有人來報：「大夫已經走了。」張同很疑惑，人怎麼剛來就走啊？他來到大廳，確實沒見著胡龢的身影，卻看見兩個椅子之間有一堆糞便。張同一笑了之，心下卻諸多不滿。

一次節度使讓胡龢出使後梁，胡龢門下客陳評事隨行。張筠祕密地對陳評事行賄，讓他監視胡龢有什麼不法行為。到了後梁，胡龢不改其性，仍然放縱荒唐，他做的事情全被陳評事一一記錄下來。回來之後，節度使知道了胡龢的狂妄輕率，想他一貫如此，便也寬容了。可是陳評事收到張筠的指使，後來虛構了很多罪狀，草擬在一張紙上，揣起來稟報節度使。節度使那個時候剛好酒喝多了有些醉意，聽到這些大為震怒，立刻下令把胡龢拉出去活埋於平戎谷口。等到節度使酒醒之後知道這件事，非常震驚痛惜。他沉思了許久，感嘆道：「殺你的人是副使，不是我啊！」後來，每當他要起草公文的時候就想起胡龢，對他甚為思念。

王仁裕曾路過平戎谷，寫了一首詩悼胡嶠：

立馬荒郊滿目愁，伊人何罪死林丘。

風號古木悲長在，雨溼寒莎淚暗流。

莫道文章為眾嫉，只應輕薄是身讎，

不緣魂寄孤山下，此地堪名鸚鵡洲。

其實仔細想來，殺胡嶠的也不是張筠，而是胡嶠自己。

王仁裕，字德輦。其先祖太原人，祖父王義甫任成州軍事判官時，遷居秦州長道縣碑樓川（今禮縣石橋鄉斬龍村）。五代著名政治家、文學家，曆事歧王李茂貞、前蜀、後唐、後晉、後漢、後周，官至戶部尚書、兵部尚書、太子少保，病逝後詔贈太子少師。生於唐僖宗廣明元年（西元880年），後周顯德三年（西元956年）病逝開封寶積坊私第。北宋開寶四年（西元971年），其孫王永錫護柩歸葬故里，又隔十三年後，即宋雍熙元年（西元984年），王仁裕門生、宰相李昉撰文《周故太子少師王公神道碑》，張賀書丹並篆額，王永錫立碑於石橋斬龍村祖塋。

詩仙詩聖之外，還有一個詩瓢

業在有山處，道成無事中

——《題鄭處士隱居》‧唐球

唐末有個唐球，頗有詩名，性子卻不像唐初詩人那般風流放曠，而是質樸誠實，憨厚明理。唐末天下大亂，王建曾因其才名想要徵召他做參謀，唐球沒有應召，而後避世隱居，就在浙江一個依山傍水景色秀麗的地方。當時他有不少好句流傳出去，如「恰似有龍深處臥，被人驚起黑雲生」、「漸寒沙上路，欲暖水邊村」。他的故居後來世人名其「球砂寺」，相傳宋高宗趙構為避亂兵追擊，巡至珠砂寺隱居二天，所以這地方又改名為「隱居寺」。

唐球這人平素作詩有個習慣，他每作一首詩，不是整齊放在書案上，也不把他們集結成冊，而是把詩稿撚成一個圓球，放在一個特製的大瓢裡，這倒正合了他的名字

「球」字。他的書房平日並不設防，唯獨那個放詩的大瓢是他心愛物，傭僕打掃、妻妾整理時，哪兒都可以碰，唯獨那瓢是不許動的。

後來唐球病了，起初只是小病，感冒咳嗽什麼的，以為過段日子就好，沒想到久病不癒且越來越重，直至臥病在床，請醫延藥都絲毫不見好轉。唐球知道自己快不行了，他想到他那一瓢詩，非常痛苦，如果他就這樣死去了，他那些詩不就再無人知曉了嗎？他已有詩名，不在乎出名不出名的問題，只覺得他的詩應該流傳下去，不應該留在那瓢裡。於是，他想到了一個辦法。

這日，風和日麗，唐球強撐著病體起床穿戴好，捧著他平日十分珍愛的放滿詩的大瓢，來到離他居所不遠的江邊，他暗想，「這些文稿如果沉不進水裡，那麼得到它的那個人，一定會明白我的苦心。」想著，他便萬分珍重地把瓢輕輕放在水面上，然後看著它隨水流去，直到消失不見。唐球心內一片悵然，失魂落魄回到家中，不就便病死了。

話分兩頭，這個盛放唐球詩作的大瓢漂啊漂，漂到了新渠，還真被人看見，而且這人竟然還認出這瓢的來歷，驚嘆：「這是唐山人的瓢啊！」說著他來不及挽褲腳，連忙下水撈瓢。待他費盡辛苦從水裡把這瓢撈出來，這時瓢裡面的詩僅存十之二三了。這人打開一看，那些詩多是題詠酬贈之作。如《題青城觀》云：

數里緣山不厭難，為尋真訣問黃冠。

苔鋪翠點山橋滑，松織香梢古道寒。

晝傍綠畦薅嫩玉，夜開紅灶爇新丹。

孤鐘已斷泉聲在，風動瑤花月滿壇。

又《題鄭處士隱居》云：

不信最清曠，及來愁已空。

數點石泉雨，一溪霜葉風。

業在有山處，道成無事中。

酌盡一樽酒，老夫顏亦紅。

唐球也是苦吟派，刻意求工，善於寫景詠物，常出佳句，但因題材狹窄，缺乏社會內容，所以沒能廣泛流傳。

小知識

故事選自《全唐詩話》，宋龍袞所作，成書於咸淳辛未年（西元1271年）。

下篇　關於宋詞的故事

卷一

北宋篇

一個對句成就一首好詞

無可奈何花落去，似曾相識燕歸來

——《浣溪沙·春思》·晏殊

晏殊自幼工於詩文，少時就被人稱作神童，還接受過皇帝的召見，而且那次召見晏殊的表現十分搶眼。當時皇帝命他現場作詩一首，小晏殊面對帝王完全沒有露出一絲緊張害怕，很誠懇地對皇帝說：「這個題目我以前做過，請陛下換一個新題吧！」晏殊的這個態度和行為令皇帝對他欣賞有加，連連讚嘆。後來晏殊在官場上一路直升，做到樞密副使。他為官時，亦留下了不少的佳作。

一次，晏殊去往杭州，途經揚州，在揚州大明寺休息。當時有這樣一個傳統，知名的寺廟都會在牆壁上設一個詩板，供文人們興起時題詩之用。晏殊知道大明寺也有這樣一面詩板，他玩心頓起，閉著眼睛踱到詩板前，讓身邊的侍從把詩板上的詩唸給他聽，但是不要告訴他是誰作的詩，

以免讓他陷入先入為主的思想裡，影響他的主觀判斷。

晏殊聽了好一會兒，越來越不耐煩起來。原來這些詩實在平平無奇，有些簡直就是索然無味，大多篇他都無法聽侍從完整唸完就喊停了。正當晏殊的忍耐已經接近極限之時，他忽然聽到侍從唸了那麼一首詩：

水調隋宮曲，當年亦九成。

哀音已亡國，廢沼尚留名。

儀風終陳跡，鳴蛙祇沸聲。

淒涼不可問，落日下蕪城。

晏殊忽然覺得眼前一亮，這首詩精妙可人，實在讓他欣喜。他立即問侍從，這是何人所作？侍從回答說是江都縣尉王琪。晏殊太喜歡王琪的詩風了，便命人請王琪來吃飯。這一頓飯，可謂賓主盡歡。飯後，兩人還一起去池塘邊散步。

這正是春末，池邊花叢下掩著無數落紅。晏殊想起一件事，突然有感，說：「我平日一旦想出什麼佳句就會寫在牆壁上，然後慢慢琢磨對句，有些句子我花費數年的時間也想不出好的對句。我這人追求完美，也不願隨便弄個句子應付。例如有那麼一句『無可奈何花落去』，我至今還沒想到有什麼好句子可對上。」沒想到王琪不假思索，順口接道：「似曾相識燕歸來。」晏殊一聽楞了，接著大笑讚這對句妙不可言。呵，這真是踏破鐵鞋無覓處，得來全不費工夫。後來，晏殊將此二句用到他的《浣溪沙·春思》裡：

一曲新詞酒一杯，去年天氣舊亭臺。夕陽西下幾時回？

無可奈何花落去，似曾相識燕歸來。小園香徑獨徘徊。

這首小令簡潔明快，充滿懷春惜春的情緒。詞人斟滿新酒，吟唱新詞，

嘆舊日時光幾時能回？美麗的花跟著春一起凋落，就像那些美好的往事一樣。你看那知情的燕子好似與人相識，又飛回故園，而此時此地，只我一人浸在這黃昏裡，等你來看我的落花滿地。

這首詞裡，最動人、最具有深意的，就是那句「無可奈何花落去，似曾相識燕歸來」。晏殊對這一句詞的喜愛從不曾掩飾，他還把這句子用到他的《示張寺丞王校勘》詩中。著名詞論家楊慎稱這兩句詞是「天然奇偶」。

小知識

晏殊，字同叔，北宋前期婉約派詞人之一，撫州臨川文港鄉人。十四歲時就因才華洋溢而被朝廷賜為進士。之後到祕書省做正字，北宋仁宗即位之後，升官做了集賢殿學士。仁宗至和二年，六十五歲時過世。性剛簡，自奉清儉。能薦拔人才，如范仲淹、歐陽修均出其門下。他生平著作相當豐富，計有文集一百四十卷，及刪次梁陳以下名臣述作為《集選》一百卷，一說刪並《世說新語》。主要作品有《珠玉詞》。

叫對名字就有好姻緣

金作屋，玉為籠。車如流水馬遊龍

——《鷓鴣天・畫轂雕鞍狹路逢》・宋祁

宋祁和他的哥哥宋庠是同一年的進士，那是宋仁宗天聖二年（西元一〇二四年）。宋祁的文章比他哥哥宋庠好一些，到得殿試的時候，得了個狀元，哥哥宋庠為探花。這排名報到章獻太后劉娥那裡遭到反對，說什麼「弟不可先兄」，於是宋庠被定為狀元，而宋祁都沒能位列三甲，被置於第十名的位置。兄弟兩人同年高中進士，不管其真實的排位功名如何，單這一點已經讓世人豔羨不已，在民間傳為佳話，人們稱這兩兄弟「大宋」、「小宋」，這兄弟倆亦是無限風光。

宋祁自中了進士在朝中任職後，常常出入宮門，有幾條路是必經的，比如繁臺街。這條街本沒什麼特別，可是有一次，他在經過這裡的時候，正遇上從宮裡出來的幾乘車轎，裡面可都是皇宮的妃嬪和宮娥，她們平時極少出宮，這迎面相遇的事情更是少見。宋祁來不及躲避，便恭謹地站在路邊讓出道路。那車轎緩緩從他身邊駛過，在安靜

167

的沒有一絲聲響的街道上，宋祁聽到一聲微弱的叫喚：「小宋。」宋祁驚訝地抬起頭往那聲源望去，只見那轎簾方被輕輕放下，他連一個女子的身影都沒瞧見。然而那個聲音，那雙放下轎簾的手，奇異地印刻在宋祁的心上，再也抹不去。

回到家中，宋祁似著了魔地想那佳人：什麼樣的女子，在飄然而過的剎那，認出他，輕輕喚他「小宋」、「小宋」，這般親暱，這般讓人留戀。這位寫出「紅杏枝頭春意鬧」名垂後世人稱「紅杏尚書」的文學家，此時彷彿與前朝的詩人李商隱通靈了情感，輾轉反側之下，揮筆寫就一首《鷓鴣天》：

畫轂雕鞍狹路逢。一聲腸斷繡簾中。身無彩鳳雙飛翼，心有靈犀一點通。

金作屋，玉為籠。車如流水馬游龍。劉郎已恨蓬山遠，更隔蓬山一萬重。

有生之年，狹路相逢，一聲輕喚，惹動相思。籠中之鳥，不得自由，車馬如水，流入深宮，恨蓬萊山遠，終不能相逢。

即便借了李商隱的句子，這歌詞仍然美得天地失色。民間普羅大眾總是最好的鑑賞家，經典的東西一定會被廣為傳唱。這詞最後唱到了宋仁宗那兒，宋仁宗還特意派人查知了這詞的因緣，然後命人去詢問是誰路過繁臺街，叫了一聲「小宋」。

一位在旁邊伺候的宮女站出來跪倒在地，不卑不亢地訴說，「前些日子我伺候皇上宴席，聽見皇上傳召翰林學士，後來聽皇上近身的公公說，那就是世人稱道的『小宋』。那日跟娘娘出遊，從車轎裡看見他站在路邊，便忍不住叫了一聲。」

　　宋仁宗點點頭命她退下，接著召宋祁入宮，對著他語氣平緩神態淡然地說起這件事。宋祁惶恐地以為自己闖下大禍，臉色刷白地跪在皇帝面前，說不出一個字。仁宗爽朗地笑了，頗富深意地取笑宋祁，「蓬萊山可不遠呢！就在你眼前。」說著讓那位呼喚小宋的宮女走出來，仁宗親自宣旨賜婚，許他們一個美滿姻緣。

　　俗極了的一個故事，但是想到那個場景——古道、車轎、翩翩少年、清媚佳人，從天邊傳來一聲呼喚，她的音色，他的名字——這是最美的古典情懷啊！現在，誰還能感受？

小知識

宋祁（西元998～1061年），北宋文學家，字子京，安州安陸（今湖北安陸）人，後徙居開封雍丘（今河南杞縣）。宋祁初任復州軍事推官。經皇帝召試，授直史館。官至龍圖閣學士、史館修撰、知制誥。曾上疏認為國用不足在於「三冗三費」，三冗即冗官、冗兵、冗僧，三費是道場齋醮、多建寺觀、靡費公用，主張裁減官員，節省經費。並與歐陽修同修《唐書》，《新唐書》大部分為宋祁所作，前後長達十餘年。書成，進工部尚書，拜翰林學士承旨。嘉祐六年卒，年六十四，諡景文。范鎮為撰神道碑。

奉旨填詞柳三變

忍把浮名，換了淺斟低唱

——《鶴沖天·黃金榜上》·柳永

中國古代文人似乎都逃不過一個悲哀的宿命：他們一開始都不想做一個單純的詩人、詞客或者文學家。即便他們生而擁有天大的才情，他們讀書也只為了一件事：參加科考，拔得頭籌，頭角崢嶸顯命揚名。

更有抱負一點的，還有一些「致君堯舜上，再使風俗淳」的政治胸懷。柳永亦是如此，然他天性卻不該如此，於是宋仁宗趙禎暗合了他的宿命，輕飄飄地推了一把。

那時柳永還年輕，柳家世代為官，他自小讀書奮進也不過是為了繼承家業，最好能官至公卿，光宗耀祖。學成之後，他來到汴京應試。

汴京是夫子和書本之外的另一個世界，它宏大繁華，它有最醇的酒和最美的女子，美酒佳人是才子的靈感

之源，他開始寫，「近日來，陡把狂心牽繫。羅綺叢中，笙歌筵上，有個人人可意。」「知幾度，密約秦樓盡醉。仍攜手，眷戀香衾繡被。」他「自負風流才調」，自信「藝足才高」，他在日日歡歌和極富才情的詞作中把自己放大，覺得科考於他是信手拈來的事情。

我們冷眼旁觀都可以預料到結果，他必然名落孫山，也的確如此。他難過悲傷，他沮喪憤恨，於是他寫了《鶴沖天》：

黃金榜上，偶失龍頭望。明代暫遺賢，如何向？未遂風雲便，爭不恣狂蕩。何須論得喪？才子詞人，自是白衣卿相。

煙花巷陌，依約丹青屏障。幸有意中人，堪尋訪。且恁偎紅翠，風流事，平生暢。青春都一餉。忍把浮名，換了淺斟低唱！

仁宗初年，柳永再臨科場，成績本已合格，然而這首《鶴沖天》卻傳到了禁宮，上達天聽。於是仁宗皇帝勾掉了他的名字，御筆一揮：「且去淺斟低唱，何要浮名。」正是這句話，成全了柳永一代詞霸的地位，無人可以撼動。

也許宋仁宗當時心情正不好，但是我更願意做一個浪漫的猜度——宋仁宗太愛惜柳永了，那是一個長者溫柔敦厚的關懷：姑且去填詞吧！世事滄桑，要浮名何用？這個朝廷不缺一個柳永，而民間教坊卻不可沒有柳三變。

於是，葉夢得《避暑錄話》載：「教坊樂工每得新腔，必求永為辭，始行於世，於是聲傳一時。」

於是，陳師道《後山詩話》云：「柳三變遊東都南北二巷，作新樂府，天下詠之，遂傳禁中。仁宗頗好其詞，每對酒，必使侍從歌之再三。」這似乎是仁宗皇帝愛護他的一個鐵證。

於是，「凡有井水飲處，即能歌柳詞」。

於是，「衣帶漸寬終不悔，為伊消得人憔悴」成為經典絕唱，更被國學大師王國維譽為古今成大事者的第二境界。

柳永自嘲「奉旨填詞柳三變」，他奉的是聖旨，是他天賦才情的旨意，更是一整個時代的旨意。這世上，再沒有另一個「忍把浮名，換了淺斟低唱」的柳永讓人如此動容。

小知識

柳永（約西元987年～約1053年），崇安（今福建武夷山）人，原名三變，字景莊，後改名永，字耆卿，因排行第七，又稱柳七。北宋詞人，婉約派最具代表性的人物之一，代表作《雨霖鈴》。宋仁宗朝進士，官至屯田員外郎，故世稱柳屯田。

用藥名寫成的詞

分明記得約當歸，遠至櫻桃熟

——《生查子·藥名閨情》·陳亞

北宋有個詩人叫陳亞，特別擅長以藥名入詩，據說他的藥名詩有一百多首在坊間流傳。這個陳亞雖說不以詞聞名，但是他現存了四首詞卻都是以藥名為題，很值得一讀。藥名詞這種此題規定，每一句至少要出現一個藥名，當然為了方便入詞，這些藥名可以用諧音的方式借用別的字。

陳亞這種專門寫藥名詩詞的人，在宋代詞人裡十分罕見。他很小的時候便父母雙亡，成了孤兒，只好被寄養在舅舅家。他舅舅是醫工，在舅舅家耳濡目染，使得他對藥名十分敏感，記憶也十分快速，這給他靈活使用藥名入詩入詞打了個好基礎。他有一首《生查子·藥名閨情》寫得極好，簡直是他妙用藥名寫詞的典範：

173

相思意已深，白紙書難足。字字苦參商，故要檀郎讀。

分明記得約當歸，遠至櫻桃熟。何事菊花時，猶未回鄉曲？

詞裡描寫一個深閨少婦在丈夫遠行之後，日夜思念他，便寫了一封長信給他，來訴說自己的痛苦。她問他：你還記得你離開之時我們之間的約定嗎？我一再叮嚀，最遲到櫻桃成熟的時節，你必須回家。你看現在菊花都開了，為什麼還不見你歸來？

短短幾句，有愛有怨，有思念有失落，交織在一起，一氣呵成，意蘊深遠，讀來令人感同身受，悵然若失。其中每句一個藥名，「相思」、「苦參」、「當歸」、「櫻桃」、「菊花」是藥名本字；「意已（薏苡）」、「白紙（芷）」、「郎讀（狼毒）」、「遠至（志）」、「回鄉（茴香）」等，則是同音假借而來。

有一點特別值得說明，雖然這詞裡以藥名貫穿，句句不離，卻不是簡單的標新立異玩弄文字遊戲。陳亞在作這首詞的時候，用字遣詞都非常神妙，比如「記得約當歸」之前有個「分明」二字，突出少婦對於跟丈夫分手那一刻的印象之深，又暗暗含著怨尤。又比如詩裡「參商」指的是參商兩顆星子，這兩顆星，此起彼落，永不相見，可見這少女思念之切。宋人對這首詞的評價相當高，以至於不少人來模仿這篇藥名詞，連大詞人辛棄疾也做過這樣的事情，他有兩首詞就是仿這般意趣而作。

《定風波．招婺源馬荀仲遊雨岩》

山路風來草木香，雨餘涼意到胡床。泉石膏肓吾已甚，多病，提防風月費篇章。

孤負尋常山簡醉，獨自，故應知子草玄忙。湖海早知身汗浸，誰伴？只甘松竹共淒涼。

《滿庭芳·靜夜思》

雲母屏開，珍珠簾閉，防風吹散沉香。離情抑鬱，金縷織硫黃。柏影桂枝交映，從容起，弄水銀堂。驚過半夏，涼透薄荷裳。

一鉤藤上月，尋常山夜，夢宿沙場。早已輕粉黛，獨活空房。欲續斷弦未得，烏頭白，最苦參商。當歸也！茱萸熟，地老菊花黃。

後來藥名詞在宋代詞壇上形成一體，可見其特殊魅力，也可見傳統中醫文化是多麼地深入人心。這個詞苑奇葩雖然不是多麼璀璨奪目，但也堪稱精彩絕倫，我們沒理由錯過。

小知識

陳亞，字亞之，維揚（今江蘇揚州）人，生卒年均不詳，約宋真宗天禧初前後在世。咸平五年（西元1002年）進士。嘗為杭之於潛令，守越州、潤州、湖州，仕至太常少卿。家有藏書數千卷，名畫數十軸，為生平之所寶。晚年退居，有「華亭雙鶴」怪石一株，尤奇峭，與異花數十本，列植於所居。

尚書見郎中，
要用「綽號」對「暗號」

沙上並禽池上暝，雲破越來花弄影
——《天仙子‧水調數聲持酒聽》‧張先

古人常常從某個人寫的絕妙詩句中，得出一個雅號贈給詞作者。比如張先有首《一叢花》頗受世人喜愛推崇，裡面有一句，「沉恨細思，不如桃杏，猶解嫁東風」堪稱經典，世人便稱他「桃杏家東風郎中」。他還有一首《天仙子》更是廣為人知廣受好評：

水調數聲持酒聽，午醉醒來愁未醒。送春春去幾時回？臨晚鏡，傷流景，往事後期空記省。

沙上並禽池上暝，雲破月來花弄影。重重簾幕密遮燈，風不定，人初靜，明日落紅應滿徑。

寫這首詞的時候張先有五十多歲了，臨老傷春是詞作裡常有的題

材。這首詞還有個小注：「時為嘉禾小倅，以病眠，不赴府會。」由此看出這是張先在百無聊賴，又厭倦了歌舞盛會之時所作的。上篇說詞人手拿酒杯聽曲，聽著聽著心情更加煩悶無法排遣，酒醉睡去。一覺醒來已是正午，但愁緒卻未曾減輕。春去不復返，美好時光也是這樣，對鏡自照，人已衰老，往事浮現在眼前。下篇從沙灘上雙宿雙棲的鴛鴦寫起，月上西樓，風又緊了，他進屋放下重重簾幕，搖搖晃晃的昏黃燈光下，只有他

一個人。明天，被風垂落的花瓣應該會鋪滿整個小徑吧！遲暮傷春的情緒躍然紙上。

這首詞中「雲破月來花弄影」可謂神來一句，月下風驟花枝搖曳，這樣一個瞬間被那麼一句詞緊緊抓住，扣人心弦，尤其「弄」字，妙到毫巔，王國維非常推崇。也是因為這一句，張先又被人稱作「雲破月來花弄影郎中」。

有個與張先同處一個時代的詞人叫宋祁，因為「紅杏枝頭春意鬧」這個佳句備受推崇，人送綽號「紅杏枝頭春意鬧尚書」。宋祁對張先的為人、名聲都十分欽慕，很有惺惺相惜之感。張先七十多歲的時候來到京城，宋祁得知消息立即登門拜訪。宋祁讓僕人通報時不讓人說他是誰，而是要求僕人對張先說：「尚書想見『雲破月來花弄影』郎中。」張先聽了這一句，立即跑過來看著宋祁問：「可是『紅杏枝頭春意鬧尚書』？」竟然就一見如故了。接著自然是擺酒設宴，進行攀談，結下深厚友誼。可見，綽號起好了，暗號對好了，也能得到一個摯友。

要說張先覺得自己寫的詞裡哪一句最得意，首推「雲破月來花弄影」。

但張先自己也說過，還有兩句是他平生極愛的句子——「嬌柔懶起，簾壓捲花影」、「柳徑無人，墮風絮無影」。因此張先還得名「張三影郎中」。看來要論綽號，還是張先最多。

張先（西元990年～1078年）字子野，烏程（今浙江湖州吳興）人。父張維，好讀書，以吟詠詩詞為樂。張先於天聖八年（西元1030年）中進士。明道元年（西元1032年）為宿州掾。康定元年（西元1040年）以祕書丞知吳江縣，次年為嘉禾（今浙江嘉興）判官。皇祐二年（西元1050年），晏殊知永興軍（今陝西西安），辟為通判。四年以屯田員外郎知渝州。嘉祐四年（西元1059年），知虢州。以嘗知安陸，故人稱張安陸。治平元年（西元1064年）以尚書都官郎中致仕。此後常往來於杭州、吳興之間，以垂釣和創作詩詞自娛，並與趙抃、蘇軾、蔡襄、鄭獬、李常諸名士登山臨水，吟唱往還。元豐元年卒，年八十九。

作一首好詞免受罰

柳外輕雷池上雨，雨聲滴碎荷聲
　　　——《臨江仙·柳外輕雷池上雨》·歐陽修

　　錢惟演是吳越王錢俶的兒子，後歸降了北宋，再加上錢氏跟宋王朝有著姻親的關係，所以他一直官居要職，勢力也頗為龐大。

　　錢惟演任洛陽留守的時候，他幕府裡集齊了北宋的多位大文學家、大詩人，比如歐陽修、梅聖俞、謝希深等等。歐陽修時任洛陽推官，他的才名已顯，只是行為舉止頗得人詬病，實在不夠檢點。而且據說當時他與錢惟演的一個歌妓還有私情。這讓梅聖俞等自詡名士的傢伙非常看不慣，說他「有才無德」。他們經常對錢惟演打小報告，只是錢惟演聽了都一笑置之，並不追究。

　　錢惟演府上常常舉辦宴會，照例他下屬的那些官員都要參加，一個也不能少，歌妓們也要全體來到宴會上表演助興。可是有一次，所有人都到了，錢惟演也坐上了主座，可是歐陽修與那位傳說跟他交好的歌妓都沒有來。本來少兩個人是沒那麼容易被發現的，湊巧的是當天有那位歌妓的獨唱表演。眾人遲遲不見歌妓上臺，錢惟演非常生氣，命人速速去找。半晌，歌妓自己匆匆趕來，錢惟演立即大聲喝問：

「妳為什麼會遲到？」那歌妓雖然心內惶恐，卻故作鎮定地撒了謊：「天氣悶熱，我中了暑，在涼堂歇息不小心睡著了，醒來後發現金釵丟失，費了好長時間還沒找到，這才誤了時間。」錢惟演觀她神色不對，又想起人們傳說她與歐陽修有關係，便半開玩笑道：「妳要是能請動歐陽推官為妳寫一首詞，我非但不怪罪妳，還送妳一枝金釵。」這時歐陽修也已來到席上，他當即作了一首《臨江仙》：

柳外輕雷池上雨，雨聲滴碎荷聲。小樓西角斷虹明。闌干倚處，待得月華生。

燕子飛來窺畫棟，玉鉤垂下簾旌。涼波不動簟紋平。水精雙枕，傍有墮釵橫。

這是夏日雨後初晴的景致：隱隱雷聲從柳岸之外傳來，沙沙雨聲滴落在荷葉上，一彎斷虹出現在小樓西邊一角，引來聽雨之人盈盈立於畫屏闌干處。久久，天邊升起一輪明月。涼意漸起，倚欄人來到簾下，燕兒歸來，夏日顯得如此寧靜。從簾子外面窺看裡面，枕簟生涼，枕邊橫著女子的一枝金釵。

這詞不落俗套，意境極美，宴席上眾人一致讚嘆，就連梅聖俞等看不慣歐陽修的人也不得不承認他詞寫得好。錢惟演兌現諾言，寬恕了那歌妓，賞了她一枝金釵，還讓她為歐陽修斟滿一杯酒。

小知識

歐陽修（西元1007年～1073年），字永叔，號醉翁，又號六一居士。漢族，吉安永豐（今屬江西）人，自稱廬陵（今永豐縣沙溪人）。諡號文忠，世稱歐陽文忠公，北宋卓越的文學家、史學家。

在愛裡還怕什麼清規戒律

沉恨細思，不如桃杏，猶解嫁東風

——《一叢花・傷高懷遠幾時窮》・張先

詞人多風流，這已經是刻進大家心裡的認知了。張先自不例外，亦是一名風流才子。別的才子流連舞榭歌臺，戀上某個舞女歌妓也算稀鬆平常，或是萍水相逢，鍾情於某個小家碧玉，成就一個佳話。張先與眾不同，他年輕時曾經戀慕上一貌美的小尼姑。

那一段相遇已不可考，反正那是不歸佛祖管的美妙時刻。兩人交往漸漸頻繁起來，感情越來越深厚。過了一段時間，兩人的感情被小尼姑的師父發現。可笑出家人慈悲方寸，卻獨獨不能饒恕少年心性。她再不允許小尼姑私下會客，甚至把她隔離到了一座水中小島上的閣樓之中。老尼姑心腸堅硬似鐵，無意戀凡塵，便自去斷情絕愛好了，還非要搭上自己年輕俏麗的小徒弟，

讓人惱恨。

張先確實惱恨了，為一解相思之苦，他趁著夜深人靜，獨自搖著一葉扁舟划開水面，向心上人駛去。小尼姑見情郎來看她，歡喜地幾乎落淚，她從閣樓上輕輕放下梯子，好讓情郎上來與她相會。

我從不知道中國古人有這樣浪漫的情懷，我能想像那個畫面有多美——湖水，孤島，閣樓；月光，男女，長梯。這個畫面和羅密歐爬上茱麗葉的窗臺，王子攀上長髮公主的髮辮一樣經典。

兩人默默對望著半天不說話，其實不用說話能這樣看著對方，已經是莫大的滿足。時間過得飛快，因為怕被小尼姑那不講理的師父發現，張先不能繼續逗留了，他得離開。他們太可憐了，匆匆一見，又匆匆別離。臨走時，張先暗合自己的心情，寫下《一叢花》：

傷高懷遠幾時窮？無物似情濃。離愁正引千絲亂，更東陌、飛絮濛濛。嘶騎漸遠，征塵不斷，何處認郎蹤？

雙鴛池沼水溶溶，南陌小橈通。梯橫畫閣黃昏後，又還是、斜月簾櫳。沉恨細思，不如桃杏，猶解嫁東風。

他完全用女子的口吻來描摹他們的深情。他說沒有比他們之間的感情更

濃重的東西！他恨他們虛度了這樣的青春時光，倒不如那桃李春花，在即將凋零之時，還能把自己託付給東風。「不如桃杏，猶解嫁東風」這一句，化用了李賀詩句「可憐日暮嫣香落，嫁與東風不用媒」，比喻妥貼新穎，使得全詞卓然生輝。張先因為這一句，世人雅稱他「桃杏嫁東風郎中」。

這個故事的結局消散在風裡，小尼姑有沒有還俗，他們有沒有在一起，一概無人得知。況且，又有什麼必要非得知道？我們只需懂得：在愛裡，什麼清規戒律都是浮雲。

小知識

「可憐日暮嫣香落，嫁與東風不用媒」出自李賀《南園十三首》其一，全詩是：

花枝草滿眼中開，小白長紅越女腮。

可憐日暮嫣香落，嫁與東風不用媒。

這是李賀辭官回鄉居住在昌谷家中所作。詩句以擬人手法寫花開時的妍麗及暮春時花落的惆悵，以欣喜的筆調來寫傷感的意味，令人不勝悲戚。

中下層民眾亦有詞人偶像

欲問行人去那邊，眉眼盈盈處

——《卜運算元·送鮑浩然之浙東》·王觀

宋代有個詞人，非常孤芳自賞，他常跟人說，他的詞都可以超過柳永。這個人叫王觀。這個王觀的詞，確實是從柳永承襲而來的，但要說超過柳永，則是絕無可能，甚至他的詞根本沒辦法跟柳永相提並論。

不過他有些地方還是值得肯定的。王觀存詞雖不多，卻不乏透著奇思妙想的作品，其風格風趣而不粗鄙。詞論家王灼曾在《碧雞漫志》裡評價過他的詞：「王逐客才豪，其新麗處與輕狂處，皆足驚人。」

王觀的詞在當時，多收到市民階層的喜愛。王觀是宋神宗時的翰林學士。有一次，皇帝和后妃在宮裡飲酒取樂，做各種好玩的遊戲，

184

玩得特別盡興時，皇帝就命詞臣過來作詞。

這種時候作詞給皇帝一定要把握分寸，若是一時不慎寫了不該寫的句子，斷送前程事小，小命送掉事大，以前也不是沒有過這樣的例子。柳永那首《醉蓬萊》不就是典型的例子，因為這首詞，他遭到一生貶抑不能入仕。

王觀在詞的創作上承襲了柳永，沒想到命運與柳永也是如此相似。這聽皇帝命令所寫的詞，本來應該遵從雍容典雅華貴高潔的風格，可是他寫的《清平樂》是什麼樣的呢？

黃金殿裡，燭影雙龍戲。勸得官家真個醉，進酒猶呼萬歲。

折旋舞徹《伊州》。君恩與整搔頭。一夜御前宣住，六宮多少人愁。

金碧輝煌的宮殿裡，刻著龍紋的銀燭下，只見那備受皇帝寵愛的宮妃，使盡渾身解數，千嬌百媚地偎依在皇帝身旁，勸得皇帝飲下許多美酒，還甜膩地直呼萬歲萬歲萬萬歲，皇帝已在美酒和美人的誘惑裡微醉。

那宮妃還不停歇，又唱起歌跳起舞來，歌舞罷，皇帝親自為她整理頭上散亂的宮花。她終於得到伺候皇帝的機會，這一夜她風光無限，後宮卻不知道多少女子空自嗟嘆，愁緒滿懷。

這詞說的每句話、每個字都是真實的，可是王觀蠢在把真話說給聽了一輩子假話的皇帝聽，皇帝哪裡能接受。神宗的母親高太后更是怒不可遏——這王觀好大的狗膽！他竟然褻瀆聖上！

沒等皇帝發火，太后先下了懿旨，要重懲王觀，罷了他的官，驅逐他出京。從此人稱王觀為「逐客」。

其實王觀最具影響力的作品不是《清平樂》，《卜運算元》語言活潑，雅而不謔，堪稱佳作：

水是眼波橫，山是眉峰聚。欲問行人去那邊？眉眼盈盈處。

才始送春歸，又送君歸去。若到江南趕上春，千萬和春住。

　　這是一首送別詞，王觀為送友人鮑浩然去浙江而作。雖為送別，卻無多少離愁別緒，詞意輕快。而且最巧妙的是把「山水」此等無情物，寫得似情意深深的人。這樣語言俏皮不落俗套的詞，當然大受歡迎。正因如此，王觀成了中下層民眾非常歡迎的詞人。

小知識

王觀（西元1035年～1100年），字通叟，宋代詞人，如皋（今江蘇如皋）人。王安石為開封府試官時，科舉及第。宋仁宗嘉佑二年（西元1057年）考中進士，後歷任大理寺丞、江都知縣等。撰《揚州芍藥譜》一卷。

琅琊幽谷醉翁操，以無聲寫有聲

琅然。清園。誰彈？響空山。無言，惟翁醉中知其天

——《醉翁操》·蘇軾

　　北宋年間，大文學家歐陽修謫居在滁州。滁州是個山清水秀的地方，在環抱著它的群山之中，琅琊山風光最美。山中琅琊幽谷山泉清冽，飛瀑壯麗，無一絲人世間嘈雜的聲響，這裡像個與世隔絕的祕境，擁有純天然的美景和妙聲，尤其是那動聽的聲音，簡直就是天籟。歐陽修經常沉醉在這琅琊幽谷之中，把酒靜坐，聽流水叮咚，觀日出日落，看雲捲雲舒，流連忘返。

　　有個僧人叫智仙，他也十分喜愛這幽谷，便在此築了個亭子。歐陽修因與這智仙有些交情，他便刻石慶祝這亭子的建成，後來成為滁州一個名勝。十幾年過去了，太常博士沈遵的好奇心之旺盛是遠近聞名的，他因為仰慕歐陽修，對歐陽修在滁州的經歷很在意，於是來到琅琊山探祕。他站在琅琊幽谷裡，閉上眼睛，呼吸著這純淨的空氣，聽著大自然的交響樂，他被深深吸引了，這美妙的聲音太過令人陶醉，他幾乎一氣呵成地譜成了一個琴曲，曲名理所當然地用了歐陽修的雅號，便叫《醉翁操》。據說此曲宮聲三疊，節奏疏宕，妙然天成。

　　後來一次偶然，沈遵跟歐陽修在河朔遇到。沈遵高興壞了，立即拉住歐陽修，取琴來彈奏他那首得意之作《醉翁操》給他聽。歐陽修聽了開頭即被吸引，還跟著沈遵的調子吟唱了一首歌。

兩人交淺情深，歐陽修把剛剛吟唱的歌送給沈遵，這事歐陽修的文集裡有記載。

時光匆匆，又過了三十多年，沈遵和歐陽修都已逝世。沈遵生前有個門客精通琴理，這就是廬山道人崔閑，他跟很多志同道合的朋友都認為歐陽修哼唱的詞跟《醉翁操》的琴曲不和，崔閑記下了曲譜來到蘇東坡住處，請求蘇東坡填一首相和的詞。而蘇東坡果然不負所托，填出了一首千古名詞《醉翁操》：

琅然。清圜。誰彈？響空山。無言，惟翁醉中知其天。月明風露娟娟，人未眠。荷蕢過山前，曰有心也哉此賢。

醉翁嘯詠，聲和流泉。醉翁去後，空有朝禽夜猿。山有時而童巔，水有時而回川。思翁無歲年，翁今為飛仙。此意在人間，請聽徽外三兩弦。

隨著歲月流逝，《醉翁操》的琴曲失傳，只留下蘇東坡的這麼一首詞。我們已經聽不到那到底是怎樣美妙的曲子，我們只能從蘇東坡的詞裡隱約擬想：它應該是跳躍的、歡快的、清脆而婉轉的；它很能夠貼合自然，順著風，順著流水飛瀑，順著月光，流淌進人們的心裡。蘇東坡果然是千古詞客，他用無聲的語言，寫盡了有聲的曲子，甚至有聲的自然樂章。而且據說這首詞幾乎是頃刻而就，在後世的傳唱裡，也從未被改動。

小知識

《醉翁操》，琴曲名，也稱《醉翁吟》、《醉翁引》。沈遵作曲，廬山道士崔閑譜聲，蘇軾配歌。歌中「醉翁」指歐陽修。此曲曲目見於《琴苑要錄》。則全和尚曾以此曲為例，介紹宋代「調子」節奏的特點，可見《醉翁操》曾是很流行的作品。現存曲譜首見於明初《風宣玄品》。

因為懂得，所以朝雲易散

枝上柳綿吹又少，天涯何處無芳草

——《蝶戀花・花褪殘紅青杏小》・蘇軾

「香山不辭世故，青蓮閒混江湖。天仙地仙太俗，真人唯我髯蘇。」啟功先生作詩這樣讚他。的確，縱觀蘇軾一生，始終不變的信條便是一個「真」字，從官場沉浮到一生情事皆然。他一生娶過兩位正妻，感情深厚相敬如賓，遺憾的是都未能與之偕老。他也有過幾位生死相交的紅顏知己，然而真正的靈魂伴侶應該只有王朝雲。

熙寧四年，蘇軾因反對王安石變法而被貶為杭州通判，這一貶，讓他遇見了姿色姝麗、流落風塵的王朝雲。在杭州的蘇軾夫人王閏之把王朝雲從歌舞班裡買了出來，收為侍女。那時朝雲十二歲，還是個天真但不懵懂，聰明而不賣弄的孩子。那時候朝雲也還不識字，平日在青樓所學的無非調琴弄弦、曼舞

輕歌、煮茶待客等事罷了。她琵琶彈得極好，每次蘇家設宴，蘇軾就會招她來獻曲一首。後來黃庭堅回憶道，「盡是向來行樂事，每見琵琶憶朝雲」，可見其琵琶上的造詣。

李白有詩「十四為君婦」，在古代十四歲的女孩已經可以嫁人了。於是等到了十四歲的時候，朝雲由夫人的侍女變成了蘇軾的侍妾。隨了蘇軾之後的王朝雲開始讀書識字，並且開始愛上書法，能寫出工整的楷書。

熙寧七年，蘇軾在潤州（今江蘇鎮江）公幹，收到朝雲寄來的一封回文錦書，欣喜之情一言難訴，即寫下了一首《減字木蘭花》：「曉來風細，不會鵲聲來報喜。卻羨寒梅，先覺春風一夜來。香箋一紙，寫盡回文機上意。欲卷重開，讀遍千回與萬回。」

因為烏臺詩案，蘇軾被貶到黃州，雖仍留有官職，到底是戴罪之身，一路顛沛流離不說，到了任上，悉數俸祿盡去，只剩下朝廷發放的微薄實物可領。十九歲的朝雲緊緊跟隨無怨無悔。

那幾年在黃州，朝雲荊釵布衣悉心照料蘇軾的生活起居，兩人感情日漸深厚，蘇軾讓朝雲做了妾。侍妾與妾，一字之差，雲泥之別，侍妾還是個奴婢，而妾卻是主子了。

元豐六年，朝雲為蘇軾生下一子。四十八歲的蘇軾喜獲麟兒，那高興開懷自不待言。三朝洗兒會上，他大發感慨做《洗兒詩》：「人皆養子望聰明，我被聰明誤一生。惟願孩兒愚且魯，無災無難到公卿。」

此時離他入烏臺獄還不到四年，他內心的憤懑和悲楚還沒能全部排遣掉，時運不濟，前途堪慮，這是他的內心的牢騷，也是他對幼子的祝福。然而，這個孩子卻不幸夭折了，竟沒活過十個月。蘇軾和朝雲都很悲痛，尤其是朝雲，幾欲與兒同去。

晚年，蘇軾思想漸漸傾向於佛教，而朝雲受他的影響也開始學佛，並用佛法化去喪子之痛。那時候他們在惠州，惠州的秋天，兩人相對閒坐，看窗外落木蕭蕭，景色凄然蕭索，蘇軾不僅悲從中來，央朝雲唱一闕《花退殘紅》：

花褪殘紅青杏小。燕子飛時，綠水人家繞。枝上柳綿吹又少，天涯何處無芳草。

牆裡秋千牆外道。牆外行人，牆裡佳人笑。笑漸不聞聲漸悄，多情卻被無情惱。

朝雲取來琵琶，清清嗓子，半晌唱不出一個調，繼而竟淚流滿面。蘇軾忙過來安慰，問她為何，她說，「那一句『枝上柳綿吹又少，天涯何處無芳草』，我唱不下去。」朝雲的聲音很輕，輕得彷彿手指一抹就可以將這句話擦去。蘇軾怔忡半晌，而後佯裝大笑，「我正悲秋，妳卻又傷春來了。」

他們都是那樣懂得。古人認為，芳草是柳綿所化，所以柳綿吹遍天涯，芳草於是遍地而生。他們這許多年，如浮萍一樣無根無家，在政敵迫害下，不斷遭貶，經歷了一次次打擊，一次次煎熬，言語難訴。

朝雲唱不下去的不是歌，是心疼。她總是最懂他的人。記得曾經，一次

蘇軾下朝回來，在庭院散步時，撫摸著肚皮問侍從，「你們知道這裡都裝著什麼嗎？」一個婢子答是文章，又一婢子說是機械，蘇軾搖頭，一回首，與朝雲四目交投，朝雲笑說：「學士一肚子的不合時宜。」知蘇軾著，唯朝雲耳。

「朝雲」實在是個美麗的名字，然而美麗的東西總是好景易逝。白居易有句煞風景的詩，「彩雲易散琉璃脆」，竟一語成讖。紹聖三年六月，朝雲染上了時疫，惠州地偏，缺醫少藥，最後朝雲歿於七月五日。蘇軾把她葬在惠州西湖畔，然後小心修堤、造亭、植梅……生前她隨他顛沛漂泊，死後他還了她一個天下所有女子的心願──唯我所愛，永生不忘。

小知識

蘇軾（西元1037年～1101年），字子瞻，又字和仲，號「東坡居士」，北宋著名文學家、書畫家、詞人、詩人、美食家，唐宋八大家之一，豪放派詞人代表。其詩、詞、賦、散文，均成就極高，且善書法和繪畫，是中國文學藝術史上罕見的全才，也是中國數千年歷史上被公認文學藝術造詣最傑出的大家之一。其散文與歐陽修並稱歐蘇；詩與黃庭堅並稱蘇黃；詞與辛棄疾並稱蘇辛；書法名列北宋四大書法家「蘇、黃、米、蔡」之一；其畫則開創了湖州畫派。

解開誤會的《賀新郎》

若待得君來向此，花前對酒不忍觸。共粉淚、兩簌簌

——《賀新郎·乳燕飛華屋》·蘇軾

俗話說：上有天堂下有蘇杭。杭州有西湖，西湖名勝被騷人墨客用筆端刻成最雋永的美麗記憶，植入國人腦海之中，所謂湖光山色也不過就是那般景致。

元祐三年，蘇軾被封為龍圖閣學士，並且任杭州太守。他來到杭州，便按照杭州官員們的慣例，在西湖邊上舉行酒宴，招待客人以及下屬們。一般在酒宴上，官員們還會請來眾多的歌妓表演助興，蘇軾的這次宴會也不例外。

當時有個叫秀蘭的歌妓最為出色，長得美、歌唱得好，她站在舞臺上就會成為所有人的焦點，吸引大家全神貫注看她聽她。她走下舞臺又儼然成了左右逢源的交際家，善於應對各種人各種事情。只是這

193

一次，秀蘭遲遲未到場，蘇軾派人去催，催了好久才見秀蘭姍姍來遲。

蘇軾上前問她為什麼遲到，秀蘭躬身行禮，不慌不忙又略帶歉意道：「我洗澡梳妝之後，一時睏倦竟然睡著了。方才一陣敲門聲將我從夢中驚醒，一問之下，才知是樂手們催我來參加宴會，這才遲了。失禮之處，望太守見諒。」秀蘭態度溫文有禮，對答得當，蘇軾很滿意，便原諒了她。

此時在座還有一個一直鍾情於秀蘭的副官。他對秀蘭這次遲到耿耿於懷，懷疑秀蘭是因為私情才遲到，便咄咄逼人地指責秀蘭：「妳定是有什麼別的事情吧？不然太守的宴會如此重要，怎能遲到？」

秀蘭再三辯解，此人卻緊抓不放。此時恰逢石榴花開，秀蘭嫣然巧笑，摘下一枝石榴花送給那副官，嘴裡說著甜甜的話。那副官心軟了一下，繼而更為惱怒，他覺得這秀蘭分明是對自己逢場作戲，無半分真心。秀蘭無奈垂淚，蘇軾見狀卻靈感頓至，揮筆寫就一首《賀新郎》：

乳燕飛華屋，悄無人、桐陰轉午，晚涼新浴。手弄生綃白團扇，扇手一時似玉。漸睏倚、孤眠清熟。簾外誰來推繡戶？枉教人夢斷瑤臺曲。又卻是、風敲竹。

石榴半吐紅巾蹙，待浮花浪蕊都盡，伴君幽獨。穠豔一枝細看取，芳心千重似束。又恐被、秋風驚綠。若待得君來向此，花前對酒不忍觸。共粉淚、兩簌簌。

　　初夏，華屋中，美人沐浴納涼，她手中弄著絹扇，睏倦倚在枕邊，不知不覺進入夢鄉。簾外忽然傳來推門聲，美人驚醒一看，才知道是風吹竹葉的響動。石榴花開，其他都凋謝了，恐怕到了秋天，這些花枝也要受盡摧殘。等到那時知心人再來，可是只能對酒傷懷，看美人的眼淚與花瓣簌簌而落。

　　秀蘭接著把這首詞演唱出來，她的歌喉和風采令那副官如癡如醉，瞬間驅走了他方才的不快，兩人之後也順理成章地和解了。

小知識

本故事選自《古今詞話》。而關於這首詞的創作背景眾說紛紜，有記載說是蘇軾在杭州萬頃寺，見到寺中榴花樹，又見到有歌者白天在安睡；另一於《耆舊續聞》中說，這是蘇軾寫給一個叫榴花的女子的。

判你到黃泉還了相思債

臂間刺道苦相思，這回還了相思債

——《踏莎行·這個禿奴》·蘇軾

靈隱寺位於杭州西湖畔飛來峰與北高峰之間的靈隱山麓，林木聳秀，雲煙繚繞，深山古剎，質樸幽靜。然而就在這樣的寶地靈廟，有一年卻出了個辱沒佛門的弟子。

這個弟子叫了然，乍聽彷彿是個得道高僧，實則不然。這了然和尚六根未淨，違背寺廟的戒條，吃喝嫖賭樣樣沾染。他跟一個叫李秀奴的妓女廝混了很久，經常留宿，從寺裡偷來的香火錢和不知道從哪兒得來的錢財很快消耗一空。

李秀奴是個真正的妓女，沒有才情沒有思想，全憑著那一點點的姿色和青春的身體賺錢生活，甚至可能早已脫離了糊口的

目的，向奢侈邁進。了然有錢的時候是爺，沒錢的時候就是個不堪入目的禿驢。身無分文的了然被她毫不留情地趕了出來。了然為了見李秀奴，開始典當自己的衣服器物，當他捧著錢重新敲開李秀奴的門時，對面的女子又換了宛然相迎的模樣。等到能當的東西都當光了，了然真正空乏一身的時候，李秀奴就又翻了臉。這般無情，可當真是把妓女的職業道德表現到極致。

了然不甘心不死心，一次次上門乞求李秀奴再接納他。一個純正的妓女是不可能幹那麼傻的事情的，一個職業道德高尚的妓女正該只認錢不認人，了然不僅是個六根不淨的和尚，還是個看不開的傻和尚。

終於有一晚，他再也忍不住見不到李秀奴的苦悶，喝了許多酒壯著膽子跑到李秀奴家狠勁敲門。李秀奴開門見是了然，勾起一個冷笑，嘲諷他挖苦他，最後還氣急敗壞地罵他。這種被拒絕、被諷刺的滋味，刺激到了然最不理智的一根神經，他忍不住動手打了李秀奴，一拳一拳，解恨；一掌一掌，痛快；一腳一腳，出氣！

李秀奴就這樣被了然打死了，她家的人眼看她被了然打都躲在一旁不敢出聲，直到她死了，了然走了，他們才敢去報縣官。縣官瞭解了具體情況，把案子轉交到了州府府衙。這時任蘇州知州的人正好是蘇軾。

蘇軾看了狀紙大喝一聲：「好個禿驢，不守清規戒律，還無法無天草菅人命，押他上來！」了然跪在堂下，衣衫襤褸不能蔽體，臂上刺了一行字清晰可見：「但願同生極樂國，免教今世苦相思。」他打死了她，再親手為她刺字表情，真可笑！了然面無表情地認罪畫押，蘇軾舉筆寫下判詞《踏莎行》：

這個禿奴，修行忒煞。雲山頂上空持戒。一從迷戀玉樓人，鶉衣百結渾無奈。

毒手傷人，花容粉碎。空空色色今何在？臂間刺道苦相思，這回還了相思債。

這判詞言簡意賅，最後一句還不乏調侃：你既然在臂上刺字說相思，那現下便償了你夙願，你到陰間去還了這筆相思債吧！

了然在刑場上人頭落地那一刻，不知道他有沒有想清楚，他對李秀奴的「相思」究竟是慾還是情？了然和尚是個粗俗的男人，李秀奴是個粗鄙的女人，也許他們壓根兒沒明白過情愛是怎麼一回事，他們各自算著各自的帳，渾渾噩噩地把一筆兩不相欠的交易，變成一命換一命的孽緣。這世上愛與慾都沒有錯，他們本是同根生的孿生子，就像鏡子的兩面，但是一定要分清楚自己看到的是哪一面，別不明不白地害人害己。

小知識

《踏莎行》嚴格講算不上詞中上品，但以判狀為題材，為詞林中首例。蘇軾被譽為詞壇領袖，一方面乃是其大大開拓了詞的題材，基於這個意義，《踏莎行》極具代表性，值得一讀。

誰記琴操一段情

山抹微雲，天粘衰草，畫角聲斷斜陽

——《滿庭芳·山抹微雲》·秦觀

秦少游風流人盡皆知，他曾經極為迷戀一個歌妓，特地為她寫了那首著名的《滿庭芳·山抹微雲》，全詞情深意重纏綿悱惻寄託深遠，可堪傑作：

山抹微雲，天粘衰草，畫角聲斷譙門。暫停征棹，聊共飲離樽。多少蓬萊舊事，空回首，煙靄紛紛。斜陽外，寒鴉數點，流水繞孤村。

銷魂，當此際，香囊暗解，羅帶輕分。漫贏得青樓，薄倖名存。此去何時見也？襟袖上，空惹啼痕。傷情處，高城望斷，燈火已黃昏。

這首詞為文壇諸位學士傳為佳話，連蘇東坡都大為欣賞。

一天，西湖邊上些許文人在聚會，有人閒唱這首《滿庭芳》。這人唱得起勁，偶然唱錯了一個韻，把「畫角聲斷譙門」唱成了「畫角聲斷斜陽」。那天，杭州名妓琴操正好在遊西湖。她是杭州歌舞妓中的佼佼者，容貌絕艷身姿窈窕，工詩詞，善歌舞，很受文人們的歡迎。她聽到人家唱錯了韻，連忙跑去糾正，「公子，那是『譙門』，不是『斜陽』，您唱錯了。」這人上下打量琴操半晌，也不認錯，只含笑戲謔道：「在下觀姑娘才華不凡，那姑娘能改韻做一首新詞嗎？」琴操莞爾接過婢女遞來的琴，當即自彈自唱一首改韻的《滿庭芳》：

山抹微雲，天粘衰草，畫角聲斷斜陽。暫停征轡，聊共飲離觴。多少蓬萊舊侶，頻回首，煙靄茫茫。孤村裡，寒煙萬點，流水繞紅牆。

魂傷，當此際，輕分羅帶，暗解香囊。漫贏得青樓，薄倖名狂。此去何時見也？襟袖上，空有餘香。傷心處，高城望斷，燈火已昏黃。

這麼一改，雖然改掉了不少字，但與原詞意境、風格無傷，絲毫未損原詞的藝術成就，可堪大手筆，非才人不能為！

後來蘇東坡讀了琴操的改詞，極為欣賞，馬上去尋琴操。也是在西湖邊上，東坡與琴操相見。他先試琴操才華，說：「我做長老，妳試著來參禪。」琴操聰慧絕倫，立刻明白東坡的意思，琴操問：「何為湖中景？」東坡立即作答：「秋水共長天一色，落霞與孤鶩齊飛。」琴操再問：「何謂景中人？」東坡再答：「裙拖六幅湘江水，髻挽巫山一段雲。」琴操接著問：「何謂人中意？」東坡不慌不忙接道，「隨他楊學士，鱉殺鮑參軍。」接著她切切追問蘇東坡：「如此，究竟如何？」蘇東坡說，「門前冷落車馬稀，老大嫁

作商人婦。」

琴操一時面色如紙。朝雲說蘇東坡「一肚子的不合時宜」真是一點沒錯，他本與她參禪，結果參著參著，竟然參出了這許多世態炎涼。琴操那樣的女子貌美多才通歌舞，可是那又如何，她這樣的身分，一朵名花有人採無人佩，到頭來……到頭來……想到蘇東坡那句話，琴操全身冷得瑟瑟發抖。她淒然一笑，她已經知道了自己的歸宿。

王世貞《豔異編》說琴操：「言下大悟，遂削髮為尼。」據說，她在玲瓏山的一個小庵裡潛心讀經。西元一九三四年，林語堂、郁達夫等幾個文人訪玲瓏山，翻遍《臨安縣誌》卻沒找到關於琴操的隻言片語，郁達夫惱了，當即口占一絕：「山既玲瓏水亦清，東坡曾此訪雲英。如何八卷臨安志，不記琴操一段情？」

小知識

琴操，宋朝錢塘歌妓，姓氏不詳，大約在西元1074年出生，十三歲時被抄家，做官的父親被打入大牢，自己被籍沒為妓！抄家時，她正在家中後院彈琴，那把心愛的琴也讓人給毀了！「琴操」二字原出自蔡邕所撰的《琴操》一書，以琴操為名，可見琴操的才氣也絕非一般。琴操雖說是妓，但冰清玉潔，賣藝不賣身，紅極一時。

祭奠癡情女子的千古名詞

揀盡寒枝不肯棲，寂寞沙洲冷

——《卜運算元‧缺月掛疏桐》‧蘇軾

　　神宗熙寧年間，蘇軾因為跟宰相王安石政見相左，便上書朝廷要求出補外官。他看到地方的官員在執行新法時的擾民舉動，心中非常不滿。他把種種不滿都用滿腹才華訴諸於他的詩詞之中，這種做法顯然得罪了新黨。新黨對蘇軾進行了無情的打擊報復，說蘇軾妄議朝政誹謗朝廷。於是蘇軾被逮捕入獄。

　　新黨中舒亶、李定等人不單單只想讓蘇軾下獄，而是要置蘇軾於死地，這就拉開了歷史上著名的「烏臺詩案」的序幕。還好神宗並不想殺蘇軾，最後釋放了他，把他貶到黃州去了。

　　元豐五年十二月，蘇軾寓居於黃州定慧院。黃州溫都監的女兒超超姿容秀美，及笄之後仍然堅決不嫁人，非要等到心目中的良人出現。溫都監對超超極為疼愛，不捨得強迫她，便也姑且等等看了。這個時候，才名遠播又極富有人格魅力的蘇軾降臨到超超的面前，她深深覺得：這才是我的丈夫呀！

　　溫都監家和蘇軾的寓居之所相鄰很近，超超每晚都偷偷跑到蘇軾的窗外，仔細聆聽蘇軾吟詠詩文。這是超超一天裡最幸福的時刻。她甚至想，如果蘇軾始終不能接受她，那麼在她窗外聽他唸一輩子詩文也是幸福的。每當蘇軾察覺窗外似乎有人，推開窗四下張望時，超超就慌忙跑掉或者遠遠躲開。

　　蘇軾本有心幫超超物色一個可靠的士人做丈夫，可是當他向溫都監提起此事時，才從溫都監口中得知超超的心事。蘇軾感嘆不已，他認為自己並不適合年輕貌美的超超，也不想耽誤了超超的終身大事，更加堅定了要做個月老的心思，幫超超尋到一個合適的讀書人。只不過，這件事情還沒有進行，蘇軾便由於再次受到政治迫害，被貶到蠻荒的海南。他一心想成全的好事便這樣被耽擱了下來。

　　很多年後，蘇軾回到黃州，問及超超的近況方被告知，超超早就因為過度思念他而過世了，葬身在沙灘東側。蘇軾不禁黯然神傷：他沒有為她做一件好事，她卻因他早逝。在悲傷之中，蘇軾寫下一首絕妙好詞，被黃庭堅盛讚「語意高妙，似非吃煙火食人語；非胸中有數萬卷書，筆下無一點塵俗氣，孰能至此」，這是一首《卜運算元》：

缺月掛疏桐，漏斷人初靜。時見幽人獨往來，縹緲孤鴻影。

驚起卻回頭，有恨無人省。揀盡寒枝不肯棲，寂寞沙洲冷。

小知識

《能改齋漫錄》卷十六以此詞為王氏女子作，恐怕並非如此；而《野客叢書》卷二十四則以此詞為溫都監女兒作。又有以為此詞僅是對朝廷酷興文字獄摧殘進步文化人之控訴，似亦可聊備一說，然其並無有力證據推翻《東坡詞》中小序之所記者。

將樂觀進行到底

回首向來蕭瑟處，歸去，也無風雨也無晴

　　　　　　——《定風波‧莫聽穿林打葉聲》‧蘇軾

　　蘇軾一生大起大落，貶官黃州的那段時間，可說是他政治生涯頗為失意的一段時間，但那段時間，同時也是他文學上大豐收的季節，他的幾首曠古名詞幾乎都出自於這一時期，比如《臨江仙‧夜歸臨皋》、《念奴嬌‧赤壁懷古》等等。

　　被貶以後，蘇軾調整好心態，不自設障礙，一路行來，面對著眼前大好的山川江河，思考著內心深處的事情，暢談著自己的人生感想，也頗為自在平靜。初到黃州的兩、三年裡，釋教思想佔據他思維的大部分，致使他退隱的心思越來越明顯，他不僅在詞裡寫「小舟從此逝，江海寄餘生」，他給李之儀的回信裡還寫「與扁舟草履，放浪山水間，與樵漁雜處」。在這段時間裡，他經常穿著簡單的布衣去遊山玩水。有則小故事說蘇軾偶然遇到了一個醉漢，這人醉眼昏花對蘇軾推推打打，蘇軾非但不生氣，還因為沒有被人認出來而竊喜不已。

　　在黃州的日子過到第三年，三月七日那天，蘇軾去東南三十里處的沙湖附近，想購買一處田產。本來天朗氣清，誰知蘇軾走到半路，天空中飄起了小雨，真是天有不測風雲。蘇軾沒有帶雨具，回家拿已經來不及，就這樣繼續走一定會淋成落湯雞。看著路上的行人都被雨水淋得一身狼狽，蘇軾想自己

又何必在乎。他拄著竹杖，穿著草鞋，繼續在雨裡穿行而去。越走他越覺得輕鬆，淋雨也不是件為難的事情了，突然升起一種超然物外的情致來。

過不久，雨過天晴，竹林外傳來清脆動聽的鳥鳴，天空中浮現出一道絢麗的彩虹，空氣裡飄浮著泥土和綠竹的清香，蘇軾覺得眼睛明亮起來，這世界也忽然不可思議地乾淨了，到處都是清新歡樂的樣子。他加緊步伐買完田產趕緊回家去，回想著那一路行來偶逢陣雨到雨後新晴的經歷，寫下那首著名的《定風波》：

莫聽穿林打葉聲，何妨吟嘯且徐行。竹杖芒鞋輕勝馬，誰怕？一蓑煙雨任平生。

料峭春寒吹酒醒，微冷，山頭斜照卻相迎。回首向來蕭瑟處，歸去，也無風雨也無晴。

這首詞擁有一種帶人走出困境的豪情，處處都是希望的曙光，樂觀的心境，尤其「一蓑煙雨任平生」一句，瀟灑得讓人拍案叫絕。詞裡的句子從一個側面反映出蘇軾仕宦之路的風雨和思考，又是以歸去退隱為終結。

但是，誰敢不承認「也無風雨也無晴」亦是一種境界。這一條人生路，誰不是一邊受傷一邊長大，沒有人能平坦地走到底，只有最終才能夠平靜淡然面對。所以我們無論遭遇什麼，都可以想想這首詞，誓把樂觀進行到底。

小知識

在蘇軾的思想中，儒、釋、道三家雜揉並存。蘇軾對儒、釋、道三家思想的基本態度，是廣泛汲取，相容並包。因而他的思想呈現出一種複雜而豐富的面貌，既充滿矛盾，但經他消融調和之後，又構成一個和諧的統一體。這是蘇軾思想的獨特之處。

千古絕唱只因一時感慨

大江東去，浪淘盡，千古風流人物

——《念奴嬌·赤壁懷古》·蘇軾

　　三國赤壁，可謂眾所周知。赤壁位於湖北赤壁市西北的長江邊。相傳三國赤壁一戰，驚天動地，那燒曹軍戰船的火光漫天撲去，映紅了江邊的一片岩壁，因此人們叫那岩壁為赤壁。但是人們常常誤會的是，都以為此赤壁便是蘇軾千古名篇前、後《赤壁賦》和《念奴嬌·赤壁懷古》裡的那個地方。其實不然，蘇軾說的是另外一個地方，在黃州（今湖北黃岡縣）西門外，山腳突入江中，石色如丹，狀似人鼻，名赤鼻磯，也叫赤壁磯。

　　元豐五年，也就是蘇軾被貶黃州的第三年，七月望日（每月十五或十六），蘇軾與李生、潘生、郭生等人，趁著月色，在赤壁磯附近的長江中，看滔滔江水，有感而發，創作了《念奴嬌·赤壁懷古》：

　　大江東去，浪淘盡，千古風流人物。故壘西邊，人道是，三國周郎赤壁。亂石穿空，驚濤拍岸，卷起千堆雪。江山如畫，一時多少豪傑。

　　遙想公瑾當年，小喬初嫁了，雄姿英發。羽扇綸巾，談笑間，檣櫓灰飛煙滅。故國神遊，多情應笑我，早生華髮。人生如夢，一樽還酹江月。

　　開篇就氣勢不凡，令人心緒一蕩，頓時胸襟開闊起來。「人道是，三國周郎赤壁」從這一句，可以看出，蘇軾很清楚他眼前的這個赤壁磯跟三國時

的那個赤壁是不一樣的，這不是那個古戰場。但是他滿懷的感慨要借赤壁抒發，便也將錯就錯地說起赤壁之戰以及三國時期那些風雲人物。他先是面對滾滾東流的長江感嘆千古英雄人物一去不返，接著描繪雪浪濤聲等雄奇壯美的景色。這如畫江山，曾有無數豪傑為它折腰，想那英俊少年周郎，雄辯滔滔，縱然面對強敵亦毫不怯懦瀟灑自若，談笑間就讓對手潰散敗退。而今呢？多希望我也能這樣建立不世功勳，可嘆我為時已晚。最

後，好一句「人生如夢」，悲壯蒼涼之氣越發濃重，不愧是千古絕唱。

東坡曾問他幕僚善謳：「我詞比柳詞如何？」善謳答道：「柳郎中詞，只好十七、八女孩，執紅牙拍板，唱『楊柳岸，曉風殘月』；學士詞須關西大漢，執鐵板唱『大江東去』。」東坡聽了這段話，為之絕倒。可見，東坡為豪放詞派代表，而這首《念奴嬌‧赤壁懷古》卻是東坡詞的代表。清代康熙年間，朝廷重修黃州赤壁，由於蘇東坡「大江東去」廣為流傳幾近家喻戶曉，這重修後的黃州赤壁竟被命名為「東坡赤壁」。

小知識

赤壁之戰是指三國形成時期，孫權、劉備聯軍於漢獻帝建安十三年（西元208年）在長江赤壁（今湖北赤壁西北）一帶大勝曹操軍隊，奠定三國鼎立基礎的著名戰役。戰爭日期在西元208年7月12日。是歷史上，以少勝多的著名戰例之一。

時隔十五年的唱和詞

十五年間真夢裡。何事？長庚對月獨淒涼
　　　　──《定風波·月滿茗溪照夜堂》·蘇軾

　　熙宗四年（西元一〇七一年），蘇軾通判杭州，三年以後身在濟南的弟弟蘇轍發出請求，蘇軾便調任到離濟南比較近的密州。他離開的時候是九月，沿途走親訪友，一訴離情。

　　蘇軾雖然仕途不順，但是身邊彙集了許多有情有義、肝膽相照的知交好友。楊元素、陳令舉、張子野（張先）等人一路跟著蘇東坡同行，他們從杭州去往密州，以水路為主。這幾人一邊行船一邊欣賞兩岸山色、談詩論文，

好不熱鬧。

吳興是這次旅行的必經之地，而吳興郡守李公擇正好是蘇東坡多年不見的好朋友，自然是一定要去拜訪。吳興風光明媚秀麗，值得一遊，它有一座垂虹亭，在亭上可以盡覽吳興的湖光山色，李公擇就把款待蘇軾等一干好友的宴會地點選在了這座垂虹亭上，命人準備了特別豐盛的酒菜。

當時在座的名士有李公擇、蘇軾、劉孝叔、張子野、陳令舉六人。這六個人都是當代或文采風流之輩，或仕途通達之人，毫不誇張地說，這次聚會就是一個群英薈萃的盛會。這日秋高氣爽、涼風習習，又有秀美風景舉頭可觀，眾人自然詩興大發。張子野才名頗顯，加上他八十五歲高齡的長者身分，其餘五人對他十分敬重，推他賦詞一首，於是，著名的《定風波令·雪溪席上》：

西閣名臣奉詔行，南床吏部錦衣榮。中有瀛仙賓與主，相遇，平津選首更神清。

溪上玉樓同宴喜，歡醉，對堤杯葉惜秋英。盡道賢人聚吳分，試問，也應旁有老人星。

詞寫得歡快流暢，氣氛熱烈，把宴席間眾人的意氣風發表現得淋漓盡致。末尾他還幽默地說了那麼一句：你們說這次歡聚是緣分，其實還不是托了我這個老壽星的福？眾人也無不為這一句而絕倒，氣氛更加高漲起來，大家重新斟滿酒杯狂歌痛飲，大醉而歸。

對於這次宴飲，在座的盡都是才子又是好友，蘇軾怎麼會沒有留下隻言片語呢？蘇軾雖然當時沒有寫過什麼，但是十五年之後（那應該是西元一〇八九年）的七月九日，他再次到杭州為官，再次經過吳興，故人都已逝世，只蘇軾一人還在世。吳興的一切都沒有變，當年的歡樂場景浮現在眼前，令

蘇軾深感物是人非。

此時蘇軾有五十三歲，他的門客有張仲謀、曹子方、劉景文、張秉道、蘇伯固五人，這五人在此與蘇軾宴樂，蘇軾撫今追昔，也作了一首《定風波》記下十五年後的這次六人聚會：

月滿苕溪照夜堂，五星一老斗光芒。十五年間真夢裡，何事？長庚對月獨淒涼。

綠鬢蒼顏同一醉，還是，六人吟笑水雲鄉。賓主談鋒誰得似？看取，曹劉今對兩蘇張。

這首詞跟十五年前張先所作的遙相輝映，蘊含無盡人世滄桑。不過，前六客、後六客相比，前六客聚會才是真正的風流人物。據說，吳興郡圃中至今尚保存著六客亭。

小知識

劉孝叔即劉述，湖州吳興（今屬浙江）人。熙寧（西元1068～1077年）初期任侍御史，彈劾王安石「輕易憲度」，出知江州，不久提舉崇禧觀。蘇軾所謂「白簡（彈劾官員的奏章）威猶凜，青山興已多」（《劉孝叔會虎丘》）即指此事。

舊詩之上再創新詞

青箬笠前明此事，綠蓑衣裡度平生，斜風細雨小舟輕
　　　　　——《浣溪沙‧新婦磯邊秋月明》‧徐俯

唐代詩人張志和有一首《漁歌子》十分膾炙人口：

西塞山前白鷺飛，桃花流水鱖魚肥。

青箬笠，綠蓑衣，斜風細雨不須歸。

這首詩用淡泊致遠的風格，勾勒了一幅江南水鄉的漁歌圖，充滿了清雅寧靜的氣息。而另一位唐代詩人顧況的《漁父詞》亦是如此，詞曰：

新婦磯邊月明，女兒浦口潮平，沙頭鷺宿魚驚。

一次蘇東坡跟黃庭堅討論這兩個唐代詩人的作品，口徑一致，讚賞有加。蘇軾尤其欣賞張志和的《漁歌子》，他說：「玄真（張志和）的詩風格清麗，可惜它的曲度已失傳，無法得知這首詞的曲調了。」黃庭堅說：「這有什麼！雖然它的

原曲失傳了，可是詞不是還在嗎？你在他的詩上加幾個字，填成一首新詞不就好了。」蘇軾恍然道：「這個辦法好！」於是，他接著在張志和《漁歌子》的基礎上作了一首《浣溪沙》：

西塞山前白鷺飛，散花洲外片帆微，桃花流水鱖魚肥。

自庇一身青箬笠，相隨到處綠蓑衣，斜風細雨不須歸。

黃庭堅聽了以後，拍手稱絕，連說了好幾個「好」字。而後又說，「仔細推敲一下，你這個詞還有一些不足啊！散花、桃花字有重複，況且一般漁船都不帶帆呢！『片帆微』在這裡就不妥了。」蘇軾聽了也不氣惱，甚至表示極為贊同，請黃庭堅也在原詩的基礎上作一首詞來，黃庭堅便把張志和的《漁歌子》跟顧況的《漁父詞》合在一起，也作了一首《浣溪沙》：

新婦磯邊眉黛愁，女兒浦口眼波秋，驚魚錯認月沉鉤。

青箬笠前無限事，綠蓑衣底一時休，斜風細雨轉船頭。

蘇東坡評道：「這詞清新婉麗，實在不錯，把那船頭的釣者寫得別有情致，而湖光山色代替女子玉肌雪貌更是妙到極點。只是這漁父才出新婦磯，便入女兒浦，是不是顯得有些猛浪了？」黃庭堅對東坡的這一說法置之一笑，毫不在意。等黃庭堅到了晚年，又想起這件事這首詞，才覺得後悔，自己年輕時作詞確實考慮不周，文意不嚴密。

北宋末年，洪州分寧人徐俯看到蘇、黃兩人關於《漁父詞》的評論和所填的詞，感慨萬千，和了兩首《浣溪沙》：

西塞山前白鷺飛，桃花流水鱖魚肥，一波才動萬波隨。

黃帽豈如青箬笠，羊裘何似綠蓑衣，斜風細雨不須歸。

又：

新婦磯邊秋月明，女兒浦口晚潮平，沙頭鷺宿戲魚驚。

青箬笠前明此事，綠蓑衣裡度平生，斜風細雨小舟輕。

　　借他人的句子寫自己的詩詞，這在古人作品中並不少見，如晏幾道的「落花人獨立，微雨燕雙飛」，秦少游的「曲終不見人，江上數峰青」都是這樣。而且這種完全融入其中無一絲生硬的做法，也實在是一種情趣。

小知識

黃庭堅（西元1045年～1105年），字魯直，自號山谷道人，晚號涪翁，又稱豫章黃先生，洪州分寧（今江西修水）人。北宋詩人、詞人、書法家，為盛極一時的江西詩派開山之祖。英宗治平四年（西元1067年）進士，歷官葉縣尉、北京國子監教授、校書郎、著作佐郎、祕書丞、涪州別駕、黔州安置等。

一首詞寫盡一生罪狀

只因貪戀此榮華，便有如今事也

——《西江月·八十一年住世》·蔡京

北宋末年，有個大奸臣叫蔡京，這人在歷史上聲名狼籍，被世人稱為「六賊」之首。

蔡京在熙寧三年進士及第，通俗點說就是中了狀元，可見其才學確實是高。他中狀元後，先被委派到地方上做官，之後又被任命為中書舍人，接著改任龍圖閣待制、知開封府。

自從進入政界，蔡京憑藉自己順風使舵、趨炎附勢的本事，一路不停往上爬。他曾經賣力地支持司馬光變法，因而得到司馬光的賞識，被舉薦為戶部尚書。

在此之後，他又跟司馬光的反對者達成協議，不擇手段地

想要搞垮司馬光。他在臨安的時候，還曾費盡心思討好宦官頭子童貫，童貫回京便在徽宗面前說盡了蔡京的好話，沒過多久，徽宗就啟用蔡京為宰相，這也拉開了蔡京跟童貫兩人狼狽為奸排擠元老驅逐直臣的序幕。

蔡京當上宰相以後，便開始巧立名目搜刮民脂民膏，還大興工役為個人享樂，大肆揮霍錢財糧食，導致百姓窮困潦倒。他又以暴力鎮壓湖南的瑤民，還挑動邊亂。

總之，整個朝廷，蔡京、童貫兩人隻手遮天，把國家命運和人民生死玩弄於股掌之間，就連宋徽宗都被這兩人哄得服服貼貼，任由他們胡作非為而從不約束。

崇寧五年，朝野對蔡京已經忍無可忍怨聲載道，群臣合力彈劾蔡京。宋徽宗一開始還能夠維護於他，後來越發力不從心，迫不得已罷了蔡京的相位。

不過，蔡京多年經營也不是那麼容易讓人連根拔起的，他的親信大多手握實權，有這些人為他奔走賣命，沒過多久，他就官復原職，還被加封為太師和魯國公。這下群臣再無力除去他了。

伺後數十年間，蔡京也經歷過幾次大起大落，總共四度被貶卻又四度復相，簡直充滿了戲劇性。

欽宗即位，大臣們開始紛紛揭發蔡京、童貫兩人罪狀，這兩人把持朝政多年，倒行逆施，也確實可恨。欽宗給了他們應有的懲罰，童貫被充軍，半路上被人殺死；蔡京被發配到儋州。

這樣的判決實在大快人心。蔡京以八十歲高齡的年紀，開始顛沛流離飽受艱辛，他的流放途中，所到之處人人喊打痛罵，連街上的小吃鋪子也不肯賣東西給他。蔡京一路行來的待遇使他老眼含淚，長嘆道：「我蔡京大失人

心，竟到了這般地步！」到了潭州，他作了一首《西江月》：

八十一年住世，四千里外無家。如今流落向天涯。夢到瑤池闕下。

玉殿五回命相，彤庭幾度宣麻。只因貪此戀榮華。便有如今事也。

這簡直就是一封供狀書，寫進他一生罪責。這詞寫完沒多久，蔡京就困餓而死，還是他的幾個門徒湊了點錢才埋了他。老百姓在民歌裡唱：「打破筒，潑了菜，便是人間好世界。」筒與菜，暗寓二姓（童、蔡）。

小知識

蔡京（西元1047年～1126年），字元長，興化軍仙游（今福建仙游）人，北宋末權奸。熙寧進士，官至太郎，是歷史有名的權奸。精工書法，尤擅行書。《聽琴圖》是宋徽宗趙佶的畫作，蔡京深得他的寵信，所以在他的繪畫作品上多有蔡京的題記、題詩。蔡京書法如《鐵圍山叢談》所譯：「字勢豪健，痛快視著。」但後世惡其為人，往往鄙薄其書法。

別在得意的時候說喪氣話

拼一醉，而今樂事他年淚

　　　　——《漁家傲・小雨纖纖風細細》・朱服

　　朱服年輕時仕途平順，性格也頗為豪放疏朗。他為官之餘，最愛舞文弄墨。若是離京外放，他每到一處，都要先去看看那裡有什麼美景名勝，趁遊賞之時，寫兩三首好詞，他才能心滿意足。他的那些好友都知道他這一愛好，逢上酒席宴飲、賞遊聚會，總會讓他作詩詞助興。再加上朱服確實有才華，詞采俊麗，在當世享有盛名。

　　某年暮春，朱服奉旨出京到江南一帶巡查走訪。他一邊欣賞美景，一邊在客舍自斟自飲。那時江南正是春好時，那柔媚秀雅的水鄉，徹底征服了朱服。他看到窗外微風細雨輕飄，吹打在楊柳上好似升起一縷縷青煙綠霧，頓有所感，在客舍裡寫下一首《漁家傲》：

　　小雨纖纖風細細，萬家楊柳青煙裡。戀樹溼花飛不起。愁無比，和春付與東流水。

　　九十光陰能有幾？金龜解盡留無計。寄語東城沽酒市。拼一醉，而今樂事他年淚。

　　最後一句「而今樂事他年淚」，

217

是朱服特別鍾情的一句。這一句寓意頗深，近日暫時盡歡，他日追思憂愁，又次年念及他年，非常耐人尋味。朱服每每再赴宴，趁著醉意總向人追問：「你看過我寫的『而今樂事他年淚』嗎？」不過朱服門下一個隨從卻特別不喜歡這一句，總覺得這句詞裡包含著一種他年流落的預兆，然他見朱服到處炫耀，也不敢多言。

到了徽宗崇寧元年，朱服被調往廣州做官，他照例先四處遊覽賞玩。這日他帶著隨從遊賞蒲澗，有遊人摘下鳳尾花簪在髮髻，煞是好看，朱服動情作了一首詩，裡面有那麼兩句：

孤臣正泣龍鬚草，遊子空簪鳳尾花。

這兩句本沒什麼問題，可是奈何逃不過有心人算計。朝廷監司一向不喜朱服，尤其討厭他逢人便誇耀自己那兩句詞，認為他狂傲自負。現在聽到這兩句詩，監司大人樂壞了，終於找到整治朱服的機會了。他到皇帝面前彈劾朱服說：「萬歲聖明！現在天下承平，四海安寧，處處都是祥瑞之兆，他朱服怎麼能說『孤臣正泣』呢？」結果朱服為此獲罪，被貶至袁州、蘄州，死在任上。

所以，千萬別在得意的時候說喪氣話，更別在得意的時候太高調。

小知識

朱服（西元1048～？），字行中，湖州烏程（今浙江吳興）人。熙寧六年（西元1073年）進士。累官國子司業、起居舍人，以直龍圖閣知潤州，徙泉州、婺州等地。哲宗朝，歷官中書舍人、禮部侍郎。徽宗時，任集賢殿修撰，後知廣州，黜知泉州，再貶蘄州安置，改興國軍卒。《全宋詞》存其詞一首，格調淒蒼。

輕信流言，毀了真情

一句難忘處，怎忍辜、耳邊輕咒。
任人攀折，可憐又學，章臺楊柳。

——《青門飲·風起雲間》·秦觀

秦觀無疑是宋朝最優秀的詞人之一。他的名氣可不是獨獨流芳後世的，在他生活的那個時代，他就已經是個極具才名廣為盛傳的人物。

才子大多風流，況且秦觀這樣的才子應酬不斷，理所當然常常出入歌舞場。有一次，秦觀跟朋友在江南偶遇。舊友巧遇實在是人生樂事，兩人談興極濃，眼看聊到天色暗去，這位朋友便將秦觀請到酒樓，又招來一個歌女相陪助興。

敏感又有才華的男人特別容易發生一見鍾情的事——這位歌女一出現，秦觀就被吸引了。她和他見過的那些歌女舞女都不一樣，生得豔而不俗，嬌而不媚，打扮得也如同閨閣娘子一般清雅，一舉一動一響

一笑全無矯揉造作之態。秦觀想，這樣脫俗的女子便是名門閨秀裡也不多見的。在與朋友飲酒談笑之間，他的目光總不自覺繞著這個歌女打轉，朋友察覺，有心做月老，頻頻讓歌女給秦觀斟酒，還屢屢讓她唱秦觀的詞。

此後，秦觀跟這個歌女之間自然來往頻繁。秦觀年少多才又多情，歌女嬌柔嫵媚、善解人意，兩人感情越來越深，竟然難捨難分了。正當此時，秦觀有急事要離開，他指天盟誓約定早日歸來，歌女說，「你走後，我關緊門窗等你，絕不與他人來往。」然後剪下自己一絡秀髮，小心翼翼用繡帕包好，交給秦觀。

這是很重很重的情意了，那個時候，講究身體髮膚是父母恩賜，不可半分損傷，秀髮是女子身體的一部分，何其寶貴珍重，拿來當作信物，暗含這「善藏青絲，早結白頭」的旖旎企盼。

秦觀外地滯留很久沒有回來，他心中無時不惦念歌女，此時遇到從江南來的一位熟人，便急忙打探歌女近況。那熟人並不知秦觀與歌女的關係，隨口胡說道：「那種美豔的女子，怎耐得住寂寞，怕正跟哪個達官貴人打得火熱呢！」秦觀信以為真，悲憤難平，寫了一首《青門飲》寄給歌女：

風起雲間，雁橫天末，嚴城畫角，梅花三奏。塞草西風，凍雲籠月，窗外曉寒輕透。人去香猶在，孤衾長閒餘繡。恨與宵長，一夜薰爐，添盡香獸。

前事空勞回首。雖夢斷春歸，相思依舊。湘瑟聲沉，庾梅信斷，誰念畫眉人瘦。一句難忘處，怎忍辜、耳邊輕咒。任人攀折，可憐又學，章臺楊柳。

歌女看罷，渾身冷透，特別是「任人攀折」四個字，戳進她心窩痛得快死掉。好！好！秦觀，你好啊！我這邊心急如焚苦苦等你，你那邊不明緣由

罵我水性楊花，你什麼意思？歌女流著眼淚捏著秦觀的信一路跑進尼姑庵，削髮為尼，從此常伴青燈古佛。這消息傳到秦觀那裡，他扼腕頓足，無限悔恨。

真情總是被誤會辜負，大家似乎都無辜，又似乎都做錯了。不論如何，這也是愛。

小知識

秦觀（西元1049～1100年），字少游，一字太虛，號淮海居士，別號邗溝居士；他與黃庭堅、張耒、晁補之合稱「蘇門四學士」。漢族，揚州高郵（今屬江蘇）人。北宋文學家，北宋詞人。

感同身受的和詞

春去也，飛紅萬點愁如海

——《千秋歲・水邊沙外》・秦觀

　　秦觀是「蘇門四學士」中跟蘇軾關係最密切的一個。他三十六歲時經蘇軾推薦考取進士，接著又被蘇軾等以「賢良方正」的美譽推薦給朝廷。只可惜受奸人阻攔，秦觀一直未能上任。後來他參加了應制科考試，得以封官，再遷國史院編修。別看他是個京官，其實他生活清貧，經常缺衣少食。

　　到西元一〇九三年，宋哲宗黨政。哲宗注重推行新法，重用新黨，舊黨遭到打擊排斥，自然包括蘇軾、黃庭堅等，秦觀也被牽連。他先是被貶到杭州，接著到處州，然後是郴州、橫州，最後到了雷州。

　　這一連串的打擊，使得秦觀的心境越發悲淒。他被貶途中路經衡陽，衡陽太守孔平仲是他好友，便邀請秦

觀住一段時間。這段時間，孔平仲對秦觀殷勤招待，無微不至。一日兩人對坐飲酒，秦觀那抑鬱的心情還未能排遣，做了一首《千秋歲》：

水邊沙外，城郭春寒退。花影亂，鶯聲碎。飄零疏酒盞，離別寬衣帶。人不見，碧雲暮合空相對。

憶昔西池會，鵷鷺同飛蓋。攜手處，今誰在？日邊清夢斷，鏡裡朱顏改。春去也，飛紅萬點愁如海。

詞中悲意濃重：水邊沙外，春寒悄然退去，而這城內卻春意猶在。花兒隨著風擺動，黃鶯聲聲縈繞在人耳邊。自己身世飄零，酒興都散了。想從前跟友人共遊開封，多麼歡樂，如今還有誰在？你看春都消逝了，我的愁苦卻像海一般無邊無際呢！

孔平仲讀了大驚，他連忙對秦觀說：「少游你正值壯年，言語怎這般悲愴？」接著他按照秦觀這首詞的原韻，和了一首《千秋歲》，試圖排解秦觀的愁緒：

春風湖外，紅杏花初退。孤館靜，愁腸碎。淚餘痕在枕，別久香銷帶。新睡起，小園戲蝶飛成對。

惆悵人誰會。隨處聊傾蓋。情暫遣，心何在。錦書消息斷，玉漏花陰改。遲日暮，仙山杳杳空雲海。

其實孔平仲這詞也沒離了傷春謫居愁苦的基調，他說換上春風拂面、紅杏花落英初墜。孤獨的客舍靜悄悄的沒有一絲聲響，令人愁腸百結欲碎。枕上留有謫人淚，離家日久，衣帶上的香味都消了。

下闋盡寫排遣不得的愁情，而消息阻斷，時光流逝，多麼讓人心焦。本來孔平仲是想撫慰秦觀的，沒想到那悲淒愁緒也是會傳染的，他這一詞卻是

與秦觀同唱那謫人愁苦了。

幾天過去，秦觀告辭遠行。孔平仲依依難捨，送了一程又一程，直到城郊。他心情低落地回到家，對家人說，「少游精神頹唐，心境哀愁，怕是……」竟然傷心得說不下去。而沒過多久，秦觀從被貶之處北歸途中去世。

小知識

孔平仲，北宋詩人，字義甫，一作毅父，新喻（江西省新餘市）人。孔子四十七代孫，屬於「臨江派」。生卒年不詳。治平二年（西元1065年）進士，授分寧主簿。熙寧三年（西元1070年），任密州教授，曾任祕書丞、集賢校理，又提點江浙鑄錢、京西刑獄。六年四月充任祕書閣校理、朝奉大夫。紹聖年間貶為惠州別駕，流放英州。元符三年（西元1100年）七月，授朝奉大夫。崇寧元年（西元1103年）八月，管勾袞州太極觀，不久卒。孔平仲長於史學工文詞富於詞藻，著有《續世說》、《孔氏談苑》、《珩璜新論》、《釋稗》等。兄弟孔文仲、孔武仲皆有文名。

才思敏捷的「賀梅子」

一川煙草，滿城飛絮，梅子黃時雨

——《青玉案》·賀鑄

　　北宋時候有個著名詞人叫賀鑄，人稱「賀梅子」，這個綽號來自於他一首著名的詞。當時賀鑄住在蘇州，確切地址是蘇州盤門南十多里處的橫塘，那裡橋亭相連，溪水清幽。離那兒不遠的地方還有一個湖，湖水清澈，陽光灑落其上，波光粼粼的樣子煞是好看。賀鑄太喜歡這個地方了，經常在此賞景唱詞，流連忘返。他那首名詞《青玉案》就是誕生於此，詞曰：

　　凌波不過橫塘路，但目送、芳塵去。錦瑟華年誰與度？月橋花院，瑣窗朱戶，只有春知處。

　　碧雲冉冉蘅皋暮，彩筆新題斷腸句。試問閒愁都幾許？一川煙草，滿城風絮，梅子黃時雨。

　　賀鑄想表達，梅雨時節獨自幽居的幾多閒愁。那一位美人「凌波微步，羅襪生塵」，她路過橫塘卻沒有留下，連她步子後面捲起的芳塵都消散了，他悵然若失。如此錦繡華年，不知道哪一座橋、哪一個院、哪一扇窗是我應該待的地方。這愁緒到底有多少？恰如我看見的滿地的青草，滿城的飛絮，漫天的

細雨。

這首詞一出，便廣泛流傳開來。尤其是「梅子黃時雨」這一句，備受時人喜愛，這也就是「賀梅子」之稱的來歷了。關於這個「賀梅子」還有個小故事。

賀鑄這個人，才華是沒得說，可是他貌醜。陸游在《老學庵筆記》裡記錄：「方回狀貌奇醜，長身聳目，面色鐵青，人稱賀鬼頭。」賀鑄晚年的時候也是居住在蘇州，那時他跟郭功父個性相投，經常在一起談詩論酒，漸漸交往甚密。

有一次，他們照例相約把酒言歡，兩人談興正濃，郭功父生性詼諧，賀鑄說話的時候，他抬頭看見賀鑄頭髮稀疏，幾乎不能蓋住頭頂。郭功父心生一念，他指著賀鑄的頭髮笑說：「你這可真是『賀梅子』啊！」賀鑄聽了，意識到自己被調侃了，也不氣惱，還反脣道：「我要是『賀梅子』，那你就是『郭訓狐』。」郭功父一時啞口無言。

原來，郭功父寫過一首詩《示耿天隲》，這首詩王安石特別喜歡，在後面做了兩句批註：「廟前古木藏訓狐，豪氣英風亦何有。」而郭功父恰好長了一臉絡腮鬍子，這下正中要害，以其人之道還治其人之身。好一個才思敏捷的「賀梅子」！

小知識

賀鑄（西元1052年～1125年），北宋詞人，字方回，號慶湖遺老，衛州（今河南衛輝）人。宋太祖賀皇后族孫，所娶亦宗室之女。自稱遠祖本居山陰，是唐賀知章後裔，以知章居慶湖（即鏡湖），故自號慶湖遺老。

醜人也不是可以隨便取笑的

無端良匠畫形容，當風輕借力，一舉入高空

——《臨江仙·未遇行藏誰肯信》·侯蒙

　　侯蒙從小就懷有遠大的志向，要有所作為建功立業，他明白要實現這理想十分艱辛，因此讀書非常用功，刻苦勤勉不倦。然而他幾次赴京考試都名落孫山，前幾次還能堅定地告訴自己不氣餒要堅持，可是越到後來他越感到無力，心情鬱悶至極。直到他三十一歲那一年，有個朋友再三向朝廷推薦他，再加上侯蒙的文章確實寫得很好，才被錄用為鄉貢。

　　侯蒙性格堅毅，苦學成材，為人自不必說，但是他的長相就讓人不敢恭維，至於長得有多醜卻無史料記載，想來至多也就跟溫庭筠一個水準吧！許多人就因這一點對他很不尊敬。當時有些紈絝拿他的相貌取笑他，那嘲諷的言語難聽至極。侯蒙向來不予理睬，我行我素。那些輕薄子弟對他的反應非常不滿意，就想了更令人難堪的辦法嘲諷侯蒙。他們把侯蒙的相貌畫到風箏上去，然後引線放上天空，吸引大家都來看，一起恥笑侯蒙。誰知道侯蒙看到此情形一點也沒生氣，反

而哈哈大笑，事後還在風箏上題了一首《臨江仙》：

　　未遇行藏誰肯信，如今方表名蹤。無端良匠畫形容，當風輕借力，一舉入高空。

　　才得吹噓身漸穩，只疑遠赴蟾宮。雨餘時候夕陽紅，幾人平地上，看我碧霄中。

　　只有懷著醜陋心思的人，看見的才都是醜陋，而心態健康陽光的人，可以輕易化解生活中的恥辱和尷尬，比如侯蒙。他跟這些輕狂紈褲的視線從來不在同一個落點上，他看得更遠，也更堅定，他相信自己日後必定能蟾宮折桂金榜題名，所以當人家這般捉弄他，他堅信著「當風輕借力，一舉入高空」，他看到的是升入「碧霄中」這個展望，更像是他對自己未來的預言。

　　侯蒙在這件事發生的一年之後，果然一舉登第——這是他努力多年的回報，也是他對那些嘲笑的反擊，看似偶然，實則必然。之後，侯蒙步步高升，宋徽宗在位時，他還升任了戶部尚書兼樞密使，當真是「入高空」、「碧霄中」了。

小知識

侯蒙（西元1054年～1121年），北宋官吏。字元功，密州高密（今屬山東）人。進士及第，調寶雞尉，知柏鄉縣，徙襄邑。擢監察御史，進殿中侍御史。崇寧間上疏論十事，遷侍御史，改戶部尚書。大觀四年，除同知樞密院事（《宋宰輔編年錄》卷一二），進尚書左丞。政和六年，為中書侍郎（同上書）。次年十月，罷知亳州，徙知東平府，未赴而卒，年六十八，諡文穆。

男人愛慕才情，女人寬容真情

尋好夢，夢難成。況誰知我此時情？

——《鷓鴣天·寄李之問》·聶勝瓊

鄧麗君有首歌，叫《有誰知我此時情》，最初聽時立刻被歌曲打動了。黃霑譜的曲子一定沒得說，妙麗淒清難以言訴，那個時候我還不知道詞是誰寫的，只是從心底敬佩那詞作者，「尋好夢，夢難成。有誰知我此時情？」

好夢難成，簡單而深刻的句子，像一粒沙，突然揉進心窩裡最柔最軟之處，咯得生疼。再後來我知道了，詞作者是聶勝瓊，宋代京都洛陽名妓。而這詞是她寫給李之問的。

當時李之問回京師洛陽等待皇帝重新任命，這期間，他與洛陽名妓聶勝瓊一見鍾情。所有一見鍾情的故事開頭都是一樣的，有情人如火如荼、如膠似漆愛得分不開。然而

229

任命狀下來了，李之問再怎麼不捨再怎麼難過也要離京。聶勝瓊在蓮花樓為李之問踐行，席間她依依地唱，「無法留君住，奈何無計隨君去！」

這於李之問來說，可能是一段無可奈何的露水姻緣，接近以後就電，喜歡以後就追，現實所迫就飛，順時順勢，清醒明白。聶勝瓊不是那樣純粹的歡場女子，她有才情有思想，她細膩敏感多情聰穎，她把想念寫成一首《鷓鴣天》寄給李之問：

玉慘花愁出鳳城，蓮花樓下柳青青。樽前一唱陽關後，別個人人第五程。

尋好夢，夢難成。況誰知我此時情？枕前淚共階前雨，隔個窗兒滴到明。

李之問握著這封只有一首詞的書信無言以訴。天涯一角，他的紅顏跟他說「好夢難成」，跟他說「誰知我此時情」，跟他說「枕前淚隔窗滴到明」，他感動了，可是這點感動不至於讓他做傻事。他的妻子婆家勢大，有財有權，他怎敢為了一個聶勝瓊去得罪？於是這首詞被他藏在箱子底下。

不要小看女人，丈夫精神恍惚做妻子的怎能不知道，她只是故作不知。後來，李之問的妻子發現了丈夫藏起來的書信——男人有祕密千萬別藏在家裡，這世上所有的妻子都很瞭解家裡的每一個角落——這首詞寫得真好，連她看了都感動。

李之問回來的時候，看到妻子拿著這封信端莊地坐在廳堂等他，他沒等她問，便清清楚楚地交待了。他等著她跟他鬧，沒想到妻子溫婉一笑，對他說：「我為你準備好了銀子，你去贖她出來，娶做妾室吧！」

聶勝瓊來到李家，對李之問之妻滿懷感恩，她謹守著一個妾室的禮數不敢絲毫逾矩，李家上下和睦，李之問盡享齊人之福。故事到此圓滿了。然而

230

這只是屬於李之問個人的圓滿，對於兩個女人來講，有什麼圓滿呢？李之問之妻很聰明，既然她的男人不可能只守著她一個人過一輩子，那何妨找個有真情、有才情、出身低、丈夫喜歡又沒喜歡到敢為她拼卻前程的女子來。

這是一段男人愛慕才情女人寬容真情的故事，一段佳話。

小知【

故事出自《詞林紀事》，詞話集。清代張宗橚輯。宗橚字泳川，號思岩，海鹽（今屬浙江省）人。生卒年不詳。康熙乾隆間人。太學生，不求聞達。早年受業於許昂霄，許昂霄精於詞學，張宗橚受其影響。著有《藕村詞存》。《詞林紀事》是編者晚年所輯，三易其稿而後成。全書二十二卷，輯錄唐詞一卷，五代詞一卷，宋詞十七卷，金詞一卷，元詞二卷，共收詞人四百二十二家，大體依詞人時代先後，排比分卷，條貫清晰。所錄詞人附有其生平事蹟、軼聞，以及有關詞人所作詞的評論，所錄詞徵引本事，間有考證，搜集資料比較豐富，引用書目達三百九十五種。

臣子永遠爭不過君上

欲知日日依欄愁，但問取亭前柳

——《洛陽春‧眉共春山爭秀》‧周邦彥

　　詞本來就是寫給歌女唱的豔曲。倘若一個詞人，又精通音律，那他想不風流都難了。周邦彥就是這樣一個精通音律的詞人。

　　初見李師師，周邦彥已經六十多歲了，但仍不減風流，為李師師的絕色和才情傾倒，填了一首《玉蘭兒》讚她：

　　鉛華淡佇新妝束，好風韻，天然異俗。彼此知名，雖然初見，情分先熟。爐煙淡淡雲屏曲，睡半醒，生香透玉。賴得相逢，若還虛度、生世不足。

　　李師師確實是個當世僅見的美人，還是個極具才華的美人。據《宣和遺事》記載，她原是汴京染局匠王寅的女兒，襁褓時母親去世，父親用豆漿養活她。王寅疼女兒，就想按照風俗，讓女兒捨身寶光寺，女兒一路啼哭不止，到了寺廟，有僧人撫摸了她的頭頂，她卻忽然不哭了。王寅暗想女兒果然與佛有緣，便喚她叫師師，因為俚俗稱佛弟子為師。師師四歲時，王寅犯事死於牢中，隸籍娼產的李姥收養了她，師師便改姓了李，跟著入了勾欄娼籍。隨著年齡增長，李師師的美貌逐漸顯露出來，

歌喉也是一等的好，朱敦儒有詩為證：「解唱《陽關》別調聲，前朝唯有李夫人。」

這樣色藝絕倫的女子，藏都藏不住，更何況她本來就是風月場裡的名媛。而自古美人愛才子，縱然她此時面對的是已經年逾花甲的垂垂老者，就像芳華正盛的柳如是選擇了八十多歲的錢謙益一樣，李師師也立刻鍾情於周邦彥。兩人交往日漸頻繁，李師師甚至想嫁給這位相知相惜的才子。如果沒有宋徽宗，也許李師師這個願望能夠實現。

宋徽宗的確不是個好皇帝，好端端的北宋王朝在他手裡葬送了。但如果他不做皇帝，純然做個才子，憑著他詩、詞、書、畫、音樂盡皆精通的才華，想必也是一個風流人物。政和六年元宵佳節，在宋徽宗過膩了宮中日子的時候，他手下兩個極善逢迎的大臣王黼和蔡攸看出了他的心思，建議他穿上平民百姓的衣服，到街市上去逛一逛，於是宋徽宗「微行始出」，「妓館、酒肆亦皆遊焉」。這一遊，讓他遇見了李師師。從此，他便經常帶著內侍，乘著轎子出宮與李師師相會。

宋徽宗對李師師的鍾愛於周邦彥來講，無疑是一場災難。他只能等到徽宗回皇宮的時候，才能與李師師互訴衷情了。一個冬夜，周邦彥剛到李師師家中，徽宗便攜著一枚江南上貢的新橙不期而至。周邦彥做為臣子，自然要讓著皇帝。慌亂之間，退無可退，躲無可躲，只好鑽進了李師師的床下。徽宗與李師師在屋裡打情罵俏好不濃情，周邦彥聽得一清二楚。徽宗走後，他立即寫下一首《少年遊》：

並刀如水，吳鹽勝雪，纖手破新橙。錦幄初溫，獸香不斷，相對坐調笙。

低聲問：向誰行宿，城上已三更。馬滑霜濃，不如休去，直是少人行。

　　李師師下次見到徽宗，便把這首《少年遊》唱給徽宗聽。徽宗一聽這赫然是他們上次幽會之事，怒問是誰所作？李師師答是周邦彥。帝王的私隱讓一個臣子作詞取笑，顏面受損，更讓人無法忍受的是，自己的禁臠，卻要與臣下分嚐。接著，理所當然的，周邦彥被罷官，貶出京城。

　　再後來，徽宗來找李師師，等了許久，李師師才紅腫著眼睛回來，問她做什麼去了，她說去送送周邦彥。徽宗又問，周邦彥可填了新詞？李師師答，他新填了《蘭陵王·柳陰直》，然後她取過琴來彈奏，將這首詞唱給皇帝聽。不知道徽宗是因為良心發現，還是為了討好李師師，或者是欣賞周邦彥的才華，總之他改了主意，招周邦彥回來，並且讓他擔任大晟樂府的樂正。

　　自此，周邦彥再想親近李師師便難了，即便沒名沒份甚至仍是名妓身分，李師師也不是他可以覬覦的了，往日那種盡情言歡的日子，將一去不返，苦悶之際，他寫下了《洛陽春》：

　　眉共春山爭秀，可憐長皺。莫將清淚溼花枝，恐花也如人瘦。

　　清潤玉簫聞久，知音稀有。欲知日日依欄愁，但問取亭前柳。

　　皇帝奪了臣子的美人，臣子只能藏匿，只能隱忍。更關鍵的是，這個美人堅強到，她統統可以忍受，能夠平衡，並且自得其樂。

小知識

李師師，北宋末年色藝雙絕的名妓，其事蹟多見於野史、筆記小説。據傳曾深受宋徽宗喜愛，並受宋朝著名詞人周邦彥的垂青，更傳説曾與《水滸傳》中的宋江有染，由此可見，其事蹟頗具傳奇色彩，也間接證明了李師師的才情容貌非常人能及。宋徽宗被擄，北宋亡後，李師師的下落成為了千古之謎。

記取一生的辜負

自是荷花開較晚，孤負東風

—— 《浪淘沙·目送楚雲空》·幼卿

宋徽宗時有個才女叫幼卿。幼卿自幼聰慧，能過目不忘，深得父母親朋喜愛。這樣的女兒不讀書實在可惜，她的父母也不是特別古板的人，又恰逢表兄家請了私塾先生，幼卿便被父母送去與表兄一同讀書。

幼卿自從與表兄同窗學習，如魚得水，每天都過得充實快樂。她尤其喜歡作詩填詞，與表兄常常進行詩詞唱和。

不用說，這又是一個青梅竹馬日久生情的故事。幼卿還沒到十五歲及笄，表兄便請父母向幼卿的父母提出締結姻緣的請求。本以為是親上加親的好事，焉有不成之理？

只是沒想到天不遂人願，幼卿的父母可從沒想過將女兒嫁給一個沒有功名的小子，親戚也沒得說。他們又好面子，不好意思直言訴說自己的想法，便推說女兒早已訂親，然後匆匆把女兒嫁給一

個職務很低的武官。幼卿心裡自然是喜歡表哥的，但此時她縱有千百個不樂意，也拗不過父母之命。

第二年，表兄參加科考中了甲科，被任命到洮房任職。而幼卿的丈夫則在隴右統兵。幼卿和表哥在陝府不期而遇！我能想像那個簡單的時刻是怎樣驚心動魄。

幼卿輕輕撩開花轎紗簾，看到表哥策馬統兵，他身姿健美，動作瀟灑，臉龐映著堅毅和嚴肅——他曾經是她對丈夫所有的渴望與夢想，她都說不清楚她有多想念他。

可是他們沒有那種命運，這就是人生，像蓬草一樣不知道飄零去何方，反正不是自己想要去的那個方向。她想跟他相對而坐互訴冷暖，他是不是誤會她了？他這一年過得可好？她始終沒有衝動跑過去，她不敢，也不能。

表哥好似沒有看見幼卿，只是在經過她的花轎時狠狠給了身下的花驄馬一鞭子，急急地掠過，遠去。他沒想到還能再見幼卿，她真漂亮，和一年前一樣漂亮。

他其實很想停下來仔仔細細地看看她，他又做不到。當他凝視那張魂牽夢縈的容顏，就恨不得把她揉進自己懷裡，只好匆匆離開來掩飾他的痛苦和絕望。

這份感情是他們終身難忘的一道暗傷，他們兩小無猜、親密無間地長大，他們互相暸解對方每件小事。他小時候扯過她的辮子呢！她氣不過塗壞他的字帖。他們一起讓先生罰過抄詩。他不乖犯錯，父親打他板子的時候她哭得快斷氣。她繡的第一個像鴨子的鴛鴦帕子他還收著……

愛別離，求不得，這實在太悲傷。幼卿為此寫了一首《浪淘沙》：

目送楚雲空，前事無蹤。漫留遺恨鎖眉峰。自是荷花開較晚，孤負東風。

客館嘆飄蓬，聚散匆匆。揚鞭那忍驟花驄。望斷斜陽人不見，滿袖啼紅。

小知識

故事出自《能改齋漫錄》。《能改齋漫錄》為筆記集，南宋吳曾撰。吳曾，字虎臣，崇仁（今屬江西）人。生卒年不詳。博聞強記，知名當時。因應試不第，於紹興十一年（西元1141年）獻書秦檜，得補右迪功郎，後改右承奉郎、宗正寺主簿、太常丞、玉牒檢討官，遷工部郎中，出知嚴州，後辭官。

《能改齋漫錄》編刊於紹興二十四至二十七年間，孝宗隆興初（西元1163年）因仇家告訐，誣此書「事涉訕謗」，遂被禁毀。至光宗紹熙元年（西元1190年）始重刊版。但新版經過刪削，已非舊觀。下及元明，刊本又絕。今所見者為明人從祕閣抄出，共十八卷，分十三門：事始、辨誤、事實、沿襲、地理、議論、記詩、記事、記文、類對、方物、樂府、神仙鬼怪。

為討君歡也能寫出詞壇佳句

郎意濃，妾意濃，油壁車輕郎馬驄，相逢九里松
——《長相思‧遊西湖》‧康與之

世稱「梅妻鶴子」的隱士林逋林和靖，曾經寫過一首非常感人的《長相思》：

吳山青，越山青，兩岸青山相送迎。誰知離別情？

君淚盈，妾淚盈，羅帶同心結未成。江邊潮已平。

這詞寫得的確情深意切，低迴婉轉，意境至美，後人推崇備至，奉為詞中絕品。

有一次，宋高宗讀到這首詞，非常喜愛，稱讚連連不絕於口，並且感嘆：「此詞不可再得矣！」康與之做為御前文人，聽到皇帝這句話，心裡很不是滋味。他本就是為皇帝服務的文人，皇上這樣說豈不是顯得他無能，再加上他也確實存了討好皇帝的心思，於是回到家直奔書房，模仿林和靖這首詞的風格，一連趕出來九十九首。然後他請友人過來，仔細品評這九十九首詞，從中挑出一首最好的。次日康與之把這首九十九挑一的詞呈現給高宗，高宗讀完，覺得這首詞亦不同凡響，誇讚賞賜了康與之一番。

康與之這首詞是《長相思‧遊西湖》：

南高峰，北高峰，一片湖光煙靄中。春來愁殺儂！

郎意濃，妾意濃，油壁車輕郎馬驄，相逢九里松。

南北高峰是西湖諸峰中兩個最高的。南高峰號稱一千六百丈，峰上有一塔，塔下有小龍井。北高峰在南高峰的西北方向，兩峰遙遙相望，唐代天寶年間峰頂曾建有七層浮屠。康與之這詞用南北高峰起句，說煙霧朦朧的美麗西子湖畔，打動了少女的心。佳人乘著油壁香車，少年郎騎著青驄駿馬，於九里松道上相會。多美好！

這詞裡還含著一個動人的小故事。據說，六朝南齊錢塘名妓蘇小小，常常乘著油壁車到西湖遊玩。有一天，她在西湖畔遇到少年郎君阮郁，他騎著青驄馬從斷橋上緩緩走過來。那一刻蘇小小的眼裡只有他，而阮郁自看見蘇小小起，眼裡也再沒別人，就這樣他們一見鍾情了。然後蘇小小吟了一首詩：「妾乘油壁車，郎騎青驄馬，何處結同心？西泠松柏下。」她約他到西泠橋畔松柏蒼翠之處來，那時他們就結為夫婦，永不分離。

康與之「郎意濃，妾意濃，油壁車輕郎馬驄，相逢九里松」說的就是這個故事。康與之這人雖然品德不怎麼樣，但是文采確實出眾。這小詞寫得情理韻雅，似天籟一般，確可與林和靖那首《長相思》媲美。

小知識

康與之，字伯可，一字叔聞，號退軒，滑州（今屬河南）人，南渡後居嘉禾（今浙江嘉興）。高宗建炎初（西元1127年）上「中興十策」不為用。後依附秦檜，為秦門下十客之一，被擢為臺郎。檜死後，編管欽州，復送新州牢城。其詞多應制之作，不免歪曲現實，粉飾太平。但音律嚴整，講求措詞。代表作有《卜運算元》、《玉樓春令》、《長相思》、《金菊對芙蓉》、《風流子》、《減字木蘭花》、《滿江紅》、《憶秦娥》、《昨夢錄》等。著有《順庵樂府》五卷，不傳；今有趙萬里輯本。

人不可貌相，才不以衣裳

想得九天高絕處，不比人間更火

——《念奴嬌·暑塵收盡》·遊子西

宋朝龍溪這地方，有個叫遊子西的書生，家中非常貧窮。不過子西自幼好學不倦，對詞文都極為精通，正是其貌不揚卻心有翰墨的典範。

一天傍晚，雨過天晴，空氣清新，子西深深吸口氣，頓覺神清氣爽，便決定到一家酒樓喝一盅酒。酒樓裡美酒佳餚飄香四溢，一群衣冠楚楚的少年在飲酒笑鬧，把整個酒樓的氣氛都哄了起來。子西悄悄地在他們旁邊桌子坐下來，點了酒和小菜，靜靜自斟自飲。

不多會兒，那些少年停止喧嘩，開始用筷子敲打著盤子高歌起來。子西看著他們個個一臉傲慢、故作風雅的樣子，覺得十分

好笑。

那群少年唱到高潮處，一時興起紛紛起身在牆上題詞，並且高聲吟誦，好似就是要全酒樓的人都聽到。他們那種自我欣賞、自我膨脹、自命不凡、目中無人的樣子，實在令遊子西忍無可忍，這群少年根本是「為賦新詞強說愁」，不知天高地厚，實在該受點兒教訓！

遊子西想到就做，他站起來走到那群少年面前說，「在下遊子西，才疏學淺，但今天也想在此賦詞一首，與各位切磋一下。」

少年們見遊子西穿著一身洗得發白還帶著補丁的便服，又長得貌不出眾，一副窮酸討人嫌的樣子，哄堂大笑，譏諷他說：「就你這樣的也會寫詞？！別開玩笑了！」接著有人幫腔道：「看你這模樣也就能寫首打油詩吧！」

子西也不惱，借來筆墨，在牆壁的空隙處，飛快地寫了一首《念奴嬌》：

暑塵收盡，快晚來急雨，一番初過。是處涼飆回爽氣，直把殘雲吹破。星律飛流，銀河搖盪，只恐冰輪墮。雲梯穩上，瓊樓今夜無鎖。

便覺浮世卑沉，回翔偃薄，似蟻空旋磨。想得九天高絕處，不比人間更火。獨立乾坤，浩歌春雪，可惜無人和。廣寒宮裡，有誰瀟灑如我。

這詞說：一場急雨趕走暑天灰塵，一場涼風吹散夏日殘雲，天空清碧，真怕那輪月亮墜下來。順著雲梯可以登天，只因今夜瓊樓沒有上鎖。若能到得瓊樓高處，人間芸芸眾生必定十分卑渺，就像螞蟻轉著一盤空磨。可是九天高妙絕境，怎比人間煙火。獨立天地之間，春、夏、秋、冬都可以高歌，可惜無人應和。廣寒宮裡，誰能如我這般灑脫。

　　這一首《念奴嬌》詞意清高，構思巧妙，寓意深遠，盡表遊子西才華滿懷，曲高和寡的感慨。那群少年讀罷這詞，對遊子西的態度大變，且紛紛自慚形穢。但看遊子西轉身回去繼續飲酒，全然沒有取笑他們的意思，也無盛氣凌人之態，更覺得自己淺薄不堪，不能跟遊子西相提並論，於是他們一個個悄然離開了酒樓。

　　古人早說過：人不可貌相。這個故事也告訴我們：才不以衣裳。可惜這樣最淺顯的道理卻總令人栽跟頭犯錯誤。

小知識

故事選自《詩人玉屑》。《詩人玉屑》是一本詩話集，南宋魏慶之著，成於理宗淳佑年間。它評論的對象，上自《詩經》、《楚辭》，下迄南宋諸家。一至十一卷論詩藝、體裁、格律及表現方法，十二卷以後，評論兩漢以下的具體作家和作品。

魏慶之，字醇甫，號菊莊，南宋建安（今福建建甌）人。有才名而無意仕進，種菊千叢，常與詩人逸士在菊園中吟誦。有人曾賦詩讚譽他說：「種菊幽探計何早，想應苦吟被花惱。」

夢到一首充滿啟示的詞

任流光過卻，尤喜洞天自樂

——《瑞鶴仙·悄郊原帶郭》·周邦彥

　　宋徽宗宣和二年，周邦彥被任命為提舉南京鴻慶宮，從杭州遷居到睦州。到了睦州沒多久，一天晚上，周邦彥睡覺時夢到一首《瑞鶴仙》，醒來他竟然記得全文，只不過他一點兒也不理解這首詞的意思。這首詞是：

　　悄郊原帶郭。行路永，客去車塵漠漠。斜陽映山落，斂餘紅、猶戀孤城闌角。凌波步弱。過短亭、何用素約。有流鶯勸我，重解繡鞍，緩引春酌。

　　不記歸時早暮，上馬誰扶，醒眠朱閣。驚飆動幕，扶殘醉，繞紅藥。嘆西園，已是花深無地，東風何事又惡。任流光過卻，猶喜洞天自樂。

　　字面上看，這應該是一首回憶送客經過的詞。送客過後，回城時天已黃昏，認識的歌妓紛紛來勸，讓他下馬小酌，以至酣醉入睡。醒來後賞花，又惹惜春之思，感慨東風無情，光陰易逝。只不過後來發生的一些事情，竟一一證明這詞簡直就是個預言。

　　這年年末，方臘在睦州清溪起義。周邦彥得到消息便立即動身，想去杭州舊居躲避一下。誰料路上滿滿都是義軍，這一程比周邦彥預料得要困難得多，幾次他險些喪生。最後死裡逃生終於來到杭州，才過錢塘門，只見杭州也是一團亂，百姓倉倉皇皇東奔西竄。那紅日半掛在鼓角樓簷前，正是「斜

陽映山落，斂餘紅、猶戀孤城闌角」的情景。

　　杭州城亂成這樣，周邦彥的舊居怕是早就不能住了。餓得頭昏眼花，又身無分文的周邦彥，感到一陣絕望。忽然，逃難人群裡有人叫「待制到哪裡去？」待制是周邦彥的官銜，周邦彥一聽，循聲抬頭望去，那正是舊識的侍女啊！她走過來對周邦彥說，「想必您還沒吃飯吧？不如下車到酒館吃一些？」周邦彥落魄至此，便沒有拒絕，跟著那侍女來到一處酒家。他先是吃了點東西充飢，又飲了幾杯酒，渾身舒暢很多。酒足飯飽，周邦彥忽然想起，這不正是詞裡「凌波步弱。過短亭、何用素約。有流鶯勸我，重解繡鞍，緩引春酌」那句嗎？

　　飯後，周邦彥微醉，卻也不敢在城裡停留，趕忙逃出了城。恰好此時遇到江潮漲水，沖斷了過江橋。而雪上加霜的是，附近的寺廟已經被借住的人擠滿了。周邦彥無法，只好繼續往前走，終於找到一座小得幾乎不被人發現的寺院，那藏經閣正好無人，於是他決定就在此歇息一晚。這可正應了「上馬誰扶，醒眠朱閣」。

　　不久之後，據說方臘的大軍已佔據兩浙。周邦彥考慮，自己是南京鴻慶宮

官員，那裡總有地方給他住吧？想到便做，他立即帶了家人趕往南京。這和「嘆西園，已是花深無地，東風何事又惡。」正巧應上了。

可悲的是，剛到鴻慶宮沒多久，周邦彥病逝。「人流光過卻，猶喜洞天自樂」正是他身後寫照。一夜幽夢，應了他半生世情。也許很多事情，都是註定的。

小知識

周邦彥（西元1056年～1121年），北宋詞人。字美成，號清真居士，錢塘（今浙江杭州）人。官歷太學正、廬州教授、知溧水縣等。少年時期個性比較疏散，但相當喜歡讀書，宋神宗時，寫《汴都賦》讚揚新法。徽宗時為徽猷閣待制，提舉大晟府（最高音樂機關）。精通音律，曾創作不少新詞調。作品多寫閨情、羈旅，也有詠物之作。格律謹嚴，語言曲麗精雅，長調尤善鋪敘。為後來格律派詞人所宗。作品在  婉約詞人中長期被尊為「正宗」。舊時詞論稱他為「詞家之冠」或「詞中老杜」。有《清真居士集》，已佚，今存《片玉集》。

才華和人品一樣好的詞人

白璧青錢，欲買春無價。歸來也，風吹平野，一點香隨馬

——《點絳脣·流水泠泠》·朱翌

這一年初春，乍暖還寒，杭州西湖岸邊的梅花已悄然迎風綻放。偏偏在這個時候，下了一場大雪，厚雪壓枝，似是對這些梅花的考驗。朱翌見外面銀白一片，世界白茫茫的真是乾淨漂亮，他想起西湖邊的那幾株梅樹，便起意去西湖賞梅。

漸漸走近西湖，先是一陣清越動聽的流水聲傳來，朱翌心曠神怡，不由加快了步伐，朝著梅花開得最好的孤山走去。世人皆知，西湖有三絕：孤山不孤，斷橋不斷，長堤不長。白娘娘與許仙相會的斷橋，正是朱翌要去孤山需經過的橋。他走上斷橋，看到一枝紅梅伸過來橫在橋邊，而雪花還在漫天飛落——好一幅紅梅傲雪圖，朱翌覺得自己彷彿走進了畫裡。他感慨著：「恐怕就連那價值連城的碧玉也買不來如此春光！」他便停在

此處，深覺已經盡興，可以回去了。

回到家中，朱翌依然興致高昂，他跑進父親的書房見父親沒回來，高興地研磨，回想著方才所見的情景，在父親的書桌上寫下一首《點絳唇》：

流水泠泠，斷橋橫路梅枝亞。雪花飛下，渾似江南畫。

白璧青錢，欲買春無價。歸來也，風吹平野，一點香隨馬。

詞畢，他吹了吹墨跡，得意地回自己房間休息，把新作的詞落在了父親的書桌上。

這首詞引起一段笑談。話說那天詞人朱希前來拜訪朱翌的父親司農公，司農公不在家，僕人便將朱希引到司農公的書房等候司農公回來。朱希托著茶碗，打量著司農公的書房，不一會兒，便被桌上墨跡未乾的小詞吸引了。他來回品讀玩味半晌，越來越欣賞喜愛，便將這詞抄寫在了自己的摺扇上。

自此之後，朱希出門都隨身攜帶這個摺扇。一次他跟詞人洪覺範相聚，洪覺範看到他扇面上的小詞，也是萬分欣賞，急切地問朱希這是何人所作？朱希將那次拜訪的經歷如實相告。兩人接著品評議論一番，臨走時相約要去拜訪司農公，請他引薦詞作者給他們認識。

等他們見到司農公問起這首詞，司農公大惑不解，朱希、洪覺範既失望又茫然，寒暄了一會兒便起身告辭。兩人走後，司農公把兒子朱翌叫過來詢問。朱翌一開始怕父親教訓他不務正業，不敢承認。後來一聽，父親似是極為欣賞這首詞，一直在誇獎，忍不住沾沾自喜，便把自己那天出遊作詞的事情和盤托出。司農公知道兒子如此有才華，歡喜異常，斷定兒子必定能驚豔文壇，流芳後世，但表面上卻不顯露，還做出一副嚴父的樣子道：「有這寫消遣小詞的工夫還不如多多研究研究經史子集。」

　　不久，朱翌中了進士，在紹興年間為中書待制，人稱「待制公」。他為人正直，為官清廉，不會逢迎拍馬，後因得罪了大權在握的秦檜，被貶謫居十九年之久。這是一個人品和才華一樣好的詞人，令人無法不喜愛欽佩。

小知識

朱翌（西元1097年～1167年），字新仲，號潛山居士、省事老人。舒州（今安徽潛山）人，卜居四明鄞縣（今屬浙江）。政和八年，同上舍出身。紹興八年（西元1138年），除祕書省正字，遷校書郎、兼實錄院檢討官、祠部員外郎、祕書少監、起居舍人。十一年，為中書舍人。秦檜惡他不附己，謫居韶州十九年。檜死，充祕閣修撰，出知宣州、平江府。乾道三年卒，年七十一。名山勝景，遊覽殆遍。事蹟散見於《建炎以來繫年要錄》、《寶慶四明志》卷八、《延祐四明志》卷四。《宋史翼》有傳。有《猗覺寮雜記》二卷，又《潛山集》四十四卷，周必大為作序。《彊村叢書》輯有《潛山詩餘》一卷，《宋史藝文志》猗覺寮雜記二卷，《四庫總目》並傳於世。

卷二

南宋篇

才女一生多坎坷

莫道不消魂，簾卷西風，人比黃花瘦

——《醉花陰·重陽》·李清照

　　她嫁給趙明誠的時候十八歲，是女孩最好的年紀。她的父親是禮部員外郎李格非，趙明誠之父是吏部侍郎，於是她的婚姻是媒妁之言許下的最美的一個諾言，門當戶對，而且小夫妻志趣相投，水乳交融。

　　那是李清照過得最痛快、最無憂無慮的幾年日子。她跟趙明誠切磋詩詞文章，研究鐘鼎石碑，在新奇的感悟與發現中，越來越彼此欣賞，越來越離不開對方。他們兩家本都是富貴人家，然而為了收集古董字畫金石漆器，他們「食去重肉，衣去重彩，首無明珠翡翠之飾，室無塗金刺繡之具」。這才是一段美好婚姻的真諦，剝去物質的華麗外衣，尋找共同的精神信仰。

　　這對夫妻可不僅僅是只會做研究的木頭人，他們的生活還頗富情趣。有一年趙明誠遠遊，李清照因為思念丈夫，在中秋佳節時函寄了一首詞《醉花陰·重陽》給他：

薄霧濃雲愁永晝，瑞腦消金獸。佳節又重陽，玉枕紗櫥，半夜涼初透。

東籬把酒黃昏後，有暗香盈袖。莫道不消魂，簾卷西風，人比黃花瘦。

趙明誠捏著妻子的詞，既驚豔於她的文采，感動於她的相思，又自愧不如，還有一點兒不服氣。於是他開始閉門謝客，廢寢忘食填了四十九首詞，把妻子那首混入其中，合共五十首拿給好友陸德夫等人鑑賞。陸德夫反覆吟誦，說這些詞裡，有三句妙到極點。趙明誠急切問是哪三句？陸德夫答：「莫道不消魂，簾卷西風，人比黃花瘦。」趙明誠聽了也不生氣，回去還說要拜夫人為師。

然而在那種動盪的大時代，人都變得渺小，這樣美好的日子總是過得太快。金兵南侵，宋高宗趙構偏安一隅，向金稱藩稱臣，把淮河以北的國土拱手讓人。國破家亡，李清照隨丈夫南下建康。之後青州兵變，他們還沒來得及運過來的書畫圖冊，盡數付之一炬。西元一一二九年八月十八日，趙明誠接受了湖州太守的任命，赴任途中中暑染病，因醫治不當死於建康，卒年四十九歲。這一年，李清照也才四十六歲，她還有數十年華要度過，這個當口，她失去的不僅是一個丈夫、一個依靠，還是一個志同道合的朋友、生死與共的愛人，其悲痛可想而知。

此後，她輾轉漂泊於杭州、越州、臺州和金華一帶，顛沛流離居無定所。年近五十的李清照，已經嚐夠了孤苦清寂，她本是世宦人家的高貴小姐，是上流社會能詞善賦的多才婦人，她需要一個丈夫，一個家，於是她接受了張汝州的追求，再嫁為人婦。不管外界對此事有多少惡評多少嘲諷，李清照總知道自己需要什麼，而且勇敢地去做。

誰知張汝州根本不是真心憐惜這個苦命的女人，只是用婚姻的手段謀取

李清照的家財，一旦財產到手，便開始對李清照拳腳相向。李清照又一次展現了她才情之外堅強勇敢的性格，她不顧一切在婚後三個月向官府提出告訴，要求解除她和張汝州的婚姻關係。那個時候，妻子狀告丈夫，即便告贏了，妻子也要承擔兩年牢獄之災。李清照不怕，她沒有了愛人，沒有了家，沒有了財產，已經什麼都沒有了還怕什麼，她只要一條活路。最後她告贏了，在朝中親戚的幫助下，她被關押九天後出獄。背著這麼一件不名譽的事情，李清照步入晚年，步入生命終點，於是我們讀到了《聲聲慢》：

尋尋覓覓，冷冷清清，淒淒慘慘戚戚。乍暖還寒時候，最難將息。三杯兩盞淡酒，怎敵他、晚來風急！雁過也，正傷心，卻是舊時相識。

滿地黃花堆積，憔悴損，如今有誰堪摘？守著窗兒，獨自怎生得黑！梧桐更兼細雨，到黃昏、點點滴滴。這次第，怎一個愁字了得？

李清照終此一生，甜蜜起筆，蒼涼落款。半生醉花陰，半生聲聲慢，成就了我們心目中最優雅的女文人。

小知識

李清照（西元1084年～1155年），濟南章丘（今屬山東）人，號易安居士。宋代女詞人，婉約詞派代表。能詩，留存不多，部分篇章感時詠史，情辭慷慨，與其詞風不同。有《易安居士文集》、《易安詞》，已散佚。後人有《漱玉詞》輯本。

人生有沉浮，千萬沉住氣

太平朝野總多歡，江湖幸有寬閒處

——《踏莎行·十二封章》·侯彭老

侯彭老年少時就顯露出多才善辯，機敏好學的品質。他的父親是個博覽群書、學富五車的人，但是其一生都沒有考取功名，只把讀書當成興趣，安閒度日怡然自樂。於是對兒子侯彭老，父親悉心教導他念書識字，為人為文，卻從不在功利仕途上多費脣舌。在這種環境影響下，侯彭老的秉性疏朗曠達，安閒大度，有乃父之風。

侯彭老慢慢長大以後，離開故鄉到京都太學繼續他的學業。沒過多久，徽宗繼位，改年號為建中靖國。這個時候的徽宗年少氣盛，很有做出一番事業、富國強民的決心。他辦旨鼓勵百姓直言上諫，不管是鞭辟時政，還是提出治國之道，徽宗都願意仔細聽取考慮。京都的太學生中有許多青年學士懷有

報國之心，他們飽讀詩書憂國憂民，當得知徽宗的這道旨意，都欣喜若狂，認為這是一個機會，終於可以一展抱負了。侯彭老正是這群太學生中極為出類拔萃的人物，當他得知這麼一個消息，立即奮筆疾書，洋洋灑灑地細數朝政得失，還提出他的治國之策。

徽宗這個人，本就是個性情浮躁的皇帝，雖然那旨意是他自己頒佈的，但是聽了那麼多不中聽的話，他已經很不高興了。再過一段時間，他終於忍無可忍，將上書抨擊時政的人統統治了罪。侯彭老自然也因此受到牽連，被皇帝的一紙詔令遣返原籍。

太學生裡本就人心惶惶，因為他們之中有幾個人也向朝廷進言，生怕自己說的話觸怒龍顏，天子之怒可不是鬧著玩的。當他們得知侯彭老獲罪，心中更是不安了。不安之外，又有很多憤怒感慨。旨意是皇帝下的，他們也是依旨辦事，一腔忠誠落得如此下場，怎不寒心！

侯彭老臨行前，他們聚集到他的房間，大家心情低落，神態沉鬱，都說不出什麼話來。反倒是侯彭老，神色安然。他看著大家都愁眉不展的樣子，灑然一笑，提筆寫了一首詞，說：「我將要回故鄉去，這一去也不知道何時還能再與諸位同學相見。此別離之際，權且以這麼一首小詞贈予各位留作紀念吧！」太學生們接過詞傳閱，一一看過這首《踏莎行》：

十二封章，三千里路。當年走遍東西府。時人莫訝出都忙，官家送我歸鄉去。

三詔出山，一言悟主。古人料得皆虛語。太平朝野總多歡，江湖幸有寬閒處。

眾位皆深為震動。這雖然只是一首小詞，但是侯彭老在受挫之後還能表現出這樣的安閒樂觀，實在是難得之至。不多時，這首詞便傳遍了整個太

學，許多人奉侯彭老為偶像，對他的心胸氣慨欽佩有加，還都紛紛擺酒為他餞行。這本是遣送回鄉的難堪事，這麼一來，倒像是送侯彭老榮歸故里一般。這事傳到了徽宗耳朵裡，著實惱怒，派人嚴加調查，然後把跟侯彭老過往甚密的幾個人也給治罪了。

侯彭老回鄉，心境始終平淡，繼續讀書作文，絲毫沒有頹唐下去。可知他當時那般乃出自真心，絕不是強顏歡笑。幾年以後，他以貢生的身分參加科舉考試，登上甲科。

人生是一場奇妙的旅程，仕途官場之沉浮更是難以定論，所以凡事沉住氣別著急。

小知識

侯彭老（生卒年不詳），字思孺，號醒翁，南宋衡山縣人。賦性耿介，勇於直言，工詩文，尤長於詞作。元符四年（西元1101年），乙太學生上書言事獲罪，詔遣歸本籍，作《踏莎行》告同舍。詞傳入禁中，擬免其罪，因故未果，由是知名一時。大觀（西元1107年～1110年）初進士，南宋紹興三年（西元1133年）知滕州，後棄官隱居南嶽獅子岩。

誰能懂我故國的思念

江州司馬，青衫淚濕，同是天涯
　　　　——《人月圓·南朝千古傷心事》·吳激

　　吳激是北宋著名的書法家畫家米芾的女婿，工於詩文，書畫盡美，頗有其岳丈遺風。

　　宋徽宗宣和年間，吳激被派去出使金國。金國人聽說這回來使是一個能詩文、善書畫的才子，甚為驚喜，怎樣都不願意放走這樣一個人才，打算留下吳激委以重任。這怎麼可能呢？吳激身為大宋的官員，他生於宋、長於宋，跟金人勢不兩立，更不可能去做金國的官。金人強行扣押了吳激，他多次上書請求返宋都被駁回。

　　這一年，又有一個南宋大臣叫洪皓出使金國。洪皓據說也是個頗有才幹的人，金國見獵心喜，也不願意放洪皓回去，便派了張總侍御設宴款待洪皓，準備在宴席上勸誘於他。張總侍御想了想，又命人去請吳激來作陪，希望吳激能夠幫助他勸說洪皓。

　　只見席上款款走出一群女子，薄衣輕紗，身姿妖嬈，唱歌跳舞以助酒興。宴席的氣氛很熱烈，大家都看得津津有味，只有吳激發現舞女中有一人臉上的表情很僵硬，不僅沒有歡娛之色，還隱隱透著怨憤

愁苦。吳激找了個機會讓那舞女坐到自己身邊詢問事由。那舞女一聽吳激詢問，臉上悲傷的表情更顯，悲戚戚地說道：「我本是宋人，是後宮宮女，在離亂之中被金人擄到此地，迫不得已才淪落成歌舞妓。而今在此看到大人，忍不住就回想起從前……」說到這裡，那舞女便泣不成聲，再說不下去了。吳激聽來，心中亦有戚戚焉。他想起自己在家鄉的往事，想起來到金國的遭遇，心潮起伏，即刻揮筆寫就《人月圓》：

南朝千古傷心事，猶唱後庭花。舊時王謝，堂前燕子，飛向誰家？

恍然一夢，仙肌勝雪，宮髻堆鴉。江州司馬，青衫淚溼，同是天涯。

吳激從南朝陳後主亡國之事想到北宋朝廷的滅亡，從宋宮婢女的漂泊想到自己的坎坷，實在情深意切，感人肺腑。當時在座的南宋人無不被此詞感動，默默揮淚。

洪皓對金人的企圖十分明白，本來就不願意順從金人的請求，再聽了這首詞，心意更加堅定。金國主惱羞成怒，把洪皓流放到冷山。可是他到底惜洪皓之才，沒過多久又下旨封洪皓做翰林學士，中京副留守，都被洪皓拒絕。十五年之後，洪皓才得以回到南宋朝廷。

而對比洪皓的堅韌不屈，吳激就顯得文弱得多，他既放不下宋朝，又不能夠做到那樣激烈地反抗，所以終生未能返回故里，在皇統二年客死異鄉。

小知識

吳激（西元1090年～1142年），金代作家、書畫家，字彥高，自號東山散人，建州（今福建建甌）人。北宋宰相吳栻之子，書畫家米芾之婿，善詩文書畫，所作詞風格清婉，多家園故國之思，與蔡松年齊名，時稱「吳蔡體」，並被元好問推為「國朝第一作手」。

越有氣節越難生存

欲駕巾車歸去，有豺狼當轍！

——《好事近‧富貴本無心》‧胡銓

紹興八年，歷史上大名鼎鼎的奸相秦檜再次入主相位。隨著他的權勢擴大，朝廷中主和派也越來越有話語權，主和勢頭凶猛。王倫是秦檜手下得力的人，他做為主和派幹將被秦檜派往金國議和。主戰派群情激奮，紛紛表示了強烈的抗議和不滿，其中猶以樞密院編修胡銓反應最為激烈。

胡銓上書宋高宗，懇切言詞，激烈陳情，要求斬殺秦檜、王倫之流。他說他誓與秦檜不共戴天，寧願赴東海而死，都不願意看到小朝廷被這些奸臣把持，偏安在此無所作為、委屈求存。他上書的內容很快被秦檜知悉——惡人的心永遠是怯懦的——秦檜果然害怕了，在那種凜然正氣面前，心不正

的人大概都會害怕。秦檜迅速以「狂妄凶悖、鼓眾持劫」的罪名將胡銓除名，驅逐出朝廷的權力中心。後來，王倫帶著議和成功的消息回來，他們生怕胡銓之勢死灰復燃，進一步打擊他，把他發配到廣東新興，並且還牽連了一大批支持胡銓的官員。

胡銓到了新興，整日閉門不出。他想自己原本視金錢如糞

土，視富貴如浮雲，若在山林之中隱居起來，跟猿鶴為伴，看日出日落、雲捲雲舒，該是多麼悠閒自在。可是國難當頭，怎能忍住拳拳報國救危之心，十幾年宦海沉浮，為的不就是重整河山，結果卻落得這般田地！看看這是什麼世道！看看那是什麼朝廷！皇帝任用奸佞，主和派手握大權，主戰派貶的貶、死的死，可嘆報國無門投效無路！義憤之下，他揮筆寫就《好事近》：

富貴本無心，何事故鄉輕別？空使猿驚鶴怨，誤薜蘿秋月。

囊錐剛要出頭來，不道甚時節！欲駕巾車歸去，有豺狼當轍！

秦檜的爪牙郡守張棣知道了這首詞，立即把它交給秦檜，並說胡銓「譏訕」。秦檜本就痛恨胡銓，再看著這詞，聽著張棣的言語，更加怒不可遏，於是便把胡銓貶到海南島去了。

秦檜死後，胡銓被重新啟用，被任命為資政殿學士。在遭到一連串貶謫打擊之後，胡銓不但沒有移志改節，反而更加堅定抗金的決心。奈何整個朝廷已經腐壞了，根本不是他一個人或者幾個人能夠改變的。宋金符離之戰過後，大宋戰敗，宋孝宗怕得只想和談，滿朝文武只有胡銓一人著力主戰，其志可嘉，其情可悲！

小知識

胡銓（西元1102年～1180年），字邦衡，號澹庵，南宋吉州廬陵薌城（今江西省吉安市青原區值夏鎮）人。南宋政治家、文學家，愛國名臣，廬陵「五忠一節」之一。著有《澹庵文集》一百卷傳世，另有《澹庵詞集》。

有辱國格一「陪臣」

萬里歸來誇舌辯，村牛！好擺頭時便擺頭

　　——《南鄉子·洪邁被拘留》·紹興太學生

　　宋高宗末年，翰林學士洪邁曾經被派去出使金朝。洪邁到了金朝，要求以對等的國禮覲見金朝的國主，不肯自成「陪臣」。金人盛氣凌人，視宋人低他們一等，哪裡能容得洪邁如此，便將洪邁囚禁在使館裡，不給他飯吃也不給他水喝。在屈辱和飢餓之下，洪邁屈服了，他願意向金國主跪拜稱臣。

　　洪邁在金人面前是那般嘴臉，回宋之後又換了頭面，他分明做出了有辱國格、自我貶低的事情，沒想到回國之後，誇誇其談，一點也不知道收斂，全無廉恥。為此，紹興太學生就作了一首《南鄉子》諷刺他：

洪邁被拘留，稽首垂哀告敵仇。一日忍饑猶不耐，堪羞！蘇武爭禁十九秋。

厥父既無謀，厥子安能解國憂？萬里歸來誇舌辯，村牛！好擺頭時便擺頭。

真善美與假惡醜相比較，才能分辨出事物的真偽是非。洪邁使金，不能保持自己的氣節，一天的飢餓之困便屈服了，怎不遭人唾棄：洪邁被拘留，稽首垂哀告敵仇。相比而言，漢代蘇武在匈奴苦度的十九個春秋，又是怎樣堅持下來的呢？

當時漢武帝派蘇武出使匈奴，匈奴的單于逼他向自己下跪投降，蘇武不屈，從此被流放到北海牧羊，受盡苦楚折磨，他始終堅持絕不屈服，在苦厄中度過了十九年，歷盡艱辛才得以回到長安。和他相比，洪邁不值一提！

而洪邁的父親洪皓據說也曾出使過金國，也曾被扣留，在金國足足待了十五年才能放回來。這十五年裡，洪皓一事無成。洪邁果然繼承了自己父親毫無作為的傳統：厥父既無謀，厥子安能解國憂？只不過無所為便罷了，軟弱屈服也算了，回國之後還要吹牛，自己捧自己，把自己誇得超凡絕

倫，簡直是無恥至極：「萬里歸來誇舌辯，村牛！好擺頭時便擺頭。」

羅大經《鶴林玉露》有記載：洪邁此人「素有風疾，頭常微掉」，詞中說他「好擺頭時便擺頭」，既是實寫他掉頭的毛病，也妙語雙關地諷刺了他回宋後洋洋自得的醜不知羞的行為。

這整首詞都沒有採取正面出手、直言怒斥的方式，而是充滿了冷嘲熱諷，極盡調笑挖苦之能勢。「堪羞」、「村牛」這一類俚語的插入，為這首詞增添了無盡的諷喻力量，由此可見作者實在是個幽默智巧的人。

小知識

洪邁（西元1123年～1202年），南宋饒州鄱陽（今江西省上饒市鄱陽縣）人，字景盧，號容齋，洪皓第三子。南宋著名文學家。洪邁學識淵博，著書極多，文集《野處類稿》、志怪筆記小說《夷堅志》，編纂的《萬首唐人絕句》、筆記《容齋隨筆》等等，都是流傳至今的名作。做為一個勤奮博學的士大夫，洪邁一生涉獵了大量的書籍，並養成了做筆記的習慣。讀書之際，每有心得，便隨手記下來，集四十餘年的成果，形成了《容齋隨筆》五集，凡七十四卷。

那是氣節，不是愛

若得山花插滿頭，莫問奴歸處

—— 《卜運算元·不是愛風塵》·嚴蕊

南宋孝宗淳熙年間，臺州營妓裡出了一個色藝冠絕的女子，此女曉古今，知天文，善詩詞，精歌舞，解人意，可謂人見人愛，風頭無兩。這女子就是嚴蕊。

嚴蕊原名周幼芳，本也是好人家的女兒，其父周海早逝，母親王氏迫於生計，招當地一個名叫陳必大的無賴入贅。陳必大無能無才，壞主意倒是不少，他見周幼芳生得漂亮又聰明，便特意請人來細心調教，指望培養個「搖錢樹」出來。待到周幼芳十四、五時，陳必大偷偷把她騙到臺州，將她沒入妓籍，改名嚴蕊。好好的一個良家女，自此淪為官妓。

淳熙七年十二月，唐仲友至臺州任太守。他早就聽說官妓裡那個才色兼備的嚴蕊，這下可算是近水樓臺。他一到任，但凡是良辰節日，或者宴請賓客，都要招嚴蕊來陪酒。宋朝有法令，官妓可以陪酒陪聊，不能陪睡，因此唐仲友對嚴蕊無論有多喜愛，也只諧浪狎暱，不敢胡為。

唐仲友喜歡嚴蕊，起初僅限於酒桌上的送往迎來，沒心沒肺的打情

罵俏，這是一個多麼漂亮的玩物。忽然有一日，他想起這個女子不僅美麗，似乎還有點才氣。這一日他開的是賞花宴，於是以紅白桃花為題，命嚴蕊賦詞一首。嚴蕊從命，刻下即得一首《如夢令》：

道是梨花不是，道是杏花不是。

白白與紅紅，別是東風情味。

曾記，曾記，人在武陵微醉。

席上眾人聽罷皆連聲叫好。唐仲友即刻讓人去挑了兩匹縑帛賞給嚴蕊，這時他看著嚴蕊的眼中多了幾許光彩，亮熱得刺目發燙，令嚴蕊不敢直視。這時候的嚴蕊不是一個純粹的玩物了，她有了更大的附加價值，成了——奢侈品。於是，唐仲友的好友謝元卿來做客的時候，他說了一句這樣的妙人若能一親芳澤，今生足矣，唐仲友便做主把嚴蕊這個奢侈品推了出去，令好友盡興。他喜歡她，像喜歡一個可以共用的禮物，像喜歡一個隨時可以送人玩耍的寵物。

朱熹跟唐仲友素有私怨，時任浙東提舉的朱熹巡查到臺州，奏參唐仲友與嚴蕊通姦，追取了唐仲友的太守印信，又把嚴蕊關進牢裡，嚴刑拷打。朱熹以為這樣瘦弱的女子必然經不得刑訊逼供，無論真假，總能叫她招認。嚴蕊被扣押的一個多月裡，不管遭受了怎樣的酷刑，只說是跟唐仲友陪酒取樂，再無其他，拒不招認。最後案子水落石出，中間的人事糾葛暫且不說，反正兩個多月後，嚴蕊被放回。

後來朱熹調職，他的職位由岳霖繼任。岳霖巡視臺州時，眾位官妓前來拜賀。對於之前鬧得沸沸揚揚的案子他有所耳聞，遂對嚴蕊略加注目。老實說他有點失望，那仍在被人議論的女子站在人群之中，容顏憔悴，遮掩了大半美麗，眼神枯涸，氣質也未見有超拔之處。出於對她的同情，岳霖說：

「久聞妳擅長詩詞，妳若能將身世做成詞訴於我，說不定我能幫幫妳。」嚴
蕊淒酸一笑，口占一首《卜運算元》：

不是愛風塵，似被前緣誤。花落花開自有時，總是東君主。

去也終須去，住也如何住？若得山花插滿頭，莫問奴歸處。

好一個「不是愛風塵，似被前緣誤」，好一個「若得山花插滿頭，莫問
奴歸處」，岳霖心中喝采。再看嚴蕊，彷彿不一樣了許多，他對她說：「嚴
子果真才女也，我樂得做個人情，為妳脫籍，讓妳從良。」據說從良之後，
嚴蕊被一個宗室近屬子弟納為妾室。這對她已經是個很好的結局了。

有人說，嚴蕊一定極愛唐仲友，才能忍受那種種酷刑，抵死不被屈打成
招。哈！他們以為女人只有為愛才會如此奮不顧身，他們不懂這世上還有一
種東西叫氣節，這種東西，不獨男人有，女人也有。

小知識

唐仲友（西元1136年～1188年），字與政，又稱說齋先生，金華人。紹
興年間進士，曾知臺州。著有《六經解》、《帝王經世圖譜》、《說齋文
集》等。其刻書活動主要是南宋淳熙間（西元1174年～1189年）任知臺
州在臨海時，所刻之書有《荀子》、《楊子法言》、
《中說》、《昌黎先生集》、《後典麗賦》等。其中
《荀子》二十卷，戰國荀況撰，唐楊倞注。為唐仲友
於淳熙八年（西元1181年）在臨海臺州任上所刻。此
書為二十卷本，版式半頁八行，行大字十六，小字雙
行各二十四。刻成後，人稱「宋槧上駟」，讚其「雕
鏤之精，不在北宋蜀刻之下」。現日本尚有藏本，舉
為國寶。

詞客裡的硬漢

卻將萬字平戎策，換得東家種樹書
—— 《鷓鴣天·壯歲旌旗擁萬夫》·辛棄疾

　　辛棄疾出生的時候，家鄉山東濟南已經淪陷十二年了。辛棄疾在祖父辛贊的教育和影響下，自幼就對金國痛恨之至，抱有抗金復國的理想。

　　宋高宗紹興三十一年，金兵南侵，人民再也不堪其辱，各地大舉義旗抗擊金人。其中有一支隊伍力量尤為強大，就是山東的耿京，他擁有二十多萬人馬。二十一歲的辛棄疾響應抗金義軍，自籌資金彙集了兩千多人投奔耿京，開啟他一生中馬上征戰的生涯。

　　沒過多久，一個名叫義端的和尚也帶著一千多人來投奔耿京。誰知這義端和尚卻不是真心，而是個投機者，他從辛棄疾

那裡盜走了起義軍的印信。辛棄疾在耿京的怒火下立了軍令狀，誓言三日之內抓住義端和尚拿回印信，不然甘願赴死。

說著他提刀跨馬，於崇山峻嶺之間向金人奔馳而去，一路風馳電掣趕上義端和尚。義端在辛棄疾刀下討饒：「您是天上的青牛星，武功蓋世，您就饒我這小人一回吧！」辛棄疾才不理會這些，舉刀就將他斬於馬下，取了大印回營。這樣的文武全才怎不令人欽佩？從此辛棄疾更得軍中重視。

同年十一月，完顏亮受挫，宋軍取得採石大捷。辛棄疾審時度勢，建議耿京歸於朝廷，南北配合全面反攻。宋高宗接見了辛棄疾等人，並且予以加封。但是義軍內卻出現了叛徒張安國和邵進。他們暗殺了耿京，致使義軍大部分潰散，而張邵兩人帶著小部分人馬投了金國。

辛棄疾到了海州才知道這消息，心中萬分悲痛，決意不殺二賊誓不罷休。他取得了東京招討使李寶支持，跟統制官王世隆一道率領五十精兵強將奔赴濟南。

辛棄疾一行人口銜枚、馬束蹄，悄無聲息地潛入濟南。這個時候，身在濟南的張國安竟然還在宴樂。辛棄疾、王世隆帶著騎兵突然發難闖進金兵營，活捉張國安，並且令投降金國的義軍歸順朝廷。眾人未曾停歇，一路披星戴月押著張國安回到臨安處以死刑。

辛棄疾這回名聲大振，「壯聲英慨，儒士為之興起，聖天子一見三嘆息」。只不過南宋朝廷可不怎麼善待這些義軍，只把他們當作難民一樣散亂地安置在各縣，又只給了辛棄疾一個江陰簽判這種無足輕重的職位。

晚年時，辛棄疾回憶這一段人生經歷，百感交集，寫下《鷓鴣天》：

壯歲旌旗擁萬夫，錦襜突騎渡江初。燕兵夜娖銀胡䩮，漢箭朝飛金僕姑。

追往事，嘆今吾，春風不染白髭鬚。卻將萬字平戎策，換得東家種樹書。

當年曾經闖過刀光劍影，可惜一腔報國之志殺敵本領無用武之地。那樣的朝廷，太令人絕望了。而詞客裡立馬橫刀上陣殺敵的英豪硬漢，千年以降，也只出了一個辛棄疾。

小知識

辛棄疾（西元1140年～1207年），原字坦夫，改字幼安，歷城（今山東省濟南市歷城區遙牆鎮四風閘村）人，南宋愛國詞人，中年名所居曰稼軒，因此自號「稼軒居士」。辛棄疾存詞六百多首。強烈的愛國主義思想和戰鬥精神，是辛詞的基本思想內容，他是中國歷史上偉大的豪放派詞人、愛國者、軍事家和政治家。

寫了好詞最好能讓皇帝看見

明日再攜殘酒，來尋陌上花鈿
——《風入松·一春長費買花錢》·俞國寶

隆興二年，宋金簽訂了「隆興
和議」，南宋小朝廷偏安於東南一
隅。當朝從皇帝到大臣，安於現
狀，無心收復失地，成日陶醉在江
南的青山綠水之中，穿越於舞榭歌
臺的歌舞之中，一片四海昇平的樣
子，全然不顧內憂外患、危機四
伏。

俞國寶是臨川人，宋孝宗淳熙
年間的太學生。這時正是他青春年
少激情四溢的年華。這年春天，冬
雪已經融化，幾場春雨澆灌之後，
樹枝上吐出新芽，花朵含苞待放，
南風拂面，撩撥著人們的心弦，尤
其是像俞國寶這樣的年輕人：這樣
的大好春光，怎能辜負，任他東流
去？

俞國寶忍不住拋下手中書卷，約

上幾個好友，一同到西湖遊春。

俞國寶這一行人，騎著雪白的駿馬，穿著輕便的春裝，一路說說笑笑，沿著湖邊小路歡快飛奔，飛揚恣肆。兩岸邊楊柳垂條，在春風中輕輕招搖，遠遠望去如煙似夢，使人迷醉。

那岸邊綠茸茸的草坪，令人心曠神怡。空氣裡佈滿了青草和泥土的氣味，那是春的氣息，可以沖刷掉心裡的一切壞情緒。他們就這樣一邊感受著一邊遊覽著，從蘇堤到白堤，從龍山到戲馬臺。西子湖畔，真乃人間天堂。

斷橋邊有家酒肆，他們玩累了便來到這裡飲酒歇息。這酒肆被杏紅柳綠包圍著，楊柳堆煙，紅杏燦爛，酒肆裡的歌女鼓瑟吹簫，還唱著動人的歌。青春好友舉杯共飲，觥籌交錯，其樂無窮。樓外還有女子歡快地盪著鞦韆，絢麗的裙子在風中搖擺，像一朵綻放的花。這青春如此喧囂美好，古今皆然。

歌女聽說那一群飲酒放歌的少年都是太學生，唧唧喳喳了半天，推著一個姐妹過來討要一首詞。那女子含羞帶怯，笑語嫣然，求贈詞一首，俞國寶毫不推辭，提筆揮就，那《風入松》就寫在酒肆的屏風上：

一春長費買花錢，日日醉湖邊。玉驄慣識西湖路，驕嘶過、沽酒樓前。紅杏香中簫鼓，綠楊影裡秋千。

暖風十里麗人天，花壓鬢雲偏。畫船載取春歸去，餘情付、湖水湖煙。明日重扶殘醉，來尋陌上花鈿。

這只是一首興起之作，在俞國寶眼中只是個遊戲，但是有時候，運氣來了，遊戲也能帶來機會。

有一天，已經做了太上皇的宋高宗也來西湖遊春，碰巧也到這家斷橋邊

酒肆歇息喝酒，便看到了屏風上這首《風入松》。高宗玩味良久，看樣子非常欣賞這首詞，便差人問酒家是何人所作？

酒家答道：「乃太學生俞國寶醉筆也。」高宗笑笑，對這答案很滿意。又回頭看了看這首詞，御筆一揮，將「明日再攜殘酒」改成了「明日重扶殘醉」。回宮後，高宗讓孝宗給俞國寶一個即日解褐授官的優待。

小知識

俞國寶（約西元1195年前後在世），號醒庵，江西撫州臨川人，南宋江西詩派著名詩人之一。國寶性豪放，嗜詩酒，曾遊覽全國名山大川，飲酒賦詩，留下不少膾炙人口的錦詞佳篇。著有《醒庵遺珠集》十卷。約宋寧宗慶元初前後在世，孝宗淳熙間為太學生。

永遠的畫面

那回歸去，蕩雲雪、孤舟夜發。傷心重見，依約眉山，黛痕低壓
　　　　　　　——《慶宮春·雙槳蓴波》·姜夔

　　姜夔——少年孤貧，屢試不第，終生未仕，一生輾轉漂流江湖，然才名卓著，工詩詞，精音樂，善書法，再有品貌一流，氣質超拔。這樣的男子，天生就讓女人癡迷，有足夠風流的本錢，但是姜夔，居然還是個多情、長情又癡情的人。

　　姜夔跟楊萬里、范成大、辛棄疾等人交好。一次，他去蘇州拜訪范成大。范成大年老退居，在蘇州頤養天年，養了不少樂工和歌妓。姜夔住在范成大家裡的那些天，作詞譜曲賞玩，其中《疏影》和《暗香》兩首深得范成大的喜愛，找來他最為喜愛的歌妓小紅演奏歌唱。小紅唱得特別動情：「舊時月色，算幾番照我，梅邊吹笛？喚起玉人，不管清寒與攀摘。」小紅蛾首低垂，深色哀婉，那一瞬間，姜夔覺得他跟小紅之間通靈了情感，彷彿他所說小紅統統都是明白的。他不禁看著小紅看出了神。

　　范成大有心成人之美，便把小紅送給了姜夔做妾。姜夔抱得美人歸，自然心情愉悅。他帶小紅回家路過蘇州城東的垂虹橋，詩性大發，作詩一首：

自作新詞韻最嬌，小紅低唱我吹簫。

曲終過盡松陵路，回首煙波十四橋。

　　「小紅低唱我吹簫」，和「紅袖添香夜讀書」、「賭書消得潑茶香」一樣平和溫馨動人心扉的場景，纏纏綿綿，無盡繾綣情深，隨著歲月過下去可

以釀成最美、最醇的酒。

可惜，沒有麵包的愛情就是沒有根基的浮萍。姜夔生活清貧，衣食難繼，怎忍心小紅跟著自己吃苦受罪。據說他打聽到某富貴人家想娶妾，便讓小紅嫁去。小紅哭泣哀求都沒能動搖姜夔，只好離去。姜夔的好友蘇泂在姜夔死後，還在為這段悲事嘆息，挽詞云：「所幸小紅方嫁了，不然啼損馬塍花。」

五年以後，姜夔與張鑑、俞灝、葛天民一起從封山禺山往東前去梁溪張鑑的別墅，行程是由苕溪入太湖經吳松江，沿運河至無錫，方向正與五年前相反。這一次也是在夜間過吳松江，到了垂虹橋。那夜風特別大，姜夔頂風走在橋上，五年前跟小紅來到這裡的畫面在眼前鋪開，那時多美好，這時便有多懷念，因作《慶宮春》：

雙槳蓴波，一蓑松雨，暮愁漸滿空闊。呼我盟鷗，翩翩欲下，背人還過木末。那回歸去，蕩雲雪、孤舟夜發。傷心重見，依約眉山，黛痕低壓。

采香徑裡春寒，老子婆娑，自歌誰答。垂虹西望，飄然引去，此興平生難遏。酒醒波遠，正凝想、明璫素襪。如今安在，唯有欄杆，伴人一霎。

此時范成大已逝三載，小紅不知身在何處。這一段感情，永遠定格五年前那一個凝固畫面上了。

小知識

姜夔（西元1155年～1221年），字堯章，號白石道人，饒州鄱陽（今江西鄱陽）人，是南宋詞人、音樂家。在他所處的時代，南宋王朝和金朝南北對峙，民族矛盾和階級矛盾都十分尖銳複雜。戰爭的災難和人民的痛苦，使姜夔感到痛心，但他由於幕僚清客生涯的侷限，雖然為此也發出或流露過激昂的呼聲，而淒涼的心情卻表現在一生的大部分文學和音樂創作裡。慶元中，曾上書乞正太常雅樂。一生布衣，靠賣字和朋友接濟為生。他多才多藝，精通音律，能自度曲，其詞格律嚴密。其作品素以空靈含蓄著稱。著有《白石道人歌曲》。

別在錯誤的時間做錯誤的事

月又漸低霜又下，更闌，折得梅花獨自看
——《南鄉子·題南劍州妓館》·潘牥

潘牥原先叫公筠，不過後來他夢見一位神仙牽來一頭牛送給他，於是自己給自己改名為「牥」。

他飽讀詩書，曾經在殿試中奪得探花，可是為人桀驁不馴，放蕩不羈，常常喝醉酒之後騎著黃牛在市井見高唱《離騷》。

他性情豪爽，以豪俠聞名，最愛飲酒和交朋友。一次，他約詩社的朋友們在南雪亭梅花樹下飲酒賞梅。潘牥其實長得不錯，朋友們遠遠看見他獨自一人站在梅花樹下，白衣勝雪，衣袂飄然，風神如玉，出塵絕俗，險些不敢靠近。他轉身一笑，揮手招呼朋友過來。幾人喝到酣暢處，潘牥脫去衣帽，即興高歌長嘯，風采傲視群倫。

又一日，詩社詩友在瀑布飛簾的

清泉邊上擺酒待客。潘牥又找來朋友們狂歌痛飲。席間有人提議：「咱們這些人中，有誰能站到瀑布下，讓流水從頭頂灌落，且口中吟詩不斷。誰若是做得到，大家就一起跪拜他。」

潘牥豪爽好勝，此時又添幾分醉意，當仁不讓站起來要試試。他散開頭髮，站到飛瀉而下的瀑布裡，口中唸著：「滄浪之水清兮，可以濯我纓……」就這樣過了許久，眾人都感慨自己不如潘牥，紛紛叫他回來，向他下拜。

然而，一個讀書人的身體能夠強健到哪裡。潘牥這次任性妄為，導致寒氣入體，回到家不久就病死了。他有一首懷人詞《南鄉子・題南劍州妓館》頗為著名：

生怕倚闌干，閣下溪聲閣外山。唯有舊時山共水，依然，暮雨朝雲去不還。

應是躡飛鸞，月下時時整佩環。月又漸低霜又下，更闌，折得梅花獨自看。

他說害怕倚闌干遠望，怕聽見閣樓下溪水聲，怕看見閣樓外的青山。昔日曾與伊人傾心共賞，如今伊人不再，只有這歷劫不變的青山綠水還如往昔。那女子如雲如煙，飄忽不定，是不是已經化為仙女乘著鸞鳥一去不還了？我還等著她，等著聽她來時環佩叮咚。月亮漸漸低下去了，這寒霜冷得逼人，我百無聊賴，折一枝梅花，送給我自己。

如果沒有這首詞，我一定以為潘牥天生就是個瘋狂的浪子，所以他才做得出那樣輕狂的事情。可是現在我不相信，寫出這種「語盡而意不盡，意盡而情不盡」絕妙好詞的潘牥會是那樣的人。

他是不是心裡有一個影子揮不掉，他是不是獨自咽下了許多別人看不到

感受不到的痛苦，他懷念的是人，是夢想，是生活，還是別的什麼？是不是總也實現不了所以癲狂地折磨自己？

這一首詞足見他才華冠絕，我為他英年早逝，而且是以那種方式早逝而惋惜。所以我想對所有人說，別在錯誤的時間做錯誤的事情，不管是人還是生活辜負了你，都別這樣對不起自己。

小知識

潘牥（西元1204年～1246年）字庭堅，號紫岩，初名公筠，避理宗諱改，福州富沙（今屬福建）人。端平二年（西元1235年）進士第三名，調鎮南軍節度推官、衢州推官，皆未上。歷浙西茶鹽司幹官，改宣教郎，除太學正，旬日出通判潭州。淳祐六年卒於官，年四十三。有《紫岩集》，已佚。劉克莊為撰墓誌銘。《宋史》、《南宋書》有傳。趙萬里《校輯宋金元人詞》輯有《紫岩詞》一卷。存詞五首。

催人老去的是歲月還是思念？

流光容易把人拋，紅了櫻桃，綠了芭蕉

—— 《一剪梅・舟過吳江》・蔣捷

蔣捷出身仕宦世家，仗著那樣的家世，他年少時也曾是個放浪形骸的公子哥兒。後來他父母雙雙亡故，家道中落，再加上國勢飄搖，連年戰爭，他竟然落魄成了一個難民，顛沛流離吃盡了苦頭。

一天，他逃難到了吳江，乘著船路經秋娘渡。當他走到泰娘橋的時候，天空忽然飄下大雨，那雨來勢洶洶，綿綿密密沒完沒了地下著，勾起蔣捷無限心事。傷心人最怕遇雨聽雨，羈旅天涯本就不知何處是歸處，心裡的眼淚還沒流完，偏老天爺還來為難。蔣捷正發愁，忽然望見前村有酒樓，酒簾高挑，看樣子還在營業。他決定去喝上幾盅酒，既可躲雨，又可澆愁。

蔣捷上了酒樓，耳中忽然傳來吳

音。這樣的雨天，聽到鄉音，那思鄉之情自然一發不可收拾。他心下暗嘆：我什麼時候才能回到家鄉？這樣兵荒馬亂四處逃難的生活什麼時候才到盡頭？他挑了個靠窗的位置坐下，喝下一杯酒就發一會兒呆。

忽然他抬頭望了望窗外，只見院中櫻桃已經成熟，鮮紅欲滴；而那芭蕉葉也長得甚好，長長的綠油油的幾乎伸進窗子裡來。一下子他意識到這是春日，而眼前的景色，即便沐浴在雨中也是一副極為美麗鮮活的春景。只是，這突然展現到眼前的美景更加刺激了他那一顆嚮往回家、嚮往安定的心，他自嘲：想我蔣捷，竟然還不若這小院裡自然生長的花果。然後他向店家要了紙筆，趁著酒意作了一首《一剪梅》：

一片春愁待酒澆，江上舟搖，樓上簾招。秋娘渡與泰娘橋，風又飄飄，雨又瀟瀟。

何日歸家洗客袍？銀字箏調，心字香燒。流光容易把人拋，紅了櫻桃，綠了芭蕉。

當晚，蔣捷投宿於一所寺廟之中。寺僧見他待人有禮，似乎是讀書人的樣子，對他甚為殷勤。只是這惱人的春雨下了一夜未停歇，蔣捷聽著那滴答聲響，翻來覆去睡不著。眼看天都快亮了，他才昏昏睡去。朦朧中，他覺得自己彷彿回到了年少時，他看見自己在舞榭歌臺行樂，在紅燭燈前讀書，在錦羅帳中安睡。他正開心，突然馬嘶人叫，硝煙滾滾，到處都是戰亂和血。他慌忙乘著船逃出去，逃難路上陰雨綿綿，他看見江闊天低，聽見孤雁哀鳴……

此時一陣清脆的敲門聲把蔣捷驚醒——原來那是一場噩夢，真實的噩夢。寺僧請蔣捷去吃早飯，蔣捷應了一聲起身穿衣。對著鏡子梳理頭髮的時候，他發現自己兩鬢染霜，他嘆果然是人生如夢。於是他提筆寫了一首《虞美人》：

少年聽雨歌樓上，紅燭昏羅帳。壯年聽雨客舟中，江闊雲低，斷雁叫西風。

而今聽雨僧廬下，鬢已星星也。悲歡離合總無情，一任階前，點滴到天明。

這一生，他流離失所苦不堪言，經歷了那麼多那麼多，到頭來發現一場夢就說完了——於是他老了，在歲月裡，也在思念裡——人這一生，怎堪說？

小知識

蔣捷（生卒年不詳），字勝欲，號竹山，宋末元初陽羨（今江蘇宜興）人。先世為宜興巨族，咸淳十年（西元1274年）進士。南宋亡，深懷亡國之痛，隱居不仕，人稱「竹山先生」、「櫻桃進士」，其氣節為時人所重。長於詞，與周密、王沂孫、張炎並稱「宋末四大家」。其詞多抒發故國之思、山河之慟、風格多樣，而以悲涼清俊、蕭寥疏爽為主。尤以造語奇巧之作，在宋季詞壇上獨標一格，有《竹山詞》一卷，收入毛晉《宋六十名家詞》本、《彊村叢書》本；又《竹山詞》二卷，收入《涉園景宋元明詞》續刊本。

嫉妒真可怕

看垂楊連苑，杜若侵沙，愁損未歸眼

——《眉嫵》·姜夔

眾所周知，姜夔是個多情的才子。但是他有位好友張仲遠卻不然，不知道是因沒那份心思，還是因為家中那位善妒的妻子。

有一段時間，姜夔在吳興，寓居在張仲遠家。張仲遠的妻子對姜夔禮遇有加，而姜夔觀其知書達禮，熱情好客且善於持家，實在和朋友們所知的張妻大不一樣。再過了一段時間他方知朋友所言不虛，這位嫂夫人生怕張仲遠出去拈花惹草，平日看他看得緊緊的，恨不得那張仲遠就是她的團扇墜子，時時刻刻帶在身邊。張仲遠與朋友之間常有書信往來，互相問候近況，傳達祝福問候。而張妻則會趁著張仲遠外出之時，檢查這些書信，看看其中可有什麼不軌的事情。

　　姜夔的性子比起張仲遠來，可謂風流多趣。張仲遠每日對著妻子戰戰兢兢、處處小心，外出時也不敢跟女子過多接觸，生怕妻子對他找碴。姜夔見此，覺得十分有趣，便起意開個玩笑，逗弄這張氏夫妻一下。

　　這日張仲遠外出辦事，姜夔來到他的書房，以一女子的口吻寫了一首《眉嫵》：

　　看垂楊連苑，杜若侵沙，愁損未歸眼。信馬青樓去，重簾下，娉婷，人妙飛燕。翠尊共款。聽豔歌、郎意先感。便攜手、月地雲階裡，愛良夜微暖。

　　無限。風流疏散。有暗藏弓履，偷寄香翰。明日聞津鼓，湘江上，催人還解春纜。亂紅萬點。悵斷魂、煙水遙遠。又爭似相攜，乘一舸、鎮長見。

　　詞畢，他還特意點名「贈張仲遠」，然後用信封裝起來放在桌子上。

　　張妻像往常一樣來檢查丈夫的書信了，她拆開這一封信唸了《眉嫵》，冷笑一聲——這詞寫得可真好啊！那女子想必是個了不得的才女，恐怕還貌美。瞧瞧他們都做了什麼：那女子佇立庭院，對情郎望眼欲穿。然後情郎信馬而來，看佳人身姿娉婷，妙比飛燕。好個郎情妾意、郎才女貌！然後他們品酒，唱情歌，還手拉著手月下漫步！分別以後，還暗暗傳書寄情！這女子可真癡情，好一個「悵斷魂、煙水遙遠」，好一個「又爭似相攜，乘一舸、鎮長見」，張仲遠，你⋯⋯你⋯⋯

　　張妻打翻了醋罈子，妒火中燒，怒意難消，恨不得立時看見張仲遠然後活撕了他！等到張仲遠歸家，張妻立即衝過去將手中書信砸向他責問。張仲遠看了詞百口莫辯，他正驚疑這詞來歷，怔忡間，張妻看他神色，又想他果真是做了對不起自己的事才答不上話，氣惱更甚，伸開五指衝上去就將丈夫

的臉抓了鮮血淋漓。此後許多天，張仲遠都躲在家裡羞於見人。

姜夔玩笑開過了，張妻反應卻也過了。愛可以豢養，卻不能囚禁，這樣拼盡全力維護，日日擔驚受怕，守住了也沒什麼驕傲可言吧！

小知識

故事載於《耆舊續聞》，南宋人陳鵠所寫，是一本史料筆記，其中關於南北宋名人言行、逸事及詩詞記載頗多，有許多資料常為今天的研究者所引用，非常珍貴。諸家著錄中，關於陳鵠及其《耆舊續聞》的記載十分簡略，遠不足以解釋諸如其人生平、其書成書等問題。然根據《四庫全書總目》等的記載及其書自身的一些內容，可推斷出：陳鵠自號「西塘」，這是其居住地的名稱；他大約生活於西元1140年至1225年或更晚，一生仕途平平，但學問上有一定的造詣，曾與洪邁及陸游長兄陸淞談論詩詞；其書非一次成書，而是經歷了幾十年的漫長累積，成書年代當在西元1225年後不久。

緣分了斷的千古絕唱

山盟雖在，錦書難托。莫！莫！莫！

——《釵頭鳳·紅酥手》·陸游

　　在一個錦繡豔麗的詞的朝代裡，他被稱為愛國詩人。他臨死的絕筆詩：「死去元知萬事空，但悲不見九州同。王師北定中原日，家祭無忘告乃翁。」亦不負愛國詩人的名號。然而這世上但凡是人皆不可能只有一面，國仇家恨之外，他心中還有一片刻骨柔情蝕骨遺恨，凝成一首成千古絕唱《釵頭鳳》。他就是陸游。

　　陸游生於書香之家，家境殷實。他幼年時，金人南侵，他隨家人到處逃難，與母舅唐誠一家交往甚密。唐誠有個女兒名叫唐婉，自小生得玉雪可愛，陸游很喜歡和這個小表妹一處看書玩耍。

　　這又是一個青梅竹馬故事的開頭，兩個純真的少年一日日相對，於兵荒馬亂的時代中寂靜歡喜，水到渠

成地生出青澀美好的情愫。兩家父母也認為這是天造地設的一對璧人，陸家便以一只精美妙麗的家傳鳳釵做為信物，訂下了唐婉，只待兩人成年完婚。

陸游的母親應該不是一開始就討厭唐婉的，畢竟她還是唐婉的親姑母。那種不喜的情緒應該是隨著日子逐漸增加直到爆發。不過是因為一個母親愚昧的害怕和扭曲的心態，鶼鰈情深的兩夫妻硬生生被拆散。

無量庵的尼姑妙音算的那八字不合的一卦，只不過是陸母攆走兒媳找的一個完美藉口。陸游不從，然後他聽到了一句所有母親威脅兒子的殺手鐧：「否則老身與之同盡」。親情與愛情，為什麼一定要做這樣的選擇？

陸游寫了休書，送歸唐婉。又因實在難捨，給唐婉另置別院，時常悄悄去探望，一訴衷情。這種祕密幽會如何能逃過精明陸母的厲眼，她又一次用強硬的手段斷絕了這對苦命鴛鴦的來往，迅速為兒子續妻王氏。隨後唐婉亦改嫁同郡名士趙世誠。

時光荏苒，十載光陰悠悠漫過。這日春光正好，陸游走出書房來到城南沈園遊春。恰逢此時，唐婉與趙世誠也來到沈園，花行柳絲之間，唐婉一眼就看到陸游踽踽而來，兩人四目交投，時光和目光都凝固，恍惚之中，也不知這一眼裡是愛，是怨，是憐還是恨。趙世誠與陸游相談甚歡，酒酣餐畢依依辭別，唐婉自始至終低首蹙眉，卻未說一句話。

陸游看兩人走遠，胸中壓抑的思念氾濫開來，心口一片慘痛，提筆便在沈園牆壁上寫下傳唱千古的一闋詞：

紅酥手，黃藤酒，滿城春色宮牆柳。東風惡，歡情薄，一懷愁緒，幾年離索。錯，錯，錯！

春如舊，人空瘦，淚痕紅浥鮫綃透。桃花落，閒池閣，山盟雖在，錦書難託。莫，莫，莫！

　　此後不久，陸游被朝廷招用出任寧德縣立簿，遠離故鄉。次年唐婉再次來到沈園，這次獨她自己。壓抑的思念一旦被揭開就是洶湧澎湃不能平息的災難，這一年的唐婉生不如死。趙世誠再好，他畢竟不是陸游。不是那個人，就不行，這是唐婉執著的愛情。沉浸在哀傷情緒裡的唐婉，無意中一抬頭，看見了陸游題的那首《釵頭鳳》，眼淚洶湧了出來，她也提筆和了一闋詞：

　　世情薄，人情惡，雨送黃昏花易落。曉風乾，淚痕殘，欲箋心事，獨語斜欄。難，難，難！

　　人成各，今非昨，病魂常似秋千索。角聲寒，夜闌珊，怕人尋問，咽淚裝歡。瞞，瞞，瞞！

　　好一個「怕人尋問，咽淚裝歡，瞞，瞞，瞞」，瞞著瞞著，瞞成絲絲縷縷的心病，裹成厚厚的繭，窒息於

其中。這一生，只能如此了，這樣短，這樣慘澹疼痛，早走，也好。唐婉歿了。

　　七十五歲那年，陸游告老還鄉，就住在沈園旁邊，再遊沈園，他寫：「傷心橋下春波綠，疑是驚鴻照影來。」

　　八一十歲，他夢裡遊沈園，醒來他寫：「城南小陌又逢春，只見梅花不見人。」

　　八十四歲，就是他死去的前一

年，他又寫：「沈家園裡花如錦，半是當年識放翁。也信美人終作土，不堪幽夢太匆匆！」

最初看到這個故事是那麼恨陸游，他眼睜睜看母親逼走唐婉，坐看緣分了斷，竟拿不出一丁點兒男兒氣概死扛到底。然而看過他這六十多年的思念，他也沒放下，到死也不能解脫，還計較什麼呢？只願天下有情人終成眷屬，成眷屬永不分離，別再唱《孔雀東南飛》，別再唱《釵頭鳳》。

小知識

陸游（西元1125年～1210年），字務觀，號放翁，越州山陰（今浙江紹興）人。南宋詩人。少年時即受家庭中愛國思想薰陶，高宗時應禮部試，為秦檜所黜。孝宗時賜進士出身。中年入蜀，投身軍旅生活，官至寶章閣待制。晚年退居家鄉，但收復中原的信念始終不渝。創作詩歌很多，今存九千多首，內容極為豐富。抒發政治抱負，反映人民疾苦，風格雄渾豪放；抒寫日常生活，也多清新之作。詞作量不如詩篇巨大，但和詩同樣貫穿了氣吞殘虜的愛國主義精神。楊慎謂其「詞纖麗處似秦觀，雄慨處似蘇軾」。著有《劍南詩稿》、《渭南文集》、《南唐書》、《老學庵筆記》等。

有些感情重得只剩一句話

不寫伊川題尹字，無心。料想伊家不要人

——《南鄉子·頓首起情人》·花仲胤

那些滿腹詩書、一身才情的女子，一旦遇著便總令人打心底歡喜愛慕，尤其當她們做為一個平凡的小女人過清淨的生活時，從不在意會否被歷史記住，只於丈夫心間刻下一縷雋永的柔情，平淡的生活因為她們的才思和風華，而漾滿美好甜蜜的漣漪。

花仲胤這個人一點兒也不出名，歷史記住他只因一段夫妻用詞寄答的佳話。那年他在相州做官，上任了好長時間從未歸家。他一日忙過一日，好似總有做不完的事情追趕著他，偶爾得閒，便是三五好友聚會閒話，好像一個沒有成家沒有女朋友的單身男子。

很奇怪，他總在最最忙碌的時候想念她，他的妻子，想念跟她在一

起的平和溫馨，而又在閒暇遊玩的時候忘卻她。

讓一個年輕的成婚不久的女人獨守空房，實在是個罪過，那簡直是慢性謀殺，在寂寞的時光中消磨她的顏色、淡了她的情思。花妻不一樣，她是個才思敏捷的溫暖女子，她情深深意重重寫了一首《伊川令》給丈夫：

西風昨夜穿簾幕，閨院添消索。最是梧桐零落，迤邐秋光過卻。

人情音信難託，魚雁成耽閣。叫奴獨自守空房，淚珠與燈花共落。

詞的意思很淺白：西風乍起，梧桐葉落，相思情深，音信難託，獨守空閨，淚落燈花。任何丈夫看到都會感動的，他不是不愛她，只是太粗心太貪玩。

他捏著妻子的詞反覆吟誦，想她流淚的模樣想到心疼，正準備提筆回覆，不經意注意到妻子把詞牌《伊川令》的「伊」字寫成了「尹」，少了個偏旁「人」，心念電轉，疑惑叢生：是她不小心寫錯字了，還是在暗示我她不想要我了？忐忑之下，花仲胤回了首《南鄉子》試探妻子：

頓首起情人。即日恭維問好音。接得彩箋詞一首，堪驚。題起詞名恨轉生。

輾轉意多情。寄與音書不志誠。不寫伊川題尹字，無心。料想伊家不要人。

花妻看到丈夫的回信甚是懊惱，本來是傾訴相思，沒想到鬧了個笑話見笑於丈夫，這個誤會可大了，如何是好？才華洋溢、聰明慧黠的女子，總能潤物無聲地化解尷尬，她立即又寫了一首詞讓人捎給丈夫：

奴啟情人勿見罪，間將小書作尹字。情人不解其中意。共伊間別幾多時？身邊少個人兒睡。

　　這樣的妙語解釋簡直是神巧至極，充滿了情趣，難怪花仲胤看了哈哈大笑。其實三首詞都淺白得很，算不上什麼好詞，然而流淌在其中的夫妻深情和兩人互動的意趣，讓人讀著忍不住會心莞爾，與故事一讀再讀。溫暖的東西總會令人上癮。然後愈加感覺到，「料想伊家不要人」是多麼深重的感情。

　　我想妳是不是不要我了──楚楚可憐的，擔驚受怕的，充滿祈望的樣子，怦然動人心，悄然潛入愛裡──說好了，這輩子，妳不能不要我。

小知識

此中詞見於詞總集《花草粹編》，明代陳耀文編，凡十二卷，主要選錄唐宋詞，間採元詞。以小令、中調、長調分卷，一至六卷為小令，七至八卷為中調，九至二十二卷為長調，共選詞三千二百多首，八百多調，是明人選唐、宋詞數量最多的一部詞總集。

知進退的功臣太難得

羞見錢塘江上柳，何顏？瘦僕牽驢過遠山
　　　　——《南鄉子·束發頌西藩》·趙葵

　　南宋淳佑年間有個大名鼎鼎的功臣叫趙葵。他自幼有膽有識勇猛過人，年少時隨父親鎮守襄陽，屢敗來犯金兵，威名遠揚，金兵聞其名便生懼。

　　紹定年間，趙葵在滁州為官。滁州守將李全有謀反的心思，被趙葵發覺。當時趙葵十分鎮定，他一面力圖穩住李全，一面火速上書丞相史彌遠，要求誅殺李全。可是史彌遠迂腐至極，他認為沒有證據便不能隨便殺人，況且此時尚未敗露，還有轉圜餘地。

　　李全既然膽敢謀反，自然有他的管道掌握朝中動向，這事不久便被李全知悉，於是倉促起事，攻打揚州。朝廷收到戰報，這才明白事態嚴重，危急之時委趙葵眾人，讓他帶兵掃除李全之叛軍。趙葵自小戰場殺敵，勇武自不待言，他的部隊也多驍勇善戰之輩，很快便將叛軍殺得四處潰逃，首領李全被斬。這

場平叛於趙葵而言自然是大功一件，之後他被任命為淮東制置使，兼任揚州知府。

後來，趙葵的官職經過多次變動，直至做到了右丞相兼樞密使，這可是非同小可位高權重的官職。趙葵少年從軍，半生戎馬，擅長的是戰場殺敵，帶兵出征，可是這丞相以及樞密使皆為文職，趙葵做起來頗不順手，漸漸力不從心。

有時上朝，他明明做了很充分的準備，仍然會被問得張口結舌說不出話來。皇帝知他擅武不擅文，又念他戰功累累，不忍罷免他傷了民心，只是他這右相之職被漸漸架空。

趙葵本來因為自己武將擔任文職而心有惴惴，勤勉學習，誰知現在被閒置到了一旁，滿心鬱悶。正當此時，朝廷之中興論四起，說古人半部《論語》治天下，趙葵堂堂右相卻不懂《論語》。

一日上朝，趙葵正巧聽到兩個同僚竊竊私語他的短處，大受刺激，轉身徑直走出宮門，上馬疾馳而去，自此辭官，告老還鄉。臨行之前，他還提了一首《南鄉子》在牆壁上，詞云：

束髮頌西藩，百萬雄掌握間，召到廟堂無一事，遭彈！昨日公卿今日閒。

拂曉出長安，莫待西風割面寒。羞見錢塘江上柳，何顏？瘦僕牽驢過遠山。

這樣辭官回家，趙葵難免有些牢騷。但是他心胸寬廣，過一陣子便調整心態，能夠自得其樂。他常常到鄉間，拿著鋤頭鋤草。有時他閒坐在田邊，跟老農談論農桑稼穡之事。有一次，他路過嶽麓精舍，便去拜訪一番。那舍長年紀比他大，與他寒暄之後剛要自己坐在主席上，忽然想起趙葵的身分，

連忙起身請他坐主席。趙葵聞言大笑，擺擺手渾不在意坐在了下首。兩人把酒共飲，盡歡而散。

人往高處走自然春風得意，一朝由高位落下，喪氣失落也是人之常情。可是趙葵為朝廷立下汗馬功勞，卻不居功自傲，能走上去也能走下來，知進退不重得失，灑然立於人間，真丈夫也！

小知識

趙葵（西元1186年～1266年），字南仲，號信庵，一號庸齋，衡山（今屬湖南）人，南宋儒將，宋宗室。京湖制置使趙方季子，歷經孝宗、光宗、寧宗、理宗、度宗五朝，一生以儒臣治軍，為南宋偏安做出卓越貢獻。歷任中大夫、左驍騎將軍、華文殿直學士、淮東安撫制置使、湖南安撫使、資政殿學士、福建安撫使、樞密使兼參知政事、丞相兼樞密使等。咸淳二年逝世，追贈太傅，諡忠靖。工詩善畫，傳世作品有《杜甫詩意圖》。

愛梅成癡卻是罪？！

角聲吹。笛聲吹。吹了南枝吹北枝。明朝成雪飛

——《長相思·惜梅》·劉克莊

寒相催，暖相催。催了開時催謝時，丁寧花放遲。

角聲吹，笛聲吹。吹了南枝吹北枝，明朝成雪飛。

這首《長相思·惜梅》作者是南宋詞人劉克莊。

梅花，「歲暮冰雪而不枯，眾芳搖落而獨放」，它已經被中國文人賦予了高潔、典雅、冷傲、堅貞的人格特徵。很多詩人詞客愛梅，在他們的心目中，梅花已經成為自己的化身，他們覺得自己擁有跟梅一樣的特質。劉克莊就是個極愛梅的人，他的這首《長相思·惜梅》，即表現出對梅花的無限憐愛和珍惜。你看，寒氣催著梅花綻放，而暖氣又催著它凋零，所以我要囑咐花兒晚開一些，這樣才能晚一些凋落。

角聲傳來《大梅花》、《小梅花》，笛聲傳來《梅花落》，吹落了南枝的梅花又吹落了北枝的，到了明天，他們都會像雪一樣漫天飛舞。

其實，劉克莊表面寫梅花，實際上隱隱傳達了他對南宋朝廷偏安一隅的憂慮、對國家命運的擔心。劉克莊是個熱血的人，即使這個國家多麼不爭氣，他都願意為他努力。他曾經為官矢志要醫好朝廷的病，可是卻莫名其妙捲進了一個梅花公案。

劉克莊愛梅成癡，不僅有詞為證，還有一百多首的詠梅詩，其中一首《落梅》：

一片能教一斷腸，可堪平砌更堆牆。

飄如遷客來過嶺，墜似騷人去赴湘。

亂點莓苔多莫數，偶粘衣袖久猶香。

東風謬掌花權柄，卻忌孤高不主張。

包括這首詩在內的幾首劉克莊的詩，都被當時錢塘書商陳起收入詩集《江湖集》出售。裡面還有句「秋雨梧桐王子府，春風楊柳相公橋」，都是表達對權相史彌遠的不滿，尤其是劉克莊《落梅》的最後兩句，意指明顯。史彌遠便指示言官李知孝等人指控劉克莊「訕謗當國」，劉克莊被罷官問罪，陳起被發配邊疆，同時因為這本詩集被牽連的還有敖陶孫、周文璞、趙師秀等人。這就是歷史上有名的梅花公案。

這件案子了結之後，皇帝為了永絕後患，竟然下詔書禁止士大夫作詩。導致長達兩年的時間裡，文人都不敢作詩，只敢寫寫詞。史彌遠死後，史彌遠的兒子酷愛談論詩，才將此禁令解開。

劉克莊因為此事一再被黜，坐廢十年，後來他感慨自己這段經歷，作

《病後訪梅》：

> 夢得因桃數左遷，長源為柳忤當權。
>
> 幸然不識桃與柳，卻被梅花累十年。

對於思想文化的禁錮，是統治者於人民最嚴厲的掠奪和傷害。真的，看過那麼多文字災難才發現，生活在可以自由說話寫字的國度，實在是一種難能可貴的幸福。

小知識

劉克莊（西元1187年～1269年），字潛夫，號後村，福建莆田人。南宋詩人、詞人、詩論家，辛派詞人的重要代表，詞風豪邁慷慨。在江湖詩人中年壽最長，官位最高，成就也最大。

青梅竹馬之戀

朝朝暮暮只燒香。有分成雙，願早成雙
—— 《一剪梅·同年同月又同窗》·張幼謙

郎騎竹馬來，繞床弄青梅。

這句詩太美了！春風裡，柳條浮動，花開滿園，絕美正太騎著竹馬繞著坐在馬紮上捧著臉的漂亮蘿莉，跟她說話、逗她笑，或者惡作劇。這是我思念的所有故事裡最美的一個開頭，總角之緣，像是前生約好了，今生不願再浪費一點兒時間。

宋理宗端平年間的一對璧人，不僅是青梅竹馬的緣分，更有同時出生的造化。兩家比鄰而居，那年那月那日，張忠文生了個兒子，取名張幼謙，羅仁卿生了個女兒，取名羅惜惜。那時兩家關係還不錯，幼謙和惜惜經常吃在一處玩在一處，他們做過各種青梅竹馬的遊戲，從此兩小無嫌猜。

一年年過去，孩子們都長大了一點兒，幼謙像那個時代所有的男孩子一樣，他該讀書學習

孔孟之道，早早為將來的仕途做準備了。羅仁卿覺得女兒也應該讀點書，將來嫁出去在婆家知書達禮相夫教子，他面子上也有光彩，就讓惜惜寄學於張家。幼謙和惜惜不僅沒有分開，反而因為相同的教育而越來越親密，就這樣他們一起走過青澀的朦朧好感，奔著荳蔻年華的純潔愛戀，一路歡歌而來，訂下三生石上的刻骨約會。

也是在這個時候，羅仁卿開始意識到男女授受不親，他突然武斷地決定再不讓女兒去張家學習了，他把惜惜鎖在閨閣裡，他告訴她他要為她尋覓一個大富大貴的夫婿，令她後半生穿金戴銀盡享榮華。張幼謙抵不住相思苦，寫了首《一剪梅》偷偷送給惜惜：

同年同月又同窗，不似鸞鳳，誰似鸞鳳？石榴樹下事匆忙。驚散鴛鴦，拆散鴛鴦。

一年不到讀書堂，教不思量，怎不思量？朝朝暮暮只燒香。有分成雙，願早成雙。

張幼謙真是個執拗的傻瓜，惜惜父親的態度如此鮮明，他竟然還沒明白這世上有個詞叫做「有緣無分」，他收到惜惜回贈的表明心意的十枚金錢和一枚紅豆，便立即央求父親去向羅家提親。那時羅仁卿早就收下了辛家的聘禮。辛家是極富有的人家，羅仁卿一心巴望著女兒嫁過去做少奶奶，飯來張口衣來伸手，不然他幹嘛那麼細緻地教養女兒，還送她去讀書。而那張家以前也只是過得去，如今家道中落，更不在羅仁卿眼裡了。

張幼謙驚聞這噩耗異常痛苦，他不明白惜惜怎麼說變就變了，前一天還與他恨海情天愛得再也分不開，後一天便要轉投他人懷抱嫁做別家婦。他負氣之下寫了一首《長相思》，拜託鄰居老婆婆送給惜惜：

天有神，地有神，海誓山盟字字真，如今墨尚新。

過一春，又一春，不解金錢變作銀，如何忘卻人。

這男人實在傻得可愛，愛恨入了心便宣之於口，不在心裡藏一點事。惜惜知道幼謙誤會了她，匆忙寫了《卜算子》請老婆婆送給幼謙；

幸得那人歸，怎便教來也？一日相思十二辰，真是情難捨。

本是好姻緣，又怕姻緣假。若是教隨別個人，相見黃泉下。

他們單純得讓人恨，對方說什麼就信什麼，誤會也鬧不長，一解釋就能和好。他們還那麼輕易地說生說死，彷彿生命是隨時可以放棄的——而且他們真的做得到。幼謙和惜惜盡釋前嫌，決定效仿司馬相如和卓文君私奔而去。羅仁卿發現以後告到了官府；他那醜陋的臉面，竟然比女兒的名節和幸福更重要。

公堂之上，惜惜與幼謙向縣太爺訴說他們的戀情，以及羅仁卿嫌貧愛富棒打鴛鴦的惡行。這番哭訴感動了縣太爺，傳了幫惜惜、幼謙遞情書的老婆婆，證明兩人所言屬實，再看兩人郎才女貌天生一對璧人，當堂判決羅家退了辛家的聘禮，讓惜惜和幼謙擇日成婚。

第二年，張幼謙中舉，一路官運亨通，從此夫貴妻榮，舉案齊眉，白頭到老。

小知識

故事出自《彤管遺編》，明酈琥撰，共二十卷。

國仇家恨總關情

從今後，斷魂千里，夜夜岳陽樓

——《滿庭芳·漢上繁華》·徐君寶妻

南宋度宗咸淳十年，蒙古人大舉南下，連奪數城，勢如破竹。次年三月，繁華的嶽州城被佔領，然後他們開始燒殺搶掠，姦淫取樂。

當時的元軍將領是個有名的好色之徒，他每攻佔一個城市，都要強搶來一些漂亮的漢族女子做侍妾，到了嶽州城自然也不例外。他大排宴席慶功之時，先前派出去尋找美麗女子的屬下來報，說抓到一名極貌美的女子。這將軍大喜，忙命人把她帶上來。

那女子因戰亂顛沛，衣衫多出破損，佈滿灰塵，看不出原來的顏色。而她鬢髮微亂，釵環盡皆不見，臉上也有些髒，看起來頗為狼狽。然這一切都遮不住她的窈窕風姿之態及端莊秀美之色。那將軍驚豔得說不出話

來，想他這一路南下，美女也見過不少，似這般絕色卻是頭一遭碰上。他走上前去問女子姓名，女子不卑不亢答：「妾乃嶽州徐君寶之妻。」這將軍擺擺手無絲毫在意，表示要納她為新寵，命屬下好生侍候。

晚上宴席散去，那將軍急不可耐來到徐君寶妻的房間，見她重整鬢髮，換了衣衫，豔色逼人，心裡更加歡喜，欲當即成就好事。而徐君寶妻卻面帶愁容，楚楚哀求，「我剛剛跟夫君失散，心中悲苦難消，請將軍憐惜，莫要逼我。」這顰眉哀嘆的模樣，連那莽夫將軍都不由生出憐香惜玉的心思，悵悵地離去。

第二日，元軍隊伍開拔前往杭州，這將軍自然要帶著徐君寶妻同行。這一走要走上半個多月，一路上那將軍數次來騷擾徐君寶妻，都被她用巧計逃脫。好不容易熬到杭州，住進韓蘄王府，那將軍開始屢屢相逼，已是十分不耐煩了，幾次動怒想殺了徐君寶妻，又垂涎她花容月貌，終是沒忍心。

徐君寶妻這些日子對丈夫一片斷腸相思，可是她也知道，那將軍越來越過分，怕是不容她再拖延下去，此身難保。這日，那將軍又來，已然是一副即將強逼她就範的姿態了，她無可奈何，說道：「將軍何必這般性急，我自然可以做您的姜室，然我現在畢竟還是徐君寶的妻子，他如今怕已凶多吉少，我先祭拜於他，向他告罪，再侍奉您可好？」將軍信以為真，大喜離去。

徐君寶妻連忙換上素潔的衣裳，對著鏡子細細打理容顏。她早已為自己選了一條最好的路，她要漂漂亮亮地走。一時間，往昔與丈夫的甜蜜恩愛湧上心頭，再想到國破家亡夫妻離散，丈夫生死未卜，她自己又身陷囹圄，不由悲從中來，遂於牆壁上題了一闋《滿庭芳》：

漢上繁華，江南人物，尚遺宣政風流。綠窗朱戶，十里爛銀鉤。一旦刀兵齊舉，旌旗擁、百萬貔貅。長驅入，舞樓舞榭，風卷落花愁。

清平三百載，典章文物，掃地俱休。幸此身未北，猶客南州。破鑑徐郎何在？空惆悵、相見無由。從今後，斷魂千里，夜夜岳陽樓。

想當年盛世繁華，高樓連雲，十里長街，綠窗朱戶，而今掃地皆休！從今以後，我的魂魄要飛過這幾千里，飛回到嶽州故土，飛到我摯愛的夫君身邊去。詞畢，徐君寶妻走到池塘邊，縱身投水。閉上眼睛的時候，她覺得很開心，她想：我可算是乾乾淨淨地走了。

國仇家恨當前，最無奈的是感情，最深刻也是感情。

小知識

詞出《南朝輟耕錄》，元末明初陶宗儀著。陶宗儀，字九成，號南村，浙江黃岩人。學識淵博，明洪武中曾任教官。元末避亂隱居松江農村，耕讀之餘，有所感受，即隨手札記於樹葉上，貯於罐中，後由其門生整理成書，共三十卷，五百八十五條，二十餘萬字。記載了元代社會的掌故、典章、文物及天文曆算、地理氣象、社會風俗、小說詩詞等。

國家圖書館出版品預行編目資料

關於唐詩宋詞的100個故事／謝安雄著.
－－第一版－－臺北市：宇炯文化出版；
紅螞蟻圖書發行，2011.10
面　公分－－（Elite；35）
ISBN 978-957-659-866-1（平裝）

1.生活指導

831.4　　　　　　　　　　　100018015

Elite 35

關於唐詩宋詞的100個故事

作　　者／謝安雄
發 行 人／賴秀珍
總 編 輯／何南輝
封面設計／引子設計
美術構成／Chris' office
校　　對／楊安妮、鍾佳穎、朱慧蒨
出　　版／宇炯文化出版有限公司
發　　行／紅螞蟻圖書有限公司
地　　址／台北市內湖區舊宗路二段121巷19號（紅碼蟻資訊大樓）
網　　站／www.e-redant.com
郵撥帳號／1604621-1　紅螞蟻圖書有限公司
電　　話／(02)2795-3656（代表號）
傳　　真／(02)2795-4100
登 記 證／局版北市業字第1446號
法律顧問／許晏賓律師
印 刷 廠／卡樂彩色製版印刷有限公司
出版日期／2011年 10 月　第一版第一刷
　　　　　2023年 8 月　　　　第六刷

定價 300 元　港幣 100 元

ISBN　978-957-659-866-1　　　　　　Printed in Taiwan